名家
写名家

恩恩怨怨嘴仗趣

梁刚建 主编 卢莉 编撰

中国广播电视出版社
CHINA RADIO & TELEVISION PUBLISHING HOUSE

图书在版编目（CIP）数据

恩恩怨怨嘴仗趣 ／ 卢莉编撰． -- 北京 ：中国广播
电视出版社，2013.2

（名家写名家 ／ 梁刚建主编）

ISBN 978-7-5043-6797-6

Ⅰ．①恩… Ⅱ．①卢… Ⅲ．①杂文集－中国－现代
Ⅳ．①I266.1

中国版本图书馆CIP数据核字(2012)第319806号

恩恩怨怨嘴仗趣

梁刚建　主编　卢莉　编撰

责任编辑　陈丹桦　　王晓剑
装帧设计　嘉信一丁

出版发行　中国广播电视出版社
电　　话　010-86093580　010-86093583
社　　址　北京市西城区真武庙二条9号
邮　　编　100045
网　　址　www.crtp.com.cn
电子信箱　crtp8@sina.com

经　　销　全国各地新华书店
印　　刷　涿州市京南印刷厂

开　　本　710毫米×1000毫米　1／16
字　　数　242（千）字
印　　张　14
版　　次　2013年2月第1版　2013年2月第1次印刷

书　　号　ISBN 978-7-5043-6797-6
定　　价　29.80元

目 录

你在桥上看风景，看风景的人在桥下看你

文／曹鹏

本丛书中选收的回忆文章，都是名家们饱含感情写师友的精心之作，脍炙人口，可谓篇篇珠玑，编选者的工作只是用一条线把它们串在了一起而已。

这条线，除个别例外，有点像修辞里的顶针格，名家忆名家，后一个名家写前一个名家，更后的名家又写后一个名家。这种情景，可以借用卞之琳的名句"你在桥上看风景，看风景的人在桥下看你"来描绘。

一

回顾历史，从新文化运动到20世纪30年代乃至40年代，中国的文坛繁荣兴盛，名家名作硕果累累。民国的文人活得意气风发，虽然有战争，有动荡，有迫害，有贫穷，但在精神上是自由而健康的。这种文化上的生机勃勃在本书所收文章里反映得很清楚。

才学是文人彼此成为朋友的基础，这也就是所谓的共同语言，但与此同时，文人都有个性，甚至是极张扬或咄咄逼人的个性，这又是很多文人结怨成为对头的原因。

以鲁迅与郁达夫为例，他们的性格与为人处世的作风皆有天壤之别，可是两人交情甚好，鲁迅去世后，郁达夫写悼念文章也直言不讳两人性格的反差，鲁迅在世时也曾公开讲到这点。鲁迅在文章里写道："对于达夫先生的嘱咐，我是常常'漫应之曰：那是可以的'的。直白的说罢，我一向很回避创造社里的人物。这也不只因为历来特别的攻击我，甚而至于施行人身攻击的缘故，大半倒在他们的一副'创造'脸。虽然他们之中，后来有的化为隐士，有的化为富翁，有的化为实践的革命者，有的也化为奸细，而在'创造'这一面大纛之

下的时候，却总是神气十足，好像连出汗打嚏，也全是'创造'似的。我和达夫先生见面得最早，脸上也看不出那么一种创造气，所以相遇之际，就随便谈谈；对于文学的意见，我们恐怕是不能一致的罢，然而所谈的大抵是空话。但这样的就熟识了，我有时要求他写一篇文章，他一定如约寄来，则他希望我做一点东西，我当然应该漫应曰可以。但应而至于'漫'，我已经懒散得多了。"（鲁迅《伪自由书·前记》）

用现在的眼光看，民国文坛的斗争激烈，鲁迅更是以战士的姿态，攻击过一大批论敌，可是，当时光的尘埃落定之后，后人看得越来越清楚，即使是鲁迅骂得最不堪的章士钊、梁实秋、陈西滢、顾颉刚，也都是青史留名的杰出学者，学术成就与贡献有的甚至不在鲁迅之下，这倒有些像武侠评书里英雄所标榜的"刀下不斩无名之鬼"！不学无术的草包与混混，在民国文坛是没有立足之地的，不光没机会成为鲁迅这样的人物的朋友或学生，甚至没机会成为敌人或对手。

曹丕有句名言"文人相轻自古而然"，同是文人，相轻虽不可取，但也还可以理解；可怕的是那些自己并非文人的对文人"轻"起来，也就是武大郎开店"狗眼看人低"高人莫来的嫉贤妒能，才是妨害文化学术的邪恶力量。不幸的是，现实中这种情况并不罕见。

二

鲁迅对青年的感情，如同萧红用女性特有的直觉指出的，是一种"母性"，也就是发自内心的爱护与关心，在力所能及时给予机会与帮助，从精神到物质，自发的不求回报的付出。这也是多子女家庭里长子的角色所决定的性格特点。虽然鲁迅经常委婉地抱怨有青年学生不仅不感恩报恩，甚至会反目成仇或算计师长，如高长虹、李小峰，但是他对待青年还是一片热心。

鲁迅在民国文坛是叱咤风云的领袖、旗手，他在身后更享有极高的地位，甚至被神化了，这一方面是因为他的作品有思想性与艺术性，另一方面，也是因为他在青年中的声望与人气。1936年10月19日他逝世后，《大公报》发表一篇相对客观的小评论，言语中对鲁迅的成就有所褒贬，编辑萧乾为此不惜与大公报负责人撕破脸抗争，由此可见鲁迅的形象何等神圣不容侵犯。鲁迅的葬礼之隆重，在民国文坛是一件轰动全国的大事，在当时重丧的社会背景下，葬礼大都要靠家庭张罗，大操大办往往要付出倾家荡产的代价，如"旧王孙"溥儒葬母那样，而鲁迅遗属孤儿寡妇根本没有经济上与精力上的条件大办丧事，事实上，鲁迅能备享哀荣，除了他的朋友们出面，更多的靠的就是学生一辈的青年。

鲁迅对文学工作者的影响是至深至大的，孙犁就是一个例子，他对鲁迅心悦诚服，几乎亦步亦趋，他在成名后甚至按鲁迅日记所附购书账，逐一照单全收地订购图书。孙犁学习鲁迅的作风，培植了一批青年作家，形成了以孙犁为首的荷花淀派。

孙犁提携过的文学青年，最著名的要数莫言了。在莫言还在当兵刚尝试业余创作时的1984年4月，孙犁为《天津日报》写了一篇《读小说札记》，其中有这样一段话："去年的一期《莲池》，登了莫言的一篇小说，题为《民间音乐》。我读过后，觉得写得不错。"当年孙犁在中国文坛有一言兴邦的影响，所以，莫言自己说："几个月后，我拿着孙犁先生的文章和《民间音乐》敲开了解放军艺术学院的大门，从此走上了文学之路。"

2012年10月，莫言获得了诺贝尔文学奖的消息发布，姑且不论此奖的价值与份量如何，作为中国大陆作家第一个得奖者，莫言得到了空前的成功。这在1984年孙犁写那篇文章时，肯定是没预料到的，他的一句话，成就了一个诺贝尔文学奖获得者。当时评不评发表在地级市文学刊物上的一个青年作者的作品，在孙犁是可有可无之事，可以说，孙犁评莫言，只是兴之所致的偶然，不过，偶然多了，就有必然，所以，对于青年与学生，能多给一些提携与帮助，在长者、尊者、为人师者，是责任与义务，广种薄收，甚至广种未收，也比不种要好得多。

成功者耕耘也许不需要回报，但是收获时人们会更尊敬播种者。

三

同是帮助晚辈后生，效果都是"一经品题身价百倍"或"鲤鱼跃龙门"的大恩，帮助者的态度不同，对被帮助者来说感情也就不同。乔治·奥威尔在《我为什么要写作》一书有句意味深长的话："慷慨大度与抠门小气一样令人不好受，感激涕零和忘恩负义一样令人憎恶。"写尽了师生或朋友或亲戚之间，在精神上、心理上的微妙复杂关系。这也许可以解释郁达夫与沈从文的关系。

郁达夫写下了著名的《给一位文学青年的公开状》，不久，他把沈从文介绍给当时著名的《晨报副刊》的主编。一个月后，沈从文的处女作《一封未曾付邮的信》在《晨报副刊》上发表。后来，他又介绍沈从文与徐志摩相识，沈从文因此得到徐志摩的赏识和提携。

在《给一位文学青年的公开状》里，与其说是对文学新人沈从文的肯定与鼓励支持，不如说是浇冷水，文章显露的是郁达夫特有的不加掩饰的优越感与悲天悯人情怀，在这里沈从文只不过是一个大文豪借以发愤世嫉俗的议论的可怜道具。对于自尊心极强的人来说，有时帮助过自己的人也许正是最蔑视自己的人，这样的关系真是无可奈何。1936年，《从文小说习作选》出版时，沈从文在代序里写下了一段文字："这样一本厚厚的书能够和你们见面，需要出版者的勇气，同时还有几个人，特别值得记忆，我也想向你们提提：徐志摩先生，胡适之先生，林宰平先生，郁达夫先生……这十年来没有他们对我的种种帮助和鼓励，这本集子里的作品不会产生，不会存在。"这种表述方法耐人寻味。现今社会，人名排列成为一门学问，特别是在报纸与广播电视新闻上，顺序谁先谁后，讲究大得很，别武断地把这贬斥为形式主义官本位作风，要知道，中国的国情确实有通过先后顺序字里行间皮里阳秋的传统。特别是在文人写文人时，字句的掂量推敲会格外用心。

沈从文是一个高产的作家，他的小说与散文发表数量巨大，可是，就我有限的阅读范围所及，他没有留下关于郁达夫的回忆或纪念、追悼文章。相比之下，他写过悼念徐志摩的文章。沈从文写过一篇评论文章，把郁达夫与张资平合论——沈从文是精研《史记》的，对太史公的笔法颇多体悟，这篇虽非老子与韩非合传体例，但鉴于当时张资平在文坛的口碑以及后来的形象，把郁达夫与张资平并列论述，已经是春秋笔法，明显不全是敬意。

沈从文对郁达夫的侄女郁风谈起郁达夫，因为是对恩人的晚辈，言辞中肯定会表达知遇感恩之情，这也是一个有教养的长者应有的礼数。也许我是强作解人，我认为，对于作家与学者，还是文章与著作中的评价更能表明真实感情与态度。在书面上不置一辞，或写一篇可以作字里行间解读的文章，同样是一种评价。

四

巴金与沈从文是挚友，他们都既是文学报刊编辑又是小说散文作家，可谓志同道合。因此，巴金笔下的沈从文，就与郁达夫笔下的鲁迅异曲同工。在交情友谊之外，巴金对沈从文的推崇是不遗余力的，同时，也对沈从文在新中国成立后的被边缘化与受到的不公正待遇，予以声援。

从五十年代开始，文人学者在各种运动中受打击迫害，成为司空见惯寻常事，在人人自危的环境中，很少有谁敢于仗义直言。巴金晚年致力于反思自己与"文革"对中国文化的破坏性影响，因此，他悼念沈从文的文章，表达的不仅是个人感情，还有着左拉"我控诉"的义愤。他对沈从文逝世后国内报道既晚又简短表示谴责，实际上，之所以出现这种情况，还真不是有什么指示或精神在发挥作用，而只是在当时的社会状态下，演艺明星与富豪老板才是热点，新闻业实际上已经失去对文化学术人物的关注兴趣。这也算是"文革"后遗症吧。

五

在作者与回忆文章的主人公是朋友或夫妻时，视角不会是仰视，而是平视——反而更接近真实面貌。同样回忆鲁迅，萧红是高山仰止体，虽然很生动、亲切，但更多程度上可能是年轻女作家带着有色眼镜满怀敬慕的感情看到的鲁迅，不由自主的美化了。而郁达夫笔下的鲁迅，更可信，也更平凡与生活化。郁达夫当时在中国文坛上的地位不在鲁迅之下，所以，在沉痛悼念时，也只是把鲁迅作为一个平等的人来描写，事实上，隐然其间的甚至会有一些优越感，如郁达夫写他为鲁迅的版权纠纷而专程跑去上海交涉，显然是帮鲁迅而不是受鲁迅帮。当然，这有违"施人慎勿念，受恩慎勿忘"的古训。不过，郁达夫是性情中人，才华横溢，清狂自大，本来也不是传统意义上的规规矩矩谦谦君子。

端木蕻良写鲁迅是无限景仰，而写萧红却是平等的态度，有很明显的悼亡体色彩，他晚年还写了几篇诗词悼念萧红，这背后有舆论压力太大的因素，他与萧红的结合，以及萧红的不幸早逝，物议颇多。

汪曾祺写沈从文的回忆文章有很多篇，而汪曾祺的全集也只不厚的八册，说明其写作产量并不高，可见师生二人的恩情之深，遗憾的是沈从文未能活到获诺贝尔文学奖，否则，汪曾祺写沈从文的文章肯定还要多得多。就我个人而言，认为沈从文获诺贝尔文学奖更为实至名归，于国于民也更有益。

汪曾祺与端木蕻良是单位同事兼好友，惺惺相惜，话说得很有分寸，而又极到位，他说端木蕻良写画家王梦白的文章好，可是我翻了几本端木蕻良的散文选，居然无一收有此篇。汪曾祺的眼光，在文学与绘画这个题材上，那是没什么可说的。也只有在悼念端木蕻良的文章里，汪曾祺一反自嘲的低调风格，借老舍的话，抬了自己一回，老舍说："我在（北京）市文联，只'怕'两个人，一个是端木，一个是汪曾祺！"他用直接引语引用老舍的话说到这儿，下面还有一句："端木书读得比我多，学问比我大。"这显然是怕的理由，但老舍先生怕汪曾祺的又是什么呢，汪曾祺先生涵养超众，没明说！

六

要了解一个历史人物，读同时代人回忆他的文章比读他的正式传记要轻松有趣得多，而且，回忆文章往往文字更生动、更真实，这是因为，传记无论是自己写还是别人写，都不免一本正经、结构完整、穿靴戴帽，而回忆文章则没有这样的负担，可以有话则长、无话则短，只写作者最感兴趣的内容。

出于阴差阳错的机缘，我这几年为出版社编选了三种汪曾祺的集子，先后写了五六篇关于汪曾祺的文章，盘点一番，汪曾祺竟然是我为之写过文章最多的前辈作家，而有必要如实禀报读者的是，我接触阅读汪曾祺已经很晚，同时汪曾祺也并不是我对其作品用功最多的前辈作家，所以从不敢以汪曾祺研究专家自居，我也没有机会与汪老先生谋面。故而，我虽然曾一再用"青山多妩媚"来形容自己对汪曾祺的敬仰爱慕或欣赏，但自己明白差不多相当于雾里看花，实在是不敢说已经清楚了。我只不过是把自己的一些观感与印象写出来而已。

作为编选者，我自己对这套书里所收诸篇都是非常爱读的，能有机会将这些文章结集出版，视为莫大的乐事，为了体例上的完整，将我所写关于汪曾祺的浅陋文字附在我编的这一册的后面，这样，书里每位人物就都有了被评说的文字，至于狗尾续貂之讥，则非所计也。

2012年12月1日写于北京闲闲堂

第一篇

鲁迅和林语堂
——从朋友到敌人

林语堂（1895~1976年），中国现代著名学者、文学家、语言学家。福建龙溪人。原名和乐，后改玉堂，又改语堂。早年留学国外，回国后在北京大学、厦门大学任教，1966年定居台湾，1976年在香港逝世，享年八十二岁。林语堂中文扎实，又有很高的英文造诣，一生著作丰厚。1932年主编《论语》半月刊。1934年创办《人间世》，出版《大荒集》。1935年创办《宇宙风》，提倡"以自我为中心，以闲适为格凋"的小品文，成为论语派主要人物。1935年后，在美国用英文写

林语堂

《吾国与吾民》、《风声鹤唳》、《孔子的智慧》、《生活的艺术》，在法国写《京华烟云》等文化著作和长篇小说。于1940年和1950年两度获得诺贝尔文学奖的提名。

鲁迅（1881~1936年），原名周树人。浙江绍兴人，字豫才。以笔名鲁迅闻名于世。1904年初，入仙台医科专门学医，后来开始创作，希望以此改变国民精神。鲁迅先生一生写作笔耕不辍，作品包括杂文、短篇小说、评论、散文、翻译作品。1918年到1926年间，陆续创作出版了小说集《呐喊》、《彷徨》，杂文集《坟》、《热风》、《华盖集》、《而已集》、《二心集》，散文诗集《野草》，回忆性散文集《朝花夕拾》

鲁迅

（又名《旧事重提》）等专集。其中，1921年12月发表中篇小说《阿Q正传》。从1927年到1936年，创作了历史小说集《故事新编》中的大部分作品和大量的杂文，收辑在《坟》、《而已集》、《三闲集》、《二心集》、《南腔北调集》、《伪自由书》、《准风月谈》、《花边文学》、《且介亭杂文》、《且介亭杂文二

编》、《且介亭杂文末编》、《集外集》和《集外集拾遗》等专集中。鲁迅的作品对于"五四运动"以后的中国文学产生了深刻的影响。毛泽东主席评价他是伟大的文学家、思想家、革命家。

鲁迅曾说："损着别人的牙眼，却反对报复，主张宽容的人万勿和他接近。此外自然还有，现在忘记了。只还记得在发热时，又曾想到欧洲人临死时，往往有一种仪式，请别人宽恕，自己也宽恕了别人。我的怨敌可谓多矣，倘有新式的人问起我来，怎么回答呢？我想了一想，决定的是：让他们怨恨去，我也一个都不宽恕。"

鲁迅铮铮铁骨，影响了几代中国人。在20世纪20年代，他与林语堂的论战，也是当时轰动一时的大事件。他们论战的主题围绕着"费厄泼赖"、"性灵小品"、"做人与做文"、"文人相轻"等问题，两人论战时言辞激烈多见锋芒剑光。

辩论的激烈，让两人结怨越深。在此之前，鲁迅和林语堂也是志同道合的朋友。然而，在复杂的时代背景下，两人的认识、见解、立场等，越来越不同，很多事情又纠结在一起，让两人越来越远，直至双方最终站在了各自的对立面。

相遇之初的惺惺相惜

20世纪20年代初，林语堂留学归国，被胡适引荐到北京大学英文系任教。这个时候的北大，可以说是群英聚会，同时也是学术辩论气氛最热烈的时候。引荐林语堂的胡适此时已经与鲁迅发生了分歧。林语堂虽然和胡适交往深厚，却出人意料地加入鲁迅领导的"语丝社"。

在1925年的学生游行中，林语堂和学生们一起走上街头，在和军警冲突中，林语堂被砖头砸伤额头，留下了永久的疤痕。他的激进行为得到了鲁迅的赞赏，此后，鲁迅两次致信林语堂，此时的林语堂热血激昂，鲁迅的赞赏令他非常激动。

1926年"三一八"惨案爆发时，当时刚刚担任女师大教务长的林语堂写下了《悼刘和珍、杨德群女士》，与鲁迅的《纪念刘和珍君》互相呼应，表明立场，支持学生运动。1926年邵飘萍遇害后，很多文人和学者南下避难，林语堂也到了厦门大学任教。不久，鲁迅也离开了南京，接受林语堂的邀请，前往厦大。

林语堂和鲁迅以及友人合影

　　厦门大学的生活，并不十分愉快。鲁迅和林语堂屡屡遭到排挤，在这样的困境中，两人的友情却愈加深厚起来。鲁迅曾经在给许广平的信中写道——

　　其所以熬着者，为己只是有一个经济问题，为人就怕我一走，玉堂（即林语堂）立刻要被攻击，因此有些彷徨。

　　此语足以看出两人当时的友情十分深厚。
　　就在学生运动愈演愈烈的时候，《语丝》的成绩也越来越辉煌。但是，鲁迅和林语堂的友谊却出现了裂痕。在武汉的六个月，使林语堂渐渐感到对革命的厌倦。他觉得革命是"吃人的斯芬克斯，会吞下一切鲜活的生命"。
　　林语堂选择退出，并决定用一颗童心去辨别美丑善恶。他在自己的文中写道——

　　我不梦见周公，也很久了。大概因为思想日益激烈，生活日益稳健，总鼓不起勇气，热心教育，热心党国。不知是教育党国等事不叫人热心，还是我自己不是，现在也不必去管他。从前，的确也曾投身武汉国民政府，也曾亲眼看见一个不贪污，不爱钱，不骗人，不说空话的政府，登时，即刻，几乎就要实现。到如今，南柯一梦，仍是南柯一梦。其后，人家又一次革命，我又一次热心，又在做梦，不过此时的梦，大概做得不很长，正在酣蜜之时，自会清醒过来。到了革命成功，连梦遂也不敢做了，此时我已梦影烟消，消镜对月，每夜总是睡得一寐到天亮。这大概是因为自己年纪的缘故，人越老，梦越少。人生总是由理想主义走向写实主义之路。语云，婆儿爱钞，姐儿爱俏，爱钞就是写实主义，爱俏就是理想主义。这都是因为婆儿姐儿老少不同的关系。

不久之后，林语堂和另外几个人办起了《论语》，他喜欢用幽默的笔触调侃生活中的各种小事，这让鲁迅不能理解，他觉得在如火如荼的战斗中，根本没有幽默可言。虽然在思想上出现分歧，但是在私下里两人还是会经常碰面。

这期间，林语堂在《论语》上发表了一篇《我的戒烟》，鲁迅公开批评他尽拿些吸烟、戒烟之类的生活细节做文章。鲁迅说："今时今日之中国是不适合这种西洋式幽默的。"

分歧之后，罅隙暗生

后来两人因为政治事件避居上海，都以写文为生的时候，分歧进一步加大。那期间，鲁迅将文字变为"匕首"、"刺刀"，继续不屈不挠的斗争，林语堂则用幽默、小品的文字，曲折地表现自己的不满。

1928年8月底，在一次私人聚会之后，发生了文学史上称为"南云楼事件"。鲁迅在日记中记载道——

二十八日……晚霁。小峰来，并送来纸版，由达夫、矛尘作证，计算收回费用五百四十八元五角。同赴南云楼晚餐。席上又有杨骚、语堂及夫人、衣萍、曙天。席将终，林语堂语含讥刺，直斥之，彼亦争持，鄙相悉现。

由此可以看出，鲁迅对林语堂的不满已经到了临界点。此次风波之后，林语堂"幽默大师"的名气越来越大，鲁迅觉得林语堂已经无可救药，他先后写了《骂杀和捧杀》、《病后杂谈》、《论俗人应避雅人》等文章，加紧了对林语堂的批判。

骂杀和捧杀

文 / 鲁迅

现在有些不满于文学批评的，总说近几年的所谓批评，不外乎捧与骂。

其实所谓捧与骂者，不过是将称赞与攻击，换了两个不好看的字眼。指英雄为英雄，说娼妇是娼妇，表面上虽像捧与骂，实则说得刚刚合式，不能责备批评家的。批评家的错处，是在乱骂与乱捧，例如说英雄是娼妇，举娼妇为英雄。

批评的失了威力，由于"乱"，甚而至于"乱"到和事实相反，这底细一被大家看出，那效果有时也就相反了。所以现在被骂杀的少，被捧杀的却多。

人古而事近的，就是袁中郎。这一班明末的作家，在文学史上，是自有他们的价值和地位的。而不幸被一群学者们捧了出来，颂扬，标点，印刷，"色借，日月借，烛借，青黄借，眼色无常。声借，钟鼓借，枯竹窍借……"借得他一塌糊涂，正如在中郎脸上，画上花脸，却指给大家看，啧啧赞叹道："看哪，这多么'性灵'呀！"对于中郎的本质，自然是并无关系的，但在未经别人将花脸洗清之前，这"中郎"总不免招人好笑，大触其霉头。

人近而事古的，我记起了泰戈尔。他到中国来了，开坛讲演，人给他摆出一张琴，烧上一炉香，左有林长民，右有徐志摩，各个头戴印度帽。徐诗人开始介绍了："唵！叭哩咕噜，白云清风，银磬……当！"说得他好像活神仙一样，于是我们的地上的青年们失望，离开了。神仙和凡人，怎能不离开明？但我今年看见他论苏联的文章，自己声明道："我是一个英国治下的印度人。"他自己知道得明明白白。大约他到中国来的时候，决不至于还糊涂，如果我们的诗人诸公不将他制成一个活神仙，青年们对于他是不至于如此隔膜的。现在可是老大的晦气。

以学者或诗人的招牌，来批评或介绍一个作者，开初是很能够蒙混旁人的，但待到旁人看清了这作者的真相的时候，却只剩了他自己的不诚恳，或学识的不够了。然而如果没有旁人来指明真相呢，这作家就从此被捧杀，不知道要多少年后才翻身。

病后杂谈①

文 / 鲁迅

一

生一点病，的确也是一种福气。不过这里有两个必要条件：一要病是小病，并非什么霍乱吐泻，黑死病，或脑膜炎之类；二要至少手头有一点现款，不至于躺一天，就饿一天。

这二者缺一，便是俗人，不足与言生病之雅趣的。

我曾经爱管闲事，知道过许多人，这些人物，都怀着一个大愿。大愿，

---

① 本篇第一节最初发表于1935年2月《文学》月刊第四卷第二号，其他三节都被国民党检查官删去。

原是每个人都有的，不过有些人却模模糊糊，自己抓不住，说不出。他们中最特别的有两位：一位是愿天下的人都死掉，只剩下他自己和一个好看的姑娘，还有一个卖大饼的；另一位是愿秋天薄暮，吐半口血，两个侍儿扶着，恹恹地到阶前去看秋海棠。这种志向，一看好像离奇，其实却照顾得很周到。第一位姑且不谈他罢，第二位的"吐半口血"，就有很大的道理。才子本来多病，但要"多"，就不能重，假使一吐就是一碗或几升，一个人的血，能有几回好吐呢？过不几天，就雅不下去了。

我一向很少生病，上月却生了一点点。开初是每晚发热，没有力，不想吃东西，一礼拜不肯好，只得看医生。医生说是流行性感冒。好罢，就是流行性感冒。但过了流行性感冒一定退热的时期，我的热却还不退。医生从他那大皮包里取出玻璃管来，要取我的血液，我知道他在疑心我生伤寒病了，自己也有些发愁。然而他第二天对我说，血里没有一粒伤寒菌；于是注意的听肺，平常；听心，上等。这似乎很使他为难。我说，也许是疲劳罢；他也不甚反对，只是沉吟着说，但是疲劳的发热，还应该低一点。……好几回检查了全体，没有死症，不至于呜呼哀哉是明明白白的，不过是每晚发热，没有力，不想吃东西而已，这真无异于"吐半口血"，大可享生病之福了。因为既不必写遗嘱，又没有大痛苦，然而可以不看正经书，不管柴米账，玩他几天，名称又好听，叫作"养病"。从这一天起，我就自己觉得好像有点儿"雅"了；那一位愿吐半口血的才子，也就是那时躺着无事，忽然记了起来的。

光是胡思乱想也不是事，不如看点不劳精神的书，要不然，也不成其为"养病"。像这样的时候，我赞成中国纸的线装书，这也就是有点儿"雅"起来了的证据。洋装书便于插架，便于保存，现在不但有洋装二十五六史，连《四部备要》也硬领而皮靴了[1]，——原是不为无见的。但看洋装书要年富力强，正襟危坐，有严肃的态度。假使你躺着看，那就好像两只手捧着一块大砖头，不多工夫，就两臂酸麻，只好叹一口气，将它放下。所以，我在叹气之后，就去寻线装书。一寻，寻到了久不见面的《世说新语》[2]之类一大堆，躺着来看，轻飘飘的毫不费力了，魏晋人的豪放潇洒的风姿，也仿佛在眼前浮

---

[1] 上海开明书店出版的《二十五史》（即原来的《二十四史》加上《新元史》），共精装九大册；上海书报合作社出版的《二十六史》（上述的《二十五史》加上《清史稿》），共精装二十大册。又上海中华书局印行的《四部备要》（经、史、子、集四部古籍三三六种）原订二千五百册，也有精装本，合订一百册。
[2]《世说新语》，南朝·宋·刘义庆撰，共三卷。内容是记述东汉至东晋间一般文士名流的言谈、风貌、轶事等。

动。由此想到阮嗣宗①的听到步兵厨善于酿酒，就求为步兵校尉；陶渊明②的做了彭泽令，就教官田都种秫，以便做酒，因了太太的抗议，这才种了一点秔。这真是天趣盎然，决非现在的"站在云端里呐喊"③者们所能望其项背。但是，"雅"要想到适可而止，再想便不行。例如阮嗣宗可以求做步兵校尉，陶渊明补了彭泽令，他们的地位，就不是一个平常人，要"雅"，也还是要地位。"采菊东篱下，悠然见南山"是渊明的好句，但我们在上海学起来可就难了。没有南山，我们还可以改作"悠然见洋房"或"悠然见

鲁迅主办《语丝》

烟囱"的，然而要租一所院子里有点竹篱，可以种菊的房子，租钱就每月总得一百两，水电在外；巡捕捐按房租百分之十四，每月十四两。单是这两项，每月就一百十四两，每两作一元四角算，等于一百五十九元六。近来的文稿又不值钱，每千字最低的只有四五角，因为是学陶渊明的雅人的稿子，现在算他每千字三大元罢，但标点，洋文，空白除外。那么，单单为了采菊，他就得每月译作净五万三千二百字。吃饭呢？要另外想法子生发，否则，他只好"饥来驱我去，不知竟何之"了。"雅"要地位，也要钱，古今并不两样的，但古代的买雅，自然比现在便宜；办法也并不两样，书要摆在书架上，或者抛几本在地板上，酒杯要摆在桌子上，但算盘却要收在抽屉里，或者最好是在肚子里。

此之谓"空灵"。

二

为了"雅"，本来不想说这些话的。后来一想，这于"雅"并无伤，不

---

① 阮嗣宗（210～263年），名籍，字嗣宗，陈留尉氏（今属河南）人，三国魏诗人，曾为从事中郎。《晋书·阮籍传》载："籍闻步兵厨营人善酿，有贮酒三百斛，乃求为步兵校尉。"《三国志·魏书·阮籍传》注引《魏氏春秋》："（籍）闻步兵校尉缺，厨多美酒，营人善酿酒，求为校尉。"《世说新语·任诞》也有类此记载。
② 陶渊明（约372～427年），名潜，字元亮，浔阳柴桑（今江西九江）人，晋代诗人。《晋书·陶潜传》载："陶潜……为彭泽令。在县公田悉令种秫谷，曰：'令吾常醉于酒足矣。'妻子固请种秔，乃使一顷五十亩种秫，五十亩种秔。"按《宋书·隐逸传》及《南史·隐逸传》，"一顷五十亩"均作"二顷五十亩"。下文提到的"采菊东篱下"、"饥来驱我去"等诗句，分别见于陶潜的《饮酒》、《乞食》两诗。
③ "站在云端里呐喊"，这原是林语堂说的话，他在《人间世》半月刊第十三期（1934年10月5日）《怎样洗炼白话入文》一文中说："今日既无人能用一二十字说明大众语是何物，又无人能写一二百字模范大众语，给我们见识见识，只管在云端呐喊，宜乎其为大众之谜也。"

过是在证明我自己的"俗"。王夷甫①口不言钱，还是一个不干不净人物，雅人打算盘，当然也无损其为雅人。不过他应该有时收起算盘，或者最妙是暂时忘却算盘，那么，那时的一言一笑，就都是灵机天成的一言一笑，如果念念不忘世间的利害，那可就成为"杭育杭育派"②了。这关键，只在一者能够忽而放开，一者却是永远执著，因此也就大有了雅俗和高下之分。我想，这和时而"敦伦"③者不失为圣贤，连白天也在想女人的就要被称为"登徒子"④的道理，大概是一样的。

所以我恐怕只好自己承认"俗"，因为随手翻了一通《世说新语》，看过"婢隅跃清池"⑤的时候，千不该万不该竟从"养病"想到"养病费"上去了，于是一骨碌爬起来，写信讨版税，催稿费。写完之后，觉得和魏晋人有点隔膜，自己想，假使此刻有阮嗣宗或陶渊明在面前出现，我们也一定谈不来的。于是另换了几本书，大抵是明末清初的野史，时代较近，看起来也许较有趣味。第一本拿在手里的是《蜀碧》⑥。

这是蜀宾⑦从成都带来送我的，还有一部《蜀龟鉴》⑧，都是讲张献忠⑨祸蜀的书，其实是不但四川人，而是凡有中国人都该翻一下的著作，可惜刻的太坏，错字颇不少。翻了一遍，在卷三里看见了这样的一条——"又，剥皮者，从头至尻，一缕裂之，张于前，如鸟展翅，率逾日始绝。有即毙者，行刑之人

---

① 王夷甫（256～311年），名衍，晋代琅琊临沂（今属山东）人。《晋书·王戎传》："衍疾郭（按即王衍妻郭氏）之贪鄙，故口未尝言钱。郭欲试之，令婢以钱绕床，使不得行。衍晨起见钱，谓婢曰：'举却阿堵物却！'"又说："衍虽居宰辅之重，不以经国为念，而思自全之计。说东海王越曰：'中国已乱，当赖方伯，宜得文武兼资以任之。'乃以弟澄为荆州，族弟敦为青州。因谓澄、敦曰：'荆州有江、汉之固，青州有负海之险，卿二人在外，而吾留此，足以为三窟矣。'识者鄙之。……衍以太尉为太傅军司。及越薨，众共推为元帅。俄而举军为石勒所破，勒呼王公，与之相见……衍自说少不豫事，欲求自免，因劝勒称尊号。勒曰：'君名盖四海，身居重任，少壮登朝，至于白首，何得言不豫世事邪！破坏天下，正是君罪。'……使人夜排墙杀之。"
② "杭育杭育派"，此为鲁迅对诗歌形成渊源的分析。他认为诗歌产生于早期的人类集体劳动，由于当时生产力水平低下，共同劳动的人为了统一和协调动作会齐喊号子"杭育杭育"，这里面有节奏，有冲动，有一种原始的诗歌，把这些记录下来的人就是"杭育杭育派"。
③ "敦伦"，意即性交。清代袁枚在《答杨笠湖书》中说："李刚主自负不欺之学，日记云：昨夜与老妻'敦伦'一次。"至今传为笑谈。
④ "登徒子"，宋玉曾作有《登徒子好色赋》，后来就称好色的人为登徒子。按宋玉文中所说的登徒子，是楚国的一个大夫，姓登徒。
⑤ "隅跃清池"，《世说新语·排调》载："郝隆为桓公（按即桓温）南蛮参军，三月三日会，作诗，不能者罚酒三升。隆初以不能受罚，既饮，揽笔便作一句云：'娵隅跃清池。'桓问：'娵隅是何物？'答曰：'蛮名鱼为娵隅。'桓公曰：'作诗何以作蛮语？'隆曰：'千里投公，始得蛮府参军，那得不作蛮语也？'"
⑥ 《蜀碧》，清代彭遵泗著，共四卷。内容是记述张献忠在四川时的事迹，书前有作者在康熙二十一年（1682年）作的自序，说明全书是他根据幼年所闻张献忠遗事及杂采他人的记载而成。
⑦ 蜀宾许钦文的笔名。据1934年12月1日《鲁迅日记》："晚钦文来，并赠《蜀碧》一部二本。"
⑧ 《蜀龟鉴》，清代刘景伯著，共八卷。内容杂录明季遗闻，与《蜀碧》大致相似。
⑨ 张献忠（1606～1646年），延安柳树涧（今陕西定边东）人，明末农民起义领袖。崇祯三年（1630年）起义，转战陕西、河南等地。崇祯十七年（1644年）入川，在成都建立大西国。清顺治三年（1646年）出川途中，在川北盐亭界为清兵所害。旧史书中常有关于他杀人的夸大记载。

坐死。"

也还是为了自己生病的缘故罢，这时就想到了人体解剖。医术和虐刑，是都要生理学和解剖学智识的。中国却怪得很，固有的医书上的人身五脏图，真是草率错误到见不得人，但虐刑的方法，则往往好像古人早懂得了现

上世纪30年代，社会名流在宋庆龄家中（左起：史沫特莱、萧伯纳、宋庆龄、蔡元培、伊罗生、林语堂、鲁迅）

代的科学。例如罢，谁都知道从周到汉，有一种施于男子的"官刑"，也叫"腐刑"，次于"大辟"一等。对于女性就叫"幽闭"，向来不大有人提起那方法，但总之，是决非将她关起来，或者将它缝起来。近时好像被我查出一点大概来了，那办法的凶恶，妥当，而又合乎解剖学，真使我不得不吃惊。但妇科的医书呢？几乎都不明白女性下半身的解剖学的构造，他们只将肚子看作一个大口袋，里面装着莫名其妙的东西。

单说剥皮法，中国就有种种。上面所抄的是张献忠式；还有孙可望① 式，见于屈大均的《安龙逸史》②，也是这回在病中翻到的。其时是永历六年，即清顺治九年，永历帝已经躲在安隆（那时改为安龙），秦王孙可望杀了陈邦传父子，御史李如月就弹劾他"擅杀勋将，无人臣礼"，皇帝反打了如月四十板。可是事情还不能完，又给孙党张应科知道了，就去报告了孙可望。

"可望得应科报，即令应科杀如月，剥皮示众。俄缚如月至朝门，有负石灰一筐，稻草一捆，置于其前。如月问：'如何用此？'其人曰：'是揎你的草！'如月叱曰：'瞎奴！此株株是文章，节节是忠肠也！'既而应科立右角门阶，捧可望令旨，喝如月跪。如月叱曰：'我是朝廷命官，岂跪贼令！？'乃步至中门，向阙再拜。……应科促令仆地，剖脊，及臀，如月大呼曰：'死

① 孙可望（？～1660年），陕西米脂人，张献忠的养子及部将。张败死后，他率余部从四川转往贵州、云南。永历五年（1651年）他向南明永历帝求封为秦王，后遣兵送永历帝到贵州安隆所（改名为安龙府），自己则驻在贵阳，定朝仪，设官制；最后投降清朝。
② 屈大均（1630～1696年），字翁山，广东番禺人，明末文学家，清兵入广州前后曾参加抗清活动，失败后一度削发为僧。著有《翁山文外》、《翁山诗外》、《广东新语》等。《安龙逸史》，清朝禁毁书籍之一，作者署名沧洲渔隐（据《禁书总目》，又一本署名溪上樵隐），被列入"军机处奏准全毁书"中。1916年吴兴刘氏嘉业堂刻本《安龙逸史》，分上下二卷，题屈大均撰；但内容与《残明纪事》（不署作者，也是军机处奏准全毁书之一）相同，字句小异。

得快活，浑身清凉！’又呼可望名，大骂不绝。及断至手足，转前胸，犹微声恨骂；至颈绝而死。随以灰渍之，紉以线，后乃入草，移北城门通衢阁上，悬之。……”

张献忠的自然是“流贼”式；孙可望虽然也是流贼出身，但这时已是保明拒清的柱石，封为秦王，后来降了满洲，还是封为义王，所以他所用的其实是官式。明初，永乐皇帝剥那忠于建文帝的景清[①]的皮，也就是用这方法的。大明一朝，以剥皮始，以剥皮终，可谓始终不变；至今在绍兴戏文里和乡下人的嘴上，还偶然可以听到“剥皮揎草”的话，那皇泽之长也就可想而知了。

真也无怪有些慈悲心肠人不愿意看野史，听故事；有些事情，真也不像人世，要令人毛骨悚然，心里受伤，永不全愈的。残酷的事实尽有，最好莫如不闻，这才可以保全性灵，也是“是以君子远庖厨也”[②]的意思。比灭亡略早的晚明名家的潇洒小品在现在的盛行，实在也不能说是无缘无故。不过这一种心地晶莹的雅致，又必须有一种好境遇，李如月仆地“剖脊”，脸孔向下，原是一个看书的好姿势[③]，但如果这时给他看袁中郎的《广庄》[④]，我想他是一定不要看的。这时他的性灵有些儿不对，不懂得真文艺了。

然而，中国的士大夫是到底有点雅气的，例如李如月说的“株株是文章，节节是忠肠”，就很富于诗趣。临死做诗的，古今来也不知道有多少。直到近代，谭嗣同[⑤]在临刑之前就做一绝“闭门投辖思张俭”，秋瑾[⑥]女士也有一句“秋雨秋风愁杀人”，然而还雅得不够格，所以各种诗选里都不载，也不能卖钱。

---

① 景清，真宁（今甘肃正宁）人，建文帝（朱允文）时官御史大夫。据《明史·景清传》载，成祖（朱棣）登位，他佯为归顺，后以谋刺成祖，磔死。他被剥皮事，见谷应泰《明史纪事本末·壬午殉难》：“八月望日早朝，清绯衣入。……朝毕，出御门，清奋跃而前，将犯驾。文皇急命左右收之，得所佩剑。清知志不得遂，乃起植立嫚骂。抉其齿，且抉且骂……。乃命剥其皮，草椟之，械系长安门。”

② “是以君子远庖厨也”，语见《孟子·梁惠王》。

③ 看书的好姿势，《论语》第二十八期（1933年11月1日）载有黄嘉音作的一组画，题为《介绍几个读论语的好姿势》，共六图，其中之一为“游蛟伏地式”，画的是一人伏在地上看书。作者在这里顺笔给以讽刺。

④ 袁中郎（1568~1610年），名宏道，字中郎，湖广公安（今属湖北）人，明代文学家。他与兄宗道，弟中道，反对文学上的拟古主义，主张“独抒性灵，不拘格套”，世称“公安派”。当时林语堂、周作人等提倡“公安派”文章，借明人小品以宣扬所谓“闲适”、“性灵”。《广庄》是袁中郎仿《庄子》文体谈道家思想的作品，并七篇，后收入《袁中郎全集》。

⑤ 谭嗣同（1865~1898年），字复生，湖南浏阳人，清末维新运动的重要人物，戊戌政变中牺牲的“六君子”之一。“闭门投辖思张俭”，原作“望门投止思张俭”，是他被害前所作七绝《狱中题壁》的第一句。张俭，后汉山阳高平（今山东邹县）人，灵帝时官东部督邮。《后汉书·党锢列传》载：他的仇家“上书告俭与同郡二十四人为党，于是刊章讨捕。俭得亡命，困迫遁走，望门投止，莫不重其名行，破家相容。”（“闭门投辖”是汉代陈遵好客的故事，见《汉书·游侠列传》。）

⑥ 秋瑾（1879？~1907年），字璇卿，号竞雄，别署鉴湖女侠，浙江绍兴人，反清革命团体光复会主要人物之一。1907年7月，她因筹划起义事泄，被清政府逮捕，十五日（夏历六月初六）被害于绍兴城内轩亭口。陈去病在《鉴湖女侠秋瑾传》中叙述秋瑾受审时的情形说：“有见之者，谓初终无所供，唯于刑庭书‘秋雨秋风愁杀人’句而已。”

三

　　清朝有灭族，有凌迟，却没有剥皮之刑，这是汉人应该惭愧的，但后来脍炙人口的虐政是文字狱。虽说文字狱，其实还含着许多复杂的原因，在这里不能细说；我们现在还直接受到流毒的，是他删改了许多古人的著作的字句，禁了许多明清人的书。

　　《安龙逸史》大约也是一种禁书，我所得的是吴兴刘氏嘉业堂①的新刻本。他刻的前清禁书还不止这一种，屈大均的又有《翁山文外》；还有蔡显的《闲渔闲闲录》②，是作者因此"斩立决"，还累及门生的，但我细看了一遍，却又寻不出什么忌讳。对于这种刻书家，我是很感激的，因为他传授给我许多知识——虽然从雅人看来，只是些庸俗不堪的知识。但是到嘉业堂去买书，可真难。我还记得，今年春天的一个下午，好容易在爱文义路找着了，两扇大铁门，叩了几下，门上开了一个小方洞，里面有中国门房，中国巡捕，白俄镖师各一位。巡捕问我来干什么的。我说买书。他说账房出去了，没有人管，明天再来罢。我告诉他我住得远，可能给我等一会呢？他说，不成！同时也堵住了那个小方洞。过了两天，我又去了，改作上午，以为此时账房也许不至于出去。但这回所得回答却更其绝望，巡捕曰："书都没有了！卖完了！不卖了！"

　　我就没有第三次再去买，因为实在回复的斩钉截铁。现在所有的几种，是托朋友去辗转买来的，好像必须是熟人或走熟的书店，这才买得到。

　　每种书的末尾，都有嘉业堂主人刘承干先生的跋文，他对于明季的遗老很有同情，对于清初的文祸也颇不满。但奇怪的是他自己的文章却满是前清遗老的口风；书是民国刻的，"仪"字还缺着末笔③。我想，试看明朝遗老的著作，反抗清朝的主旨，是在异族的入主中夏的，改换朝代，倒还其次。所以要顶礼明末的遗民，必须接受他的民族思想，这才可以心心相印。现在以明遗老之仇的满清的遗老自居，却又引明遗老为同调，只着重在"遗老"两个字，

---

①　吴兴刘氏嘉业堂，我国著名的私人藏书楼，在浙江吴兴南浔镇，藏书达六十万卷，并自行雕版印书，刻有《嘉业堂丛书》、《求恕斋丛书》等。创办人刘承干（1882～1963年），字贞一，号翰怡，浙江吴兴人。
②　蔡显（约1697～1767年），字笠夫，江苏华亭（今上海松江）人。《清代文字狱档》第二辑收有"蔡显《闲渔闲闲录》案"，此案发生于乾隆三十二年（1767年），据当时的奏折称：蔡显系雍正时举人，年七十一岁，自号闲渔；所著《闲闲录》一书，语含讥谤，意多悖逆。后来的结果是蔡显被"斩决"，他的儿子"斩监候秋后处决"，门人等分别"杖流"及"发伊犁等处充当苦差"。《闲渔闲闲录》，九卷，是一部杂录朝典、时事、诗句的杂记，刘氏嘉业堂刻本于1915年印行。
③　缺着末笔，从唐代开始的一种避讳方法，即在书写或镌刻本朝皇帝或尊长的名字时省略最末一笔。刘承干对"仪"字缺末笔，是避清废帝溥仪的讳。

而毫不问遗于何族，遗在何时，这真可以说是"为遗老而遗老"，和现在文坛上的"为艺术而艺术"，成为一副绝好的对子了。

倘以为这是因为"食古不化"的缘故，那可也并不然。中国的士大夫，该化的时候，就未必决不化。就如上面说过的《蜀龟鉴》，原是一部笔法都仿《春秋》的书，但写到"圣祖仁皇帝康熙元年春正月"，就有"赞"道："……明季之乱甚矣！风终幽，雅终《召旻》①，托乱极思治之隐忧而无其实事，孰若臣祖亲见之，臣身亲被之乎？是编以元年正月终者，非徒谓体元表正②，蔑以加兹；生逢盛世，荡荡难名，一以寄没世不忘之恩，一以见太平之业所由始耳！"

《春秋》上是没有这种笔法的。满洲的肃王的一箭，不但射死了张献忠③，也感化了许多读书人，而且改变了"春秋笔法"④了。

四

病中来看这些书，归根结蒂，也还是令人气闷。但又开始知道了有些聪明的士大夫，依然会从血泊里寻出闲适来。例如《蜀碧》，总可以说是够惨的书了，然而序文后面却刻着一位乐斋先生的批语道："古穆有魏晋间人笔意。"

这真是天大的本领！那死似的镇静，又将我的气闷打破了。

我放下书，合了眼睛，躺着想想学这本领的方法，以为这和"君子远庖厨也"的法子是大两样的，因为这时是君子自己也亲到了庖厨里。冥想的结果，拟定了两手太极拳。一、是对于世事要"浮光掠影"，随时忘却，不甚了然，仿佛有些关心，却又并不恳切；二、是对于现实要"蔽聪塞明"，麻木冷静，不受感触，先由努力，后成自然。第一种的名称不大好听，第二种却也是却病延年的要诀，连古之儒者也并不讳言的。这都是大道。还有一种轻捷的小道，是：彼此说谎，自欺欺人。

---

① 风终幽，雅终《召旻》，《诗经》计分"国风"、"小雅"、"大雅"、"颂"四类。《幽》列于"国风"的最后，共七篇。据《诗序》称：这些都是关于周公"遭变故"、"救乱"、"东征"的诗。《召旻》是"大雅"的最后一篇，据《诗序》称："《召旻》，凡伯（周大夫）刺幽王大坏也。"

② 体元表正，"体元"，见《春秋》隐公元年："元年，春，王正月。"晋代杜预注："凡人君即位，欲其体元以居正，故不言一年一月也。"据唐代孔颖达疏："元正实是始长之义，但因名以广之。元者：气之本也，善之长也；人君执大本，长庶物，欲其与元同体，故年称元年。""表正"，见《书经·仲虺之诰》："表正万邦。"汉代孔安国注："仪表天下，法正万国。"

③ 关于张献忠之死，史书上的说法不一。据《明史·张献忠传》载：清顺治三年（1646）清肃亲王豪格进兵四川，"献忠尽焚成都宫殿庐舍，夷其城，率众出川北，……会我大清兵至汉中，……至盐亭界，大雾。献忠晓行，猝遇我兵于凤凰坡，中矢坠马，蒲伏积薪下。于是我兵擒献忠出，斩之。"但《明史纪事本末·张献忠之乱》说他是"以病死于蜀中"。

④ "春秋笔法"，《春秋》是春秋时期鲁国的编年史，相传为孔丘所修。过去的经学家认为它每用一字，都隐含"褒""贬"的"微言大义"，称为"春秋笔法"。

有些事情，换一句话说就不大合适，所以君子憎恶俗人的"道破"。其实，"君子远庖厨也"就是自欺欺人的办法：君子非吃牛肉不可，然而他慈悲，不忍见牛的临死的觳觫，于是走开，等到烧成牛排，然后慢慢地来咀嚼。牛排是决不会"觳觫"的了，也就和慈悲不再有冲突，于是他心安理得，天趣盎然，剔剔牙齿，摸摸肚子，"万物皆备于我矣"[①] 了。彼此说谎也绝不是伤雅的事情，东坡先生在黄州，有客来，就要客谈鬼，客说没有，东坡道："姑妄言之！"[②] 至今还算是一件韵事。

撒一点小谎，可以解无聊，也可以消闷气；到后来，忘却了真，相信了谎。也就心安理得，天趣盎然了起来。永乐的硬做皇帝，一部分士大夫是颇以为不大好的，尤其是对于他的惨杀建文的忠臣。和景清一同被杀的还有铁铉[③]，景清剥皮，铁铉油炸，他的两个女儿则发付了教坊，叫她们做婊子。这更使士大夫不舒服，但有人说，后来二女献诗于原问官，被永乐所知，赦出，嫁给士人了。[④]

这真是"曲终奏雅"[⑤]，令人如释重负，觉得天皇毕竟圣明，好人也终于得救。她虽然做过官妓，然而究竟是一位能诗的才女，她父亲又是大忠臣，为夫的士人，当然也不算辱没。但是，必须"浮光掠影"到这里为止，想不得下去。一想，就要想到永乐的上谕[⑥]，有些是凶残猥亵，将张献忠祭梓潼神的"咱老子姓张，你也姓张，咱老子和你联了宗罢。尚飨！"的名文[⑦]，和他的比起来，真是高华典雅，配登西洋的上等杂志，那就会觉得永乐皇帝决不像一位爱才怜弱的明君。况且那时的教坊是怎样的处所？罪人的妻女在那里是并非

---

① "万物皆备于我矣"，孟轲的话。语见《孟子·尽心》。
② 东坡苏轼（1037~1101 年），字子瞻，号东坡居士，眉山（今属四川）人，宋代文学家。神宗初年曾因反对王安石新法，被贬黄州。他要客谈鬼的事，见宋代叶梦得《石林避暑录话》卷一："子瞻在黄州及岭表，每旦起，不招客相与语，则必出而访客。所与游者亦不尽择，各随其人高下，诙谐放荡，不复为畛畦。有不能谈者，则强之使说鬼，或辞无有，则曰'姑妄言之'，于是闻者无不绝倒，皆尽欢而去。"
③ 铁铉（1366~1402 年），字鼎石，河南邓州（今邓县）人。明建文帝时任山东参政，燕王朱棣（即后来的永乐帝）起兵夺位，他在济南屡破燕王军，升兵部尚书。燕王登位后被处死。据谷应泰《明史纪事本末·壬午殉难》载："铁铉被执至京陛见，背立庭中，正言不屈，令一顾不可得。割其耳鼻，复令尝之，问曰：甘否？铉厉声曰：忠臣孝子肉有何不甘……遂寸磔之，至死，犹喃喃骂不绝。文皇（永乐）乃令舁大镬至，纳油数斛，熬之，投铉尸，顷刻成煤炭。"
④ 关于铁铉两个女儿入教坊的事，据明代王鏊的《震泽纪闻》载："铉有二女，入教坊数月，终不受辱。有铉同官至，二女为诗以献。文皇曰：'彼终不屈乎？'乃赦出之，皆适士人。"教坊，唐代开始设立的掌管教练女乐的机构。后来封建统治者常把罪犯的妻女罚入教坊，实际上是一种官妓。
⑤ "曲终奏雅"，语见《汉书·司马相如传》："扬雄以为靡丽之赋劝百而讽一，犹骋郑卫之声，曲终而奏雅，不已戏乎？"
⑥ 永乐的上谕，参看本书《病后杂谈之余》第一节。
⑦ 张献忠祭梓潼神，文见于《蜀碧》卷三和《蜀龟鉴》卷三，原文如下："咱老子姓张，你也姓张，为甚吓咱老子？咱与你联了宗罢。尚享。"（两书中个别字稍有不同）梓潼神，据《明史·礼志四》，梓潼帝君姓张名亚子，晋时人。

静候嫖客的，据永乐定法，还要她们"转营"，这就是每座兵营里都去几天，目的是在使她们为多数男性所凌辱，生出"小龟子"和"淫贱材儿"来！所以，现在成了问题的"守节"，在那时，其实是只准"良民"专利的特典。在这样的治下，这样的地狱里，做一首诗就能超生的么？

我这回从杭世骏的《订讹类编》①（续补卷上）里，这才确切地知道了这佳话的欺骗。他说："……考铁长女诗，乃吴人范昌期《题老妓卷》作也。诗云：'教坊落籍洗铅华，一片春心对落花。旧曲听来空有恨，故园归去却无家。云鬟半馨临青镜，雨泪频弹湿绛纱。安得江州司马在，尊前重为赋琵琶。'昌期，字鸣凤；诗见张士瀹《国朝文纂》。同时杜琼用嘉亦有次韵诗，题曰《无题》，则其非铁氏作明矣。次女诗所谓'春来雨露深如海，嫁得刘郎胜阮郎'，其论尤为不伦。宗正睦木挈论革除事，谓建文流落西南诸诗，皆好事伪作，则铁女之诗可知。……"

《国朝文纂》②我没有见过，铁氏次女的诗，杭世骏也并未寻出根底，但我以为他的话是可信的，——虽然他败坏了口口相传的韵事。况且一则他也是一个认真的考证学者，二则我觉得凡是得到大杀风景的结果的考证，往往比表面说得好听，玩得有趣的东西近真。

首先将范昌期的诗嫁给铁氏长女，聊以自欺欺人的是谁呢？我也不知道。但"浮光掠影"的一看，倒也罢了，一经杭世骏道破，再去看时，就很明白地知道了确是咏老妓之作，那第一句就不像现任官妓的口吻。不过中国的有一些士大夫，总爱无中生有，移花接木的造出故事来，他们不但歌颂升平，还粉饰黑暗。关于铁氏二女的撒谎，尚其小焉者耳，大至胡元杀掠，满清焚屠之际，也还会有人单单捧出什么烈女绝命，难妇题壁的诗词来，这个艳传，那个步韵，比对于华屋丘墟，生民涂炭之惨的大事情还起劲。到底是刻了一本集，连自己们都附进去，而韵事也就完结了。

我在写着这些的时候，病是要算已经好了的了，用不着写遗书。但我想在这里趁便拜托我的相识的朋友，将来我死掉之后，即使在中国还有追悼的可能，也千万不要给我开追悼会或者出什么纪念册。因为这不过是活人的讲演或

① 杭世骏（1686~1773年），字大宗，浙江仁和（今余杭）人，清代考据家。乾隆时官御史。著有《订讹类编》、《道古堂文集》等。《订讹类编》，六卷，又《续补》二卷，是一部考订古籍真伪异同的书。下面的引文是杭世骏摘录钱谦益《列朝诗集》闰集卷四中的话。据《列朝诗集》："其论"作"其语"，"好事"作"好事者"。
② 《国朝文纂》，明代诗文的汇编。据《明史·艺文志》"集类"三"总集类"载："王梽《国朝文纂》四十卷"，又"张士瀹《明文纂》五十卷"。

挽联的斗法场，为了造语惊人，对仗工稳起见，有些文豪们是简直不恤于胡说八道的。结果至多也不过印成一本书，即使有谁看了，于我死人，于读者活人，都无益处，就是对于作者，其实也并无益处，挽联做得好，也不过挽联做得好而已。

现在的意见，我以为倘有购买那些纸墨白布的闲钱，还不如选几部明人，清人或今人的野史或笔记来印印，倒是于大家很有益处的。但是要认真，用点工夫，标点不要错。

十二月十一日

上述的两篇文章，鲁迅笔锋犀利，《病中杂记》这一句"这二者缺一，便是俗人，不足与言生病之雅趣的"，足见鲁迅讽刺意思之深。在1935年4月20日刊于《太白》上的《天生蛮性》一文，只有三句话——

辜鸿铭先生赞小脚；郑孝胥先生讲王道；林语堂先生谈性灵。

把林语堂与前清遗老和伪满大臣相提并论，可见鲁迅对林语堂的厌恶已经溢于言表。对于鲁迅的讽刺，林语堂也积极了给予了回应，他执著于自己的文章笔法，对自己的文艺观点也确信不疑。在《行素集·序》中，他声称"欲据牛角尖负隅以终身"，并且写了《作文与做人》、《我不敢游杭》等文章，回击鲁迅的讽刺。

❧ 作文与做人 ❧

文 / 林语堂

向来在中国文人之地位很高，但是高的都是死后，在生前并不高到怎样？我们有句老话，叫做"词穷而后工"，好像不穷不能做诗人。辜鸿铭潦倒以终世，我们看见他死了，所以大家说他是好人，而予以相当的同情，但是辜鸿铭倘尚活着，则非挨我们笑骂不可。我们此刻开口苏东坡，闭口白居易，但是苏东坡生时是要贬流黄州，大家好像好意迫他穷，成就他一个文人，死后尚且一时诗文在禁。白居易生时，妻子就看不大起他，知音者只有元稹、邓鲂、唐衢几人。所以文人向来是偃塞不遂的。偶尔生活较安适，也是一桩罪过。所以文人实在没有什么做头。我劝诸位，能做军阀为上策，其次做官，成本轻，利息厚，再其次，入商，卖煤也好，贩酒也好。若没有事可做，才来做文章。

我反对这文人应穷的遗说。第一，文人穷了，每好卖弄其穷，一如其穷已极，故其文亦已工，接着来的就是一些什么浪漫派、名士派、号啕派、怨天派。第二，为什么别人可以生活舒适，文人便不可生活舒适？颜渊在陋巷固然不改其乐，然而颜渊居富第也未必便成坏蛋。第三，文人穷了，于他实在没有什么好处，在他人看来很美，死后读其传略，很有诗意，有生前断炊是没有什么诗意，这犹如我不主张红颜薄命，与其红颜而薄命，不如厚福而不红颜。在故事中读来非常缠绵凄恻，身临其境，却不甚妙。我主张文人也应跟常人一样。

故不主张文人应特别穷之说。这文人与常人两样的基本观念是错误，其流祸甚广，这是应当纠正的。

我们想起文人，总是一副穷形极像。为什么这样呢？这可分出好与不好两面来说。第一，文人不大安分守己，好评是非，人生在世，应当马马虎虎，糊糊涂涂，才会腾达，才有福气，文人每每是非辩得太明，泾渭分得太清。黛玉最大的罪过，就是她太聪明。所以红颜每多薄命，文人亦多薄命。文人遇有不合，则远引高蹈，扬袂而去，不能同流合污下去，这是聪明所致。二则，文人多半是书呆不治生产，不通世故，尤不肯屈身事仇，卖友求荣，所以偃塞是文人自召的。然而这都还是文人之好处。尚有不大好处，就是文人似女人。第一，文人薄命与红颜薄命相同，我已说过。第二，文人好相轻，与女人互相评头品足相同。世上没有在女人目中十全的美人，一个美人走出来，女性总是评她，不是鼻子太扁，便是嘴太宽，否则牙齿不齐，再不然便是或太长或太短，或太活泼，或太沉默。文人相轻也是此种女子入宫见妒的心理。军阀不来骂文人，早有文人自相骂。一个文人出一本书，便有另一文人处心积虑来指摘。你想他为什么出来指摘，就是要献媚，说你皮肤不嫩，我姓张的比你嫩白，你眉毛太粗，我姓李的眉毛比你秀丽。于是白话派骂文言派，文言派骂白话派，民族文学派骂普罗，普罗骂第三种人，大家争营对垒，成群结党，一枪一矛，街头巷尾，报上屁股，互相臭骂，叫武人见了开心等于妓院打出全武行，叫路人看热闹。文人不敢骂武人，所以自相骂以出气，这与向来妓女骂妓女，因为不敢骂嫖客一样道理，原其心理，都是大家要取媚于世。第三，妓女可以叫条子，文人亦可以叫条子。今朝事秦，明朝事楚，事秦事楚皆不得，则于心不安。武人一月出八十块钱，你便可以大挥如椽之笔为之效劳。三国时候，陈孔璋投袁绍，做起文章骂曹操为豺狼，后来投到曹操家，做起檄来，骂袁绍为虺虺。文人地位到此已经丧尽，比妓女不相上下，自然叫人看不起。

林语堂笔迹

这样说来，文人还做得么？所以我向来不劝人做文人，只要做人便是。颜之推《家训》中说过："但成学士，亦足为人，必乏天才，勿强操笔。"你们要明白，不做文人，还可以做人，一做文人，做人就不甚容易。如果不做文人，而可以做人，也算不愧父母之养育师傅之教训，子夏所谓贤与不贤，事父母能竭其力，事君能致其身，与朋友交，言而有信，虽曰未学，吾必谓之学矣。孔子所谓行有余力，则以学文。可见行字重要在文字之上。文做不好有什么要紧？人却不可不做好。我想行字是第一，文字在其次。行如吃饭，文如吃点心。单吃点心，不吃饭是不行的。现代人的毛病就是把点心当饭吃，文章非常庄重，而行为非常幽默。中国的幽默大家不是苏东坡，不是袁中郎，不是东方朔，而是把一切国事当儿戏，把官厅当家祠，依违两可，昏昏冥冥生子生孙，度此一生的人。我主张应当反过来，做人应该规矩一点，而行文不妨放逸些。你能一天苦干，能认真办铁路，火车开准时刻，或认真办小学，叫学生得实益，到了晚上看看小书，国不会亡的，就是看梅兰芳，杨小楼，甚至到跳舞场拥舞女，国也不会亡。文学不应该过于严肃枯燥，过于严肃无味，人家就看不下去。因为文学像点心，不妨精雅一点，技巧一点。做人道理却应该认清。

但是在下还有一句话。我劝诸位不要做文人，因为做文人非遭同行臭骂不可，但是有人性好文学，总要掉弄文墨。既做文人，而不预备成为文妓，就只有一道：就是带一点丈夫气，说自己胸中的话，不要取媚于世，这样身份自会高。要有点胆量，独抒己见，不随波逐流，就是文人的身份。所言是真知灼见的话，所见是高人一等之理，所写是优美动人的文，独往独来，存真保诚，有骨气，有识见，有操守，这样的文人是做得的。袁中郎说得好："物之传者必以质（质就是诚实，不空疏，有自己的见地，这是由思与学炼来的），文之不传，非不工也。树之不实，非无花叶也。人之不泽，非无肤发也。文章亦尔

（一人必有一人忠实的思想骨干，文字辞藻都是余事）。行世者必真，悦俗者必媚，真久必见，媚久必厌，自然之理也。"这样就同时可以做文人，也可以做人。

我不敢游杭

文 / 林语堂

　　春天又来了。春天不是读书天，遑论写作?我近来已经看准，做人比做文重要，一人吃睡做事要紧，文章只是余事罢了。就是读他人作品，也不看人文章，只看人的行径，虽然有些人要因此着慌，也顾不到许多了。单说我刚在菜圃上看那天种的菜子已经萌芽出土了，一对一对的嫩叶，正像两个眼睛在引颈观望这偌大世界。我知道过不几天就可长寸许，那时茎又高，要环观宇宙更便利了。周围的地半月前还不见生意，现在已苔锦成茵了，绿茸茸怪可爱的。墙头两只虾蟆也在那边挺肚晒日。但我非进来写作不可!

　　在这时候，满心想到杭州一游，但是因为怕革命党，不大敢去，犹豫不决。（以后或者偏偏仍然要去，也把不定。）所谓革命党，不是穿草鞋带破笠拿枪杆杀人的革命党，乃是文绉绉吃西洋点心而一样雄赳赳拿笔杆杀人的革命文人。虽然明知这班人牛扒吃得比我还起劲，拿起锄头，彼不如我，那里革什么命，其口诛笔伐，喊喊大众，拿拿稿费，本不足介意，但是其书生骂书生英勇之气，倒常把我吓住。我回思一两年来我真罪大恶极了，游山只其一端耳。

林语堂与夫人廖翠凤合影

　　让我算算账吧。这账算来，虽也有四五条，却也都颇滑稽，虽然不敢完全自护，却也觉得只有充满方巾气、冷猪肉气的人群里才会发现。使我生在异世，或在他国，这罪都不易成立。于是使我益发仰慕一种近人情的文化了。

　　我生不能救国，又不能结纳英雄，欺骗民众，只愿做做人，也盼望人人可以做人的一个天下而已。做人不能不具喜怒哀乐之情。有谁肯让我过近人情的生活，我便让他治天下。若必叫人不近情，不许嬉笑悲啼，这种的天下我便不爱了，也不大愿交给这班人去治了。

第一条大罪，便是在本刊提倡幽默。革命者说，在帝国主义压迫中国农民之时，你还有心说笑话么？你不敢正视现实，不敢讽刺，只能把帝国主义的黑暗笑笑完事而已。细想本刊创办就是叫人正视事实，叫青年头脑清楚（见第三期《我们的态度》），本心也重幽默，不重讽刺。然而结果一看，左派刊物，除了避开正面，拿几个文弱书生辱骂出出气以外，倒也不见得比本刊大胆讽刺，所暴露之残酷矛盾顽固，也不比我们多，所差我们不曾为人豢养，不会宣传什么鸟主义罢了。

林语堂继《论语》之后，创办《人世间》

我虽也想抓孔夫子作护身符，说孔子处乱世之秋还能幽默，想浴乎沂风乎舞雩，并且不曾亡周，然而总是没用，因为由革命党看来，孔子还不如什么鸟斯基呢！所以我一时聪明起来，只好指给他们看，高尔基，陀斯托斯基，羊头斯基，狗肉斯基也都有幽默，而且容得下幽默。于是他们才无言，因为我已经找到一位苏俄祖宗了。

第二条大罪，是由《人间世》提倡小品文，不合登了人家两首打油诗，又不合误用"闲适"二字翻译familiar style（娓语笔调）。于是革命者喊起来（此不是冤枉，因为开火的××君已经被捕，不肯反正，自认为革命者）："什么！你要提倡闲适笔调，你有闲阶级！"这有点近似因，"孵马"字禁读马氏文逊一样滑稽吧！你想中国人怎样能不幽默，古香斋材料怎样能不丰富？又不合发刊词说两句"宇宙之大，苍蝇之微"都可做小品文题材。革命者即刻嚷道："什么！宇宙不谈，来谈苍蝇！玩物丧志，国要亡了！"时至今日，看看左派刊物，也不见得人家宇宙谈得比我们多，苍蝇谈得比我们少，而且小品文反大家仿效盛行了。这过十年后说来，必定有读者不敢相信，但是今年此日确有此事，而且文章做来才是今天天下好听呢！我虽也曾经举出苏东坡、白居易、陶渊明都做过好的感怀抒情小品，而都不曾负亡国之罪，但是明知这也都无用，因为这些人革命者是看不起的，因为苏东坡是"封建人物"，白居易是"知识阶级"，陶渊明是"不敢正视现实"的隐士。我没法，只好用一条老

林语堂主编《论语》

计，指出法人孟旦、英人兰姆都曾写过极好的小品，而且真正闲适，然而孟旦不曾亡法，而兰姆也不曾亡英。我又说中国人如果一作小品便会丧志，而中国人的志如果这样容易丧，则"丧之不足惜，不丧亦无能为也"。此后彼辈遂亦无言，且大做其小品，因为我已找到一位法国及一位英国祖宗了。

第三条罪状是翻印古书，提倡性灵。"什么叫做性灵?就是违背社会环境的个人主义"，革命者又盲人谈象式地喊着："读古书就是落伍!" "袁中郎是遗世!" 言不对题，猖猖之声充耳。性灵说在文评理论上有什么错处，没人能说出。袁中郎文学见解及其文字有什么不好，也没人能指出，只在题外生枝。

这本可不理，因为我不曾叫天下人都去姓袁，学中郎想"娶短命妾"。至于今人不可读古书，话更奇了。因为说古书有毒的人天天教古文，偷看古书，也曾标点古书，也曾谬误百出，而且做出文章来，古书就抄一大堆。我也没话，只指出健全的国民不曾认外人为祖宗者。如英人、法人、德人，都爱珍藏本国古书，而彼辈不曾因此玩物丧志也是实。如果这话还不大好，说革命的苏俄人就不要他们的古书，那么我还可指出，此刻现在，莫斯科演莎士比亚戏剧还是全璧演出，不如以前删削，不定要宣传主义，这样革命者便也不能不屈服了。何况斯大林还看得起我们的梅兰芳呢?说不定梅兰芳一游俄，梅剧就变成革命的艺术了。

第四条大罪便是游山。这回不是左派，而是右派了。"你要游山做名士，充风雅!"南京某月刊的主笔词严义正的责斥我们"论语社"的朋友。我也不辩，也不敢辩，只轻轻指出该月刊同期的一条编辑启事，大意说：近因春假，多半撰稿诸君游兴甚浓，未能按时返京，前经预告之专号容下期出版云云。这回我口里真骂出"妈的×"来了。不合此回游山，偏偏是应浙江公路局之请，所以我也不辩，只答应将来替他们做《讨中国旅行社檄》及《讨浙江公路局提倡游山陷人丧志锄》。檄之开端，已登本刊第五十五期。我去冬游杭，怕革命者看见我赏菊的窘状，已经在该期发表了。

第五条罪状是吃牛扒及听蛙声。这本来太滑稽，因为与以上四条是一气相贯的，所以顺便带一笔。有一位横冲直冲沽名甚急之文人说他在我家吃牛扒。老实说，当日他吃的牛扒跟我吃的一样多，而且那时尚未翻脸，所以牛扒他也可吃，我也可吃，都不是消闲落伍，到了一篇故意颠倒藉凑热闹的演讲笔记做出之后，于是他吃牛扒便是革命，我吃牛扒便是落伍了。

这话妙着呢！他吃牛扒时，一心想农人耕牛之苦，而我专想牛扒之味啊！此非悬拟，青天白日真真有同类文章为证，就是关于听蛙声。

据某并不落伍的文人自道，他一听蛙声马上就革命地想起"农夫在插秧了"，而我只在说蛙声"很有诗意"，这不是落伍么?原来革命是那么容易的。这样革命也就等于画符，只会拿管笔画符，便可行医，也可革命。固然，吃牛扒，想耕牛；穿皮鞋，想插秧；看跑狗，想农夫，也是革命文人之韵事，但是有时也得脱裤子，撒泡尿，不然农夫要被革命文人杀哉！昔有腐儒讥白太傅官杭，"忆妓诗多，忆民诗少"，然而平心而论，腐儒虽然天天嫖妓，但诗文必不敢有一妓字，句句忧君，字字忆民。但是据我笨想，腐儒做起官来，未必比白乐天爱民，所差乐天不曾板起道学脸孔等吃冷猪肉罢了。原来这并不难，因为苛捐杂税局，向来是挂"裕国富民"的招牌的，想到此地，肚里一阵凉爽，哪里又会对方巾派生气呢！

笔战事件余波

因为政治见解的不同，引发两人分别走向不同的群体，又因为文学见解的分歧，两人的友谊之门渐渐关闭。林语堂离开《论语》，另起炉灶，办起《人间世》之后，也是他和鲁迅的友谊走到终点之时。

在鲁迅支持的"左联"中，有很多人早已对林语堂不满，《人间世》创办之初，左联便开始炮轰林语堂，其中骂得最凶的也是鲁迅。而林语堂在《论语》时得罪的一些右派作家，此时也开始对他发动了攻击。之后不久，1933年，《人间世》便在各路人马的夹攻下摇摇欲坠。两年之后，林语堂远赴美国，终此一生和鲁迅再没有相见。

1936年10月19日，鲁迅因肺结核不治而亡。4天后，林语堂写下《鲁迅之死》是对他们那段已经死去的友谊的悼念，也是对他们生前分歧的感慨，亦显示对鲁迅的尊敬和肯定。

鲁迅之死

文 / 林语堂

民廿五年十月十九日鲁迅死于上海。时我在纽约，第二天见Herald-Tribune电信，惊愕之下，相与告友，友亦惊愕。若说悲悼，恐又不必，盖非所以悼鲁迅也。鲁迅不怕死，何为以死悼之？夫人生在世，所为何事？碌碌终日，而一旦瞑目，所可传者极渺。若投石击水，皱起一池春水，及其波静浪过，复平如镜，了无痕迹。唯圣贤传言，豪杰传事，然究其可传之事之言，亦不过圣贤豪杰所言所为之万一。孔子喋喋千万言，所传亦不过《论语》二三万言而已。始皇并六国，统天下，焚书坑儒，筑长城，造阿房，登泰山，游会稽，问仙求神，立碑刻石，固亦欲创万世之业，流传千古。然帝王之业中堕，长生之乐不到，阿房焚于楚汉，金人毁于董卓，碑石亦已一字不存，所存一长城旧规而已。鲁迅投鞭击长流，而长流之波复兴，其影响所及，翕然有当于人心，鲁迅见而喜，斯亦足矣。宇宙之大，沧海之宽，起伏之机甚微，影响所及，何可较量，复何必较量？鲁迅来，忽然而言，既毕其所言而去，斯亦足矣。鲁迅常谓文人写作，固不在藏诸名山，此语甚当。处今日之世，说今日之言，目所见，耳所闻，心所思，情所动，纵笔书之而馨其胸中，是以使鲁迅复生于后世，目所见后世之人，耳所闻后世之事，亦必不为今日之言。鲁迅既生于今世，既说今世之言，所言有为而发，斯足矣。后世之人好其言，听之；不好其言，亦听之。或今人所好之言在此，后人所好在彼，鲁迅不能知，吾亦不能知。后世或好其言而实厚诬鲁迅，或不好其言而实深为所动，继鲁迅而来，激成大波，是文海之波涛起伏，其机甚微，非鲁迅所能知，亦非吾所能知。但波使涛之前仆后起，循环起伏，不归沉寂，便是生命，便是长生，复奚较此波长波短耶？

鲁迅与我相得者二次，疏离者二次，其即其离，皆出自然，非吾与鲁迅有轻轩于其间也。吾始终敬鲁迅；鲁迅顾我，我

《京华烟云》，林语堂著

喜其相知，鲁迅弃我，我亦无悔。大凡以所见相左相同，而为离合之迹，绝无私人意气存焉。我请鲁迅至厦门大学，遭同事摆布追逐，至三易其厨，吾尝见鲁迅开罐头在火酒炉上以火腿煮水度日，是吾失地主之谊，而鲁迅对我绝无怨言是鲁迅之知我。《人世间》出，左派不谅吾之文学见解，吾亦不愿牺牲吾之见解以阿附初闻鸦叫自为得道之左派，鲁迅不乐，我亦无可奈何。鲁迅诚老而愈辣，而吾则向慕儒家之明性达理，鲁迅党见愈深，我愈不知党见为何物，宜其刺刺不相入也。然吾私心终以长辈事之，至于小人之捕风捉影挑拨离间，早已置之度外矣。

鲁迅与其称为文人，不如号为战士。战士者何？顶盔披甲，持矛把盾交锋以为乐。不交锋则不乐，不披甲则不乐，即使无锋可交，无矛可持，拾一石子投狗，偶中，亦快然于胸中，此鲁迅之一副活形也。德国诗人海涅语人曰，我死时，棺中放一剑，勿放笔。是足以语鲁迅。

鲁迅所持非丈二长矛，亦非青龙大刀，乃炼钢宝剑，名宇宙锋。是剑也，斩石如棉，其锋不挫，刺人杀狗，骨骼尽解。于是鲁迅把玩不释，以为嬉乐，东砍西刨，情不自已，与绍兴学童得一把洋刀戏刻书案情形，正复相同，故鲁迅有时或类鲁智深。故鲁迅所杀，猛士劲敌有之，僧丐无赖，鸡狗牛蛇亦有之。鲁迅终不以天下英雄死尽，宝剑无用武之地而悲。路见疯犬、癫犬、及守家犬，挥剑一砍，提狗头归，而饮绍兴，名为下酒。此又鲁迅之一副活形也。

然鲁迅亦有一副大心肠。狗头煮熟，饮酒烂醉，鲁迅乃独坐灯下而兴叹。此一叹也，无以名之。无名火发，无名叹兴，乃叹天地，叹圣贤，叹豪杰，叹司阍，叹佣妇，叹书贾，叹果商，叹黠者、狡者、愚者、拙者、直谅者、乡愚者；叹生人、熟人、雅人、俗人、尴尬人、盘缠人、累赘人、无生趣人、死不

林语堂行书

开交人，叹穷鬼、饿鬼、色鬼、谗鬼、牵钻鬼、串熟鬼、邋遢鬼、白蒙鬼、摸索鬼、豆腐羹饭鬼、青胖大头鬼。于是鲁迅复饮，俄而额筋浮胀，睚眦欲裂，须发尽竖；灵感至，筋更浮，眦更裂，须更竖，乃磨砚濡毫，呵的一声狂笑，复持宝剑，以刺世人。火发不已，叹兴不已，于是鲁迅肠伤，胃伤，肝伤，肺伤，血管伤，而鲁迅不起，呜呼，鲁迅以是不起。

廿六年十一月廿二于纽约

第二篇

胡适和陈独秀
——对立只在思想上

胡适（1891~1962年），原名嗣穈，学名洪骍，字希疆，后改名胡适，字适之，笔名天风、藏晖等，其中，适与适之之名与字，乃取自当时盛行的达尔文学说"物竞天择适者生存"典故。现代著名学者、诗人、历史学家、文学家、哲学家，新文化运动的领袖之一。1915年，入哥伦比亚大学研究院，导师是哲学家杜威，杜威的学术观点是实用主义哲学，胡适一生深受其影响，并一直致力于推广、实践。1917年，胡适回国任北京大学教授，加入《新青年》编辑部，在《新青年》上

胡适

发表《文学改良刍议》，主张以白话文代替文言文，从而暴得大名。胡适的《尝试集》是中国第一部白话诗集。

陈独秀（1879~1942年），字仲甫，和胡适一样都是安徽人。两人也都是新文化运动的倡导者，陈独秀1904年初在芜湖创办《安徽俗话报》，宣传革命思想。1913年参加讨伐袁世凯的"二次革命"，失败后被捕入狱，出狱后于1914年到日本，帮助章士钊创办《甲寅》杂志。1915年9月，在上海创办并主编《青年》杂志（一年后改名《新青年》）。1917年初受聘为北京大学文科学长。1918年12月与李大钊等创办《每周评论》。

陈独秀

他以《新青年》、《每周评论》和北京大学为主要阵地，积极提倡民主与科学、文学革命，反对封建的旧思想、旧文化、旧礼教。1919年"五四"运动后期，陈独秀开始接受和宣传马克思主义。1920年初潜往上海，在共产国际的帮助下，首先成立上海的共产党早期组织，同时与其他各地的先进分子联系，发起成立中国共产党，成为主要创始人。1932年10月，在上海被国民党政府逮捕，判刑后囚禁于南

京。抗战爆发后，他于1937年8月出狱，先后住在武汉、重庆，最后长期居住于四川江津。1942年5月，他在贫病交加中逝世。文章主要收录在《独秀文存》、《陈独秀文章选编》、《陈独秀思想论稿》、《陈独秀著作选编》等著作中。

1915年，在美国留学的胡适并不认识陈独秀，陈独秀亦不识胡适。然而那时，身处异地的两个青年，却都在考虑同一个问题：中国文学改革。不久之后，胡适收到好友寄给他的一册《青年杂志》（《新青年》杂志的前身），了解到这杂志为陈独秀主编。两人开始书信往来，并为了共同的文学改革目标站在了同一个战壕。然而，他们合作的时间却没有超过两年，即使在做朋友的这段日子里，他们却也时时针锋相对。陈独秀始终想拉胡适加入共产党，最终没有成功。"五四"运动爆发之后，两人终于因为所持革命观点不同，走上了不同的道路，并在思想观念上已经互为仇敌。然而，在历经了思想斗争，笔锋争论之后，这段友情终于又以陈独秀思想的回归而得到了一定的弥合。

相识相交的"蜜月期"

1915年10月6日，陈独秀托朋友汪孟邹写信向正在美国留学的胡适约稿。汪孟邹寄了一本《青年杂志》（《新青年》的前身）给胡适，并在信中说明陈独秀约稿的恳切之意。隔年2月，胡适写了一封信给陈独秀，在信中他写道——

今日欲为祖国造新文学，宜从输入欧西名著入手，使国中人士有所取法，有所观摩，然后乃有自己创造之新文学可言也。

陈独秀接到信十分高兴，因为此时，他也正在为中国的文学改革而努力。就这样，两人一个在东半球，一个在西半球，因为文学改革被紧紧地联结在了一起。

随后不久，胡适又给陈独秀去了一封信，在心中说明了一些自己的改革意见。

年来思虑观察所得，今日欲言文学革命，须从八事入手，八事者何？一曰不用典，二曰不用陈套语，三曰不讲对仗，四曰不避俗字俗语，五曰须讲究文法结构，此皆形式上之革命也；六曰不作无病呻吟，七曰不摹仿古人，语语须有个我在，八日须言之有物，此皆精神上之革命也。

陈独秀创办的《新青年》杂志

胡适提出的这八条意见表明了文学改革的信号，陈独秀立刻给胡适回了一封信。他在心中坦白直接地表达了自己的观点，他对胡适提出的八事除五、八两项外，"无不合十赞叹"。但是他也觉得这些改革主张态度不够坚决。他在10月5日给胡适的回信中这样写——

文学改革为吾国目前切要之事，此非戏言，更非空言。

陈独秀盼胡适切实作一改良文学论文，寄登《青年》。

胡适接到陈独秀的回信之后，对"八事"略加修改，写了一篇《文学改良刍议》寄给陈独秀，这篇文章后来被发表在1917年1月1日《新青年》第二卷第五号。也就是这篇文章，让当时年轻的胡适"暴得大名"。

胡适的《文学改良刍议》发表之后不久，陈独秀于2月1日的《新青年》上发表了《文学革命论》，用来唱和胡适的《刍议》。同时，《文学革命论》的发表，也表达了陈独秀等知识分子开始向封建文学进攻的决心。

当时响应这场战斗的有钱玄同、刘半农等人。刘半农发表《我之文学改良观》，表明了自己对这场革命的积极支持态度。陈独秀赞誉胡适为这场文学革命的先锋。此时，在大洋彼岸的胡适，读了《文学革命论》之后，立刻写了一封信给陈独秀。

我那些文学改良的"刍议"，不过是我个人的"私意"，目的在引起人们的"讨论，征集意见"。此事之是非，非一朝一夕所能定，亦非一二人所能定，亦决不敢以吾辈所主张为必是而不容他人匡正也。

这些话表明了胡适有点胆怯的情绪，此时，陈独秀又给他回了一封信。他在信中说——

自由讨论，固为学术发达之原则，独至改良中国文学当以白话为文学正宗之说，其是非甚明，必不容反对者有讨论之余地，必以吾辈所主张者为绝对之是，而不容他人匡正也。

这也表明了陈独秀态度坚决，誓将文学革命进行到底的决心。自此，在《新青年》展开的讨论，已经热烈到白热化的地步。实际上，在针对改革讨论这个问题上，胡适和陈独秀已经开始出现了分歧。

文学改良刍议

文／胡适

今之谈文学改良者众矣，记者末学不文，何足以言此？然年来颇于此事再四研思，辅以友朋辩论，其结果所得，颇不无讨论之价值。因综括所怀见解，列为八事，分别言之，以与当世之留意文学改良者一研究之。

吾以为今日而言文学改良，须从八事入手。八事者何？

一曰，须言之有物。二曰，不摹仿古人。三曰，须讲求文法。四曰，不作无病之呻吟。五曰，务去滥调套语。六曰，不用典。七曰，不讲对仗。八曰，不避俗字俗语。

一曰须言之有物

吾国近世文学之大病，在于言之无物。今人徒知"言之无文，行之不远"，而不知言之无物，又何用文为乎？吾所谓"物"，非古人所谓"文以载道"之说也。吾所谓"物"，约有二事：

（一）情感 《诗序》曰："情动于中而形诸言。言之不足，故嗟叹之。嗟叹之不足，故咏歌之。咏歌之不足，不知手之舞之，足之蹈之也。"此吾所谓情感也。情感者，文学之灵魂。文学而无情感，如人之无魂，木偶而已，行尸走肉而已（今人所谓"美感"者，亦情感之一也）。

（二）思想 吾所谓"思想"，盖兼见地、识力、理想三者而言之。思想不必皆赖文学而传，而文学以有思想而益贵；思想亦以有文学的价值而益贵也：此庄周之文，渊明、老杜之诗，稼轩之词，施耐庵之小说，所以复绝千古也。思想之在文学，犹脑筋之在人身。人不能思想，则虽面目姣好，虽能笑啼感觉，亦何足取哉？文学亦犹是耳。

文学无此二物，便如无灵魂无脑筋之美人，虽有秾丽富厚之外观，抑亦未矣。近世文人沾沾于声调字句之间，既无高远之思想，又无真挚之情感，文学之衰微，此其大因矣。此文胜之害，所谓言之无物者是也。欲救此弊，宜以质救之。质者何，情与思二者而已。

二曰不摹仿古人

文学者，随时代而变迁者也。一时代有一时代之文学。周秦有周秦之文学，汉魏有汉魏之文学，唐宋元明有唐宋元明之文学。此非吾一人之私言，乃文明进化之公理也。即以文论，有《尚书》之文，有先秦诸子之文，

胡适主编《努力周报》

有司马迁、班固之文，有韩、柳、欧、苏之文，有语录之文，有施耐庵、曹雪芹之文。此文之进化也。试更以韵文言之：击壤之歌，五子之歌，一时期也。三百篇之诗，一时期也。屈原、荀卿之骚赋，又一时期也。苏、李以下，至于魏晋，又一时期也。江左之诗流为排比，至唐而律诗大成，此又一时期也。老杜、香山之"写实"体诸诗（如杜之《石壕吏》《羌村》，白之《新乐府》），又一时期也。诗至唐而极盛，自此以后，词曲代兴。唐五代及宋初之小令，此词之一时代也。苏、柳（永）、辛、姜之词，又一时代也。至于元之杂剧传奇，则又一时代矣。凡此诸时代，各因时势风会而变，各有其特长。吾辈以历史进化之眼光观之，决不可谓古人之文学皆胜于今人也。左氏、史公之文奇矣，然施耐庵之《水浒传》视《左传》《史记》，何多让焉？《三都》《两水》之赋富矣，然以视唐诗宋词，则糟粕耳。此可见文学因时进化，不能自止。唐人不当作商周之诗，宋人不当作相如、子云之赋，即令作之，亦必不工。逆天背时，违进化之迹，故不能工也。

既明文学进化之理，然后可言吾所谓"不摹仿古人"之说。今日之中国，当造今日之文学。不必摹仿唐宋，亦不必摹仿周秦也。前见国会开幕词，有云："于铄国会，遵晦时休。"此在今日而欲为三代以上之文之一证也。更观今之"文学大家"，文则下规姚、曾，上师韩、欧，更上则取法秦汉魏晋，以为六朝以下无文学可言，此皆百步与五十步之别而已，而皆为文学下乘。即令神似古人，亦不过为博物院中添几许"逼真赝鼎"而已，文学云乎哉。昨见陈伯严先生一诗云：

"涛园钞杜句，半岁秃千毫。所得都成泪，相过问奏刀。万灵噤不下，此老仰弥高。胸腹回滋味，徐看薄命骚。"

此大足代表今日"第一流诗人"摹仿古人之心理也。其病根所在，在于以"半岁秃千毫"之功夫作古人的钞胥奴婢，故有"此老仰弥高"之叹。若能洒脱此种奴性，不作古人的诗，而唯作我自己的诗，则决不致如此失败矣！

吾每谓今日之文学，其足与世界"第一流"文学比较而无愧色者，独有白话小说（我佛山人、南亭亭长、洪都百炼生三人而已）一项。此无他故，以此种小说皆不事摹仿古人（三人皆得力于《儒林外史》《水浒传》《石头记》。然非摹仿之作也），而唯实写今日社会之情状，故能成真正文学。其他学这个，学那个之诗古文家，皆无文学之价值也。今之有志文学者，宜知所从事矣。

三曰须讲求文法

今之作文作诗者，每不讲求文法之结构。其例至繁，不便举之，尤以作骈文律诗者为尤甚。夫不讲文法，是谓"不通"。此理至明，无待详论。

四曰不作无病之呻吟

此殊未易言也。今之少年往往作悲观，其取别号则曰"寒灰"、"无生"、"死灰"；其作为诗文，则对落日而思暮年，对秋风而思零落，春来则唯恐其速去，花发又唯惧其早谢。此亡国之哀音也，老年人为之犹不可，况少年乎？其流弊所至，遂养成一种暮气，不思奋发有为，服劳报国，但知发牢骚之音，感唱之文。作者将以促其寿年，读者将亦短其志气，此吾所谓无病之呻吟也。国之多患，吾岂不知之？然病国危时，岂痛哭流涕所能收效乎？吾唯愿今之文学家作费舒特（Fichte），作冯志尼（Mazzini），而不愿其为贾生、王粲、屈原、谢皋羽也。其不能为贾生、王粲、屈原、谢皋羽，而徒为妇人醇酒丧气失意之诗文者，尤卑卑不足道矣！

五曰务去滥调套语

今之学者，胸中记得几个文学的套语，便称诗人。其所为诗文处处是陈言滥调，"蹉跎"，"身世"，"寥落"，"飘零"，"虫沙"，"寒窗"，"斜阳"，"芳草"，"春闺"，"愁魂"，"归梦"，"鹃啼"，"孤影"，"雁字"，"玉楼"，"锦字"，"残羹"……之类，累累不绝，最可憎厌。其流弊所至，遂令国中生出许多似是而非，貌似而实非之诗文。今试举一例以证之：

胡适的《尝试集》

"荧荧夜灯如豆，映幢幢孤影，凌乱无据。翡翠衾寒，鸳鸯瓦冷，禁得秋宵几度。幺弦漫语，早丁字帘前，繁霜飞舞。袅袅余音，片时犹绕柱。"

1938年，胡适与美国政要在华盛顿合影

此词骤观之，觉字字句句皆词也。其实仅一大堆陈套语耳。"翡翠线"，"鸳鸯瓦"，用之白香山《长恨歌》则可，以其所言乃帝王之衾之瓦也。"丁字帘"，"幺弦"，皆套语也。此词在美国所作，其夜灯决不"荧荧如豆"，其居室尤无"柱"可绕也。至于"繁霜飞舞"，则更不成话矣。谁曾见繁霜之"飞舞"耶？

吾所谓务去滥调套语者，别无他法，唯在人人以其耳目所亲见亲闻、所亲身阅历之事物——自己铸词以形容描写之。但求其不失真，但求能达其状物写意之目的，即是工夫。其用滥调套语者，皆懒惰不肯自己铸词状物者也。

六曰不用典

吾所主张八事之中，唯此一条最受友朋攻击，盖以此条最易误会也。吾友江亢虎君来书曰：

"所谓典者，亦有广狭二义。饾饤獭祭，古人早悬为厉禁；若并成语故事而屏之，则非唯文字之品格全失，即文字之作用亦亡。……文字最妙之意味，在用字简而含意多。此断非用典不为功。不用典不特不可作诗，并不可写信，且不可言说。来函满纸'旧雨'，'虚怀'，'治头治脚'，'舍本逐末'，'洪水猛兽'，'发聋振聩'，'负弩先驱'，'心悦诚服'，'词坛'，'退避三舍'，'无病呻吟'，'滔天'，'利器'，'铁证'……皆典也。试尽抉而去之，代以俚语俚字，将成何说话？其用字之繁简，尤其细焉。恐一易他词，虽加倍蓰而含义仍终不能如是恰到好处，奈何？……"

此论极中肯要。今依江君之言，分典为广狭二义，分论之如下：

（一）广义之典非吾所谓典也。广义之典约有五种：

（甲）古人所设譬喻，其取譬之事物，含有普通意义，不以时代而失其效用者，今人亦可用之。如古人言"以子之矛，攻子之盾"，今人虽不读书者，亦知用"自相矛盾"之喻，然不可谓为用典也，上文所举例中之"治头治脚"，"洪水猛兽"，"发聋振聩"……皆此类也。盖设譬取喻，贵能切当；

若能切当，固无古今之别也。若"负弩先驱"，"退避三舍"之类，在今日已非通行之事物，在文人相与之间，或可用之，然终以不用为上。如言"退避"，干里亦可，百里亦可，不必定用"三舍"之典也。

（乙）成语　成语者，合字成辞，别为意义。其习见之句，通行已久，不妨用之。然今日若能另昔"成语"，亦无不可也。"利器"，"虚怀"，"舍本逐末"……皆属此类。此非"典"也，乃日用之字耳。

（丙）引史事　引史事与今所论议之事相比较，不可谓为用典也。如老杜诗云，"未闻殷周衰，中自诛褒妲"，此非用典也。近人诗云，"所以曹孟德，犹以汉相终"，此亦非用典也。

（丁）引古人作比　此亦非用典也。杜诗云，"清新庾开府，俊逸鲍参军"，此乃以古人比今人，非用典也。又云，"伯仲之间见伊吕，指挥若定失萧曹"，此亦非用典也。

（戊）引古人之语　此亦非用典也。吾尝有句云，"我闻古人言，艰难唯一死"。又云，"尝试成功自古无，放翁此语未必是"。此乃引语，非用典也。

以上五种为广义之典，其实非吾所谓典也。若此者可用可不用。

（二）狭义之典，吾所主张不用者也。吾所谓"用典"者，谓文人词客不能自己铸词造句，以写眼前之景、胸中之意，故借用或不全切，或全不切之故事陈言以代之，以图含混过去，是谓"用典"。上所述广义之典，除戊条外，皆为取譬比方之辞。但以彼喻此，而非以彼代此也。狭义之用典，则全为以典代言，自己不能直言之，故用典以言之耳。此吾所谓用典与非用典之别也。狭义之典亦有工拙之别，其工者偶一用之，未为不可，其拙者则当痛绝之。

（子）用典之工者此江君所谓用字简而涵义多者也。客中无书不能多举其例，但杂举一二，以实吾言：

（1）东坡所藏仇池石，王晋卿以诗借现，意在于夺。东坡不敢不借，先以诗寄之，有句云："欲留嗟赵弱，宁许负秦曲。传观慎勿许，间道归应速。"此用蔺相如返璧之典，何其工切也。

（2）东坡又有"章质夫送酒六壶，书至而酒不达"。诗云，"岂意青州六从事，化为乌有一先生"。此虽工已近于纤巧矣。

（3）吾十年前尝有读《十字军英雄记》一诗云，"岂有酖人羊叔予，焉知微服赵主父，十字军真儿戏耳，独此两人可千古"。以两典包尽全书，当时颇沾沾自喜，其实此种诗，尽可不作也。

（4）江亢虎代华侨诔陈英士文有"本悬太白，先坏长城。世无鉏霓，乃戕赵卿"四句，余极喜之。所用赵宣子一典，甚工切也。

（5）王国维咏史诗，有"虎狼在堂室，徒戎复何补。神州遂陆沉，百年委榛莽。寄语桓元子，莫罪王夷甫"。此亦可谓使事之工者矣。

胡适和妻子合影

上述诸例，皆以典代言，其妙处，终在不失设譬比方之原意。唯为文体所限，故譬喻变而为称代耳。用典之弊，在于使人失其所欲譬喻之原意。若反客为主，使读者迷于使事用典之繁，而转忘其所为设譬之事物，则为拙矣。古人虽作百韵长诗，其所用典不出一二事而已（"北征"与白香山"悟真寺诗"皆不用一典），今人作长律则非典不能下笔矣。尝见一诗八十四韵，而用典至百余事，宜其不能工也。

（五）用典之拙者 用典之拙者，大抵皆衰情之人，不知造词，故以此为躲懒藏拙之计。唯其不能造词，故亦不能用典也。总计拙典亦有数类：

（1）比例泛而不切，可作几种解释，无确定之根据。今取王渔洋《秋柳》一章证之：

"娟娟凉露欲为霜，万缕千条拂玉塘，浦里青行中妇镜，江干黄竹女儿箱。空怜板渚隋堤水，不见琅琊大道王。若过洛阳风景地，含情重问永丰坊。"

此诗中所用诸典无不可作几样说法者。

（2）僻典使人不解。夫文学所以达意抒情也。若必求人人能读五车书，然后能通其文，则此种文可不作矣。

（3）刻削古典成语，不合文法。"指兄弟以孔怀，称在位以曾是"（章太炎语），是其例也。今人言"为人作嫁"亦不通。

（4）用典而失其原意。如某君写山高与天接之状，而曰"西接杞天倾"是也。

（5）古事之实有所指，不可移用者，今往乱用作普通事实。如古人灞桥折柳，以送行者，本是一种特别土风。阳关、渭城亦皆实有所指。今之懒人不能状别离之情，于是虽身在滇越，亦言灞桥，虽不解阳关渭城为何物，亦皆

胡适夫妇在纽约寓所

"阳关三迭","渭城离歌"。又如张翰因秋风起而思故乡之莼羹鲈脍,今则虽非吴人,不知莼鲈为何味者,亦皆自称有"莼鲈之思"。此则不仅懒不可救,直是自欺欺人耳!

凡此种种,皆文人之不下工夫,一受其毒,便不可救。此吾所以有"不用典"之说也。

七曰不讲对仗

排偶乃人类言语之一种特性,故虽古代文字,如老子孔子之文,亦间有骈句。如"道可道,非常道;名可名,非常名。无名天地之始,有名万物之母。故常无,欲以观其妙;常有,欲以观其微"。此三排句也。"食无求饱,居无求安","贫而无馅,富无而骄","尔爱其羊,我爱其礼",此皆排句也。然此皆近于语言之自然,而无牵强刻削之迹;尤未有定其字之多寡,声之平仄,词之虚实者也。至于后世文学末流,言之无物,乃以文胜;文胜之极,而骈文律诗兴焉,而长律兴焉。骈文律诗之中非无佳作,然佳作终鲜。所以然者何?岂不以其束缚人之自由过甚之故耶?(长律之中,上下古今,无一首佳作可言也。)今日而言文学改良,当"先立乎其大者",不当枉废有用之精力于微细纤巧之末,此吾所以有废骈废律之说也。即不能废此两者,亦但当视为文学末技而已,非讲求之急务也。

今人犹有鄙夷白话小说为文学小道者,不知施耐庵、曹雪芹、吴趼人皆文学正宗,而骈文律诗乃真小道耳。吾知必有闻此言而却走者矣。

八曰不避俗语俗字

吾唯以施耐庵、曹雪芹、吴趼人为文学正宗,故有"不避俗字俗语"之论也(参看上文第二条下)。盖吾国言文之背驰久矣。自佛书之输入,译者以文言不足以达意,故以浅近之文译之,其体已近白话。其后佛氏讲义语录尤多用白话为之者,是为语录体之原始。及宋人讲学以白话为语录,此体遂成讲学正体(明人因之)。当是时,白话已久入韵文,观唐宋人白话之诗词可见也。及至元时,中国北部已在异族之下,三百余年矣(辽、金、元)。此三百年中,中国乃发生一种通俗行远之文学。文则有《水浒》《西游》《三国》之类,戏曲则尤不可胜计(关汉卿诸人,人各著剧数十种之多。吾国文人著作之富,未有过于此时者也)。以今世眼光观之,则中国文学当以元代为最盛,可传世不朽之作，当以元代为最多，此可无疑也。当是时，中国之文学最近言文合一，白话几成文学的语言矣。使此趋势不受阻遏，则中国乃有"活文学出现"，而但丁、路得之伟业（欧洲中古时，各国皆有俚语，而以拉丁文为文言，凡著作书籍皆用之，如吾国之以文言著书也。其后意大利有但丁（Dante）诸文豪，始以其国俚语著作。诸国蹴兴，国语亦代起。路得（Luther）创新教始以德文译《旧约》、《新约》，遂开德文学之先。英法诸国亦复如是。今世通用之英文新旧约乃一六一一年译本，距今才三百年耳。故今日欧洲诸国之文学，在当日皆为俚语。造诸文豪兴，始以"活文学"代拉丁之死文学。有活文学而后有言文合一之国语也），几发生于神州。不意此趋势骤为明代所阻，政府既以八股取士，而当时文人如何、李七子之徒，又争以复古为高，于是此千年难遇言文合一之机会，遂中道夭折矣。然以今世历史进化的眼光观之，则白话文学之为中国文学之正宗，又为将来文学必用之利器，可断言也（此"断言"乃自作者言之，赞成此说者今日未必甚多也）。以此之故，吾主张今日作文作诗，宜采用俗语俗字。与其用三千年前之死字（如"于铄国会，遵晦时休"之类），不如用二十世纪之活字；与其作不能行远不能普及之秦汉六朝文字，不如作家喻户晓之《水浒》《西游》文字也。

结论

上述八事，乃吾年来研思此一大问题之结果。远在异国，既无读书之暇晷，又不得就国中先生长者质疑问题，其所主张容有矫枉过正之处。然此八事皆文学上根本问题——有研究之价值。故草成此论，以为海内外留心此问题者作一草案。谓之刍议，犹云未定草也，伏唯国人同志有以匡纠是正之。

民国六年一月

（本文于1917年1月1日刊于《新青年》第二卷第五号）

信件来往中的思想交锋

1919年3月26日，陈独秀因为私德受到攻击，被迫离开北大，胡适为陈独秀的离开痛惜不已。后来在与友人的一封信中提到此事，他还无不痛惜地在信中写——

独秀因此离去北大，以后中国共产党的创立及中国思想的"左倾"，《新青年》的分化，北大自由主义者的变弱，皆起于此也之会。独秀离开北大之后，渐渐脱离自由主义立场，就更"左倾"了。

之后，《新青年》迁回上海，陈独秀和群益书社发生冲突，他开始频繁给胡适写信，并在信中不断提起要独立创办《新青年》的决心。

适之，守常（即李大钊）二兄：

……现在因为新青年六号定价及登告的事，一日之间我和群益两次冲突。这种商人既想发横财，又怕风波，实在难与共事……我因为以上种种原因，非自己发起一个书局不可……

五月七日

适之兄：

……我对于群益不满意不是一天了……冲突后他便表示不能接办的态度，我如何能将就他，那是万万做不到的。群益欺负我们的事，十张纸也写不尽。

五月十九日

适之，守常（即李大钊）二兄：

……《新青年》或停刊。或独立改归京办，或在沪由我设法接办（我打算招股自办一书局），兄等意见如何，请速速赐知。

……章程我已拟好付印，印好即寄上，请兄等切力助其成，免得我们读书人日后受资本家的压制。此书局成立时，拟请汉声兄（疑为刘铁冷）南来任发行部经理，不知他的意见如何，请适之兄问他一声。

五月七日

此时，胡适对于陈独秀的想法也开始积极回应。虽然在史料中没有详细记载胡适的回信内容，但是通过陈独秀的回复，可以看出两人曾经详细商议过这件事。

适之兄：

快信收到已复。十四日的信也收到了。条复如左：

北大学生合影（左三为陈独秀）

（1）"新青年社"简直是一个报社的名字，不便招股。

（2）《新青年》越短期，越没有办法。单是八卷一号也非有发行所不可，垫付印刷纸张费，也怕有八百元不可，试问此数从哪里来？

（3）著作者只能出稿子，不招股集资本，印刷费从何处来？著作者协济办法，只好将稿费并入股本；此事我誓必一意孤行，成败听之。

（4）若招不着股本，最大的失败，不过我花费了印章程的九角小洋。其初若不招点股本开创起来，全靠我们穷书生协力，恐怕是望梅止渴。……

五月十九日

虽然信件往来频繁，但是两人的意见的不同也开始渐渐清楚起来。之后，陈独秀在给高一涵的信函中，说明了胡适对他一些做法的反对意见：

……适之兄曾极力反对招外股，而今《新青年》编辑同人无一文寄来，可见我招股的办法，未曾想错。……

从这些内容中可以看出，曾经站在同一个战壕中的战友，此时不可避免地出现了分歧。

政治主张不同让分歧加剧

此时的胡适，接受了美国杜威教授"实用主义"的理论，主张用渐进的改良手段来建设中国。而陈独秀接受了马克思列宁主义思想，他要建立代表工人利益的共产党，用政治革命的方式来建立"人民民主专政"。

1920年，陈独秀赴广州担任教育委员长。他给胡适写了一封信——

《新青年》色彩过于鲜明，弟近来亦不以为然。希望北京同人多为《新青年》做哲学文艺的文章。

在这封信中，陈独秀的态度已经缓和了许多，但是胡适的回信却是直接坦率——

《新青年》色彩过于鲜明，兄言近亦不以为然，但此是已成之事实，今虽有意抹淡，似亦非易事。北京同人抹淡的功夫决赶不上上海同人染浓的手段之神速。

接着，他又提出三个办法解决问题：

1. 听《新青年》流为一种有特别色彩之杂志，而另创一个哲学文学的杂志。
2. 将《新青年》编辑部移到北京来，由北京同人发表新宣言，声明不谈政治。
3. 停办《新青年》。

胡适的回信让陈独秀极其气愤，他立刻回信表示反对，并在信中指着胡适和陶孟和——

南方颇传适之兄与孟和兄与研究系接近，且有恶评……我盼望诸君宜注意此事。

看到这样的批评，胡适有些哭笑不得。接着他给当时担任《新青年》编辑的李大钊、钱玄同、鲁迅、陶孟和、高一涵等八位同仁写信，请他们评理。对此，这八位编辑意见都不同。高一涵、李大钊同意胡适意见，赞成移到北京编辑；周作人、鲁迅和钱玄同则主张在北京另办一个杂志；王星拱、陶孟和则赞成停办《新青年》。

当时，陈独秀知道这些表决结果之后，反应异常气愤。他立刻写了一封公函给胡适等人——

第三条办法，……自己停刊，不知孟和先生主张如此办法的理由何在？阅适之先生的信，北京同人主张停刊的并没有多少人，此层可不成问题。

第二条办法，弟虽离沪，却不是死了，弟在世一日，绝对不赞成第二条办法，因为我们不是军政府党人，便没有理由宣言可以不谈政治。

第一条办法，诸君尽可为之，此事与《新青年》无关，更不必商之于弟。若以为别办一杂志便无力再为《新青年》做文章，此层亦请诸君自决。弟甚希望诸君中仍有几位能继续为《新青年》做点文章，因为反对弟个人，便牵连到《新青年》杂志，似乎不大好。

陈独秀帮助章士钊主编的《甲寅》杂志

……至于决议之结果，我自然服从多数（若"移京"和"别组"两说各占半数之时，则我仍站在"别组"一面）。……所以此次之事，无论别组或移京，总而言之，我总不做文章的（无论陈独秀、陈望道、胡适之……办，我是一概不做文章的绝非反对谁某，实在是自己觉得浅陋）。

1921年，在陈独秀的坚持下，《新青年》又迁到广州，之后，陈独秀写信给北京同仁宣布《新青年》与他们断交，让他们自己另办一份杂志，并说明自己是不会为他们所办的新杂志写文章的。此时，陈独秀和胡适已经在思想上出现了决裂。

1923年1月发生的"罗文干案"让不少知识分子对北洋政府蹂躏人权的行为不满，时任北大校长蔡元培向北洋政府提交辞呈，他写道——

元培目击时艰，痛心于政治清明之无望，不忍为同流合污之苟安，尤不忍于此种教育当局之下支持教育残局，以招国人与天良之谴责，唯有奉身而退，以谢教育界之国人。

蔡元培的这一举动，得到了胡适的赞同，他立刻写文章支持蔡元培——

我们赞成蔡先生此次的举动，也只是赞成这点大声主持正谊，"不忍为同流合污之苟安"的精神。……蔡先生这一次的举动，确可以称为"不合作主义"，因为他很明白的指出，当局的坏人所以对付时局，全靠着一般胥吏机械式的学者"助纣为虐"；正谊的主张者，若求有点效果，至少要有不再替政府帮忙的决心。

就在这个时候，陈独秀却对蔡元培的不合作主义提出了批评——

蔡校长宣传不合作主义，明明不过是希望一般做装饰品做机械的学者官吏采取拆台政策，他这种政策，可以证明他眼中只看见一班无良心无能力的学者官吏，而不看见全国有良心有能力的士、农、工、商大民众。

打倒恶浊政治必须彻头彻尾采用积极的苦战恶斗方法，断然不可取消极的高尚洁己态度，我们敢正告蔡校长及一般国民：革命的事业必须建设在大民众积极运动的力量上面，依赖少数人消极的拆台政策来打倒恶浊政治，未免太滑稽了，太幼稚了，而且太空想了。

不管陈独秀的文章代表的个人还是集体意见，胡适已经在这些文字中真真切切地看到曾经的老友和自己的思想离得越来越远了。于是他立刻也撰文，表明自己的观点和立场——

蔡先生的行为有时类似消极，然而总含有积极的意味……蔡先生的一贯精神是有所不为，然后可以有为……蔡先生的抗议在积极方面能使一个病废的胡适出来努力，而在消极的方面决不会使一个奋斗的陈独秀退向怯懦的路上去。

胡适的辩驳态度虽然温和，但是言辞却是铿锵有力。这之后，因为"科玄论战"的事情，胡适和陈独秀思想的分歧更加厉害。这次论战，陈独秀并没有参加，论战告一段落之后，亚东图书馆打算将论战中的重要文字结集为《科学与人生观》一书。出版前，亚东老板汪孟邹找到陈独秀、胡适两人，邀请他们各自为文集做一篇序。陈独秀虽然没有参加论战，但是他一直在关注，所以在作序的时候，他对各家的见解都提出了批评——

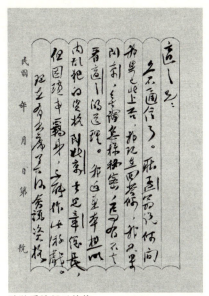

陈独秀给胡适的信

可惜一班攻击张君劢、梁启超的人们，表面上好像是得了胜利，其实并未攻破敌人的大本营，不过打散了几个支队，有的还是表面上在那里开战，暗中却已投降了……有一支可以攻破敌人大本营的武器，他们素来不相信，因此不肯用。

陈独秀在这里说的武器，就是唯物史观。他明白地表示自己相信唯物历史观，并声称只有客观的物质原因可以变动社会，可以解释历史，可以支配人生观。此时，胡适也做了一篇序言，并且针对陈独秀的观点，给出了自己的回应——

我们治史学的人，知道历史事实的原因往往是多方面的，所以我们虽然极欢迎"经济史观"来做一种重要的史学工具，同时我们也不能不承认思想知识等事也都是"客观的原因"，也可以"变动社会，解释历史，支配人生观"。所以我个人至今还只能说，"唯物（经济）史观"至多只能解释大部分的问题。

陈独秀看到胡适的序言后，很快做出了反应。他在另外一篇文章中继续着和胡适的论战，他批评胡适——

坚持物的原因外，尚有心的原因——即知识，思想，言论，教育，也可以变动社会，也可以解释历史，也可以支配人生观——像这样明白主张心物二元论，张君劢必然大摇大摆的来向适之拱手道谢！！！

这样的争论，注定是没有结果的，因为两人所持的观点不同，所以谁也说服不了谁，他们还是在各自的思想轨道上奔驰着、对立着。

"烧报馆"事件，让胡适发飙

1925年10月，徐志摩任《晨报副刊》主编，之后不久，《晨报》所属的周刊发表了北大教授陈启修的文章《帝国主义有白色和赤色之分吗？》，文中为苏俄在中国的行径进行辩护，并坚称苏俄并非帝国主义。接着，张奚若发表《苏俄究竟是不是我们的朋友？》一文进行驳难，由此引发了"苏俄仇友问题"的大辩论。除了挑起这场辩论的两人以外，参加这场辩论的还有梁启超、钱端升、丁文江等学界名流。这次辩论同样在社会上引起很大反响。为此，《晨报副刊》开辟了"对俄问题讨论号"专栏。

1925年11月底，北京发生了反对段祺瑞执政府的"首都革命"。11月底的一天下午，大约5万群众集会在一起，随后又举行了声势浩大的游行示威活动。示威过程中，部分群众出于对《晨报》指责苏俄论调的不满，捣毁并焚烧了《晨报》馆。对于烧报馆一事，陈独秀的态度是肯定的。他当时对胡适只说一个字"该"。对于陈独秀的态度，胡适气愤不已，他立即给陈独秀写了一封信。

独秀兄：

前几天我们谈到北京群众烧毁《晨报》馆的事，我对你表示我的意见，你问我说："你以为晨报不该烧吗？"

五六天以来，这句话常常来往于我脑中。我们做了十年的朋友，同做过不少事，而见解主张上常有不同的地方。但最大的不同莫过于这点了。我忍不住要对你说几句话。

几十个暴动分子围烧一个报馆，这并不奇怪。这你是一个政党的负责领袖，对于此事不以为非，而以为"该"，这是使我很诧怪的态度。

你我不是曾同发表过一个"争自由"的宣言吗？那天北京的群众不是宣言"人民有集会结社言论出版自由"吗？《晨报》近年的主张无论你我眼里为是为非，绝没有"该"被自命争自由的民众烧毁的罪状；因为争自由唯一的理由是："异乎我者未必即非，而同乎我者未必即是；今日众人之所是未必即是，而众人之所非未必真非。"争自由的唯一理由，换句话说，期望大家能容忍异己的意见与信仰。凡不承认异己者自由的人，就不配争自由，就不配谈自由。

我也知道你们主张以阶级的专制的人不信仰自由这个字了。我也知道我今天向你讨论自由，也许为你所笑。但我要你知道，这一点在我算根本的信仰。我们两个老朋友，政治主张上尽管不同，事业上尽管不同，所以不仍不失其为老朋友者，正因为你我脑子背后多少总还同有一点容忍异己的态度。至少我可以说，我的根本信仰是承认别人有尝试的自由。如果连这一点最低限度的相同点都扫除了，我们不但不能做朋友，简直要做仇敌了。你说是吗？

我记得民国八年你被拘在警察厅的时候，署名营救你的人中有桐城派古文家马通伯与姚叔节。我记得那晚在桃李园请客的时候，我心中感觉一种高兴，我觉得在这个黑暗社会里还有一线光明：在那反对白话文学最激烈的空气里，居然还有古文老辈肯出名保你，这个社会还勉强够得上一个"人的社会"，还有一点人味儿。

但这几年以来，却很不同了。不容忍的空气充满了国中。并不是旧实力的容忍，他们早已没有摧残异己的能力了。最不容忍的乃是一班自命为最新人物的人。我个人这几年就身受了不少的攻击与污蔑。我这回出京两个多月，一路上饱读你的同党少年丑诋我的言论，真开了不少眼界。我是不会惧怕这种诋骂的，但我实在有点悲观。我怕的是这种不容忍的风气造成之后，这个社会要变成一个更残忍更残酷的社会，我们爱自由争自由的人怕没有立足容身之地了。

（1925年12月［民国十四年12月］本信件摘自《胡适文集》第7卷）

从信件之中的言辞，可以看出胡适已经十分生气。也可以看出他和陈独秀的思想分歧矛盾已经到了极点，没办法调和。

尖锐分歧并没有影响友谊

实际上，1925年可以算是胡适最艰难的一年，因为他在这一年里参加了段祺瑞政府的"善后会议",被人们讥讽为军阀分赃的帮凶。在北大很多地方都写着咒骂胡适的标语。就在这样的情况下,胡适听到了陈独秀支持自己的声音。这些支持,都写在了陈独秀给胡适的信札中。

适之兄:

……现在有出席善后会议资格的人,消极鸣哀,自然比同流合污者稍胜,然终以加入奋斗为上乘(弟曾反子民先生不合作主义以此)。因此,兄毅然出席善后会议去尝试一下,社会上颇有人反对,弟却以兄出席为然。但这里有一个重要问题,就是兄在此会议席上,必须卓然自立,不至失去中国近代大著作家胡适的身份才好……

二月五日

适之兄:

……我并不反对你参加善后会议,也不疑心你有什么私利私图……你在会议中总要有几次为国家为人民说话,无论可能与否,得要尝试一下,才能够表示你参加会议的确和别人不同,只准备"看出会议式的解决何以失败的内幕来",还太不够。

……又申报新闻报北京信都说你和汤(即汤尔和)、林(即林长民)为段做留声机器,分析善后会议派别中,且把你列在准安福系,我们固然不能相信这是事实,然而适之兄!你的老朋友见了此等新闻,怎不难受!

二月二十三日

这些信件,言辞恳切,在支持胡适的同时,也表明了陈独秀在为胡适打抱不平。无论是劝解胡适,还是为胡适打算,都是心意诚恳。因为陈独秀深知胡适的"书呆子"脾气,更担心老友为当局政府所利用。

适之兄:

……近闻你和政府党合办一日报,如果是事实,却不大妥。在理论上现政府和国家人民的利益如何,在事实上现政府将来的运命如何,吾兄都应该细心考虑一下，慎勿为一二急于攫取眼前的权与利者所蛊惑所利用；彼辈之所为尚可攫得眼下的权与利，兄将何所得？彼辈固安心为杨度孙毓筠，兄不必为刘中叔！弟明知吾兄未必肯纳此逆耳之言，然以朋友之谊应该说出才安心。行严（即章士钊）为生计所迫，不得不跳入火坑，吾兄大不必如此。弟前以逆耳之言触孙毓筠之怒，此时或又要触兄之怒，然弟不愿计及此也。

二月五日

适之兄：

　　……接近政府党一层，我们并不是说你有"知而为之"的危险，是恐怕你有"为而不知"的危险，林（即林长民）、汤（即汤尔和）及行严（即章士钊）都是了不得的人物，我辈书生，哪是他们的对手！你和他们三位先生合办一日报之说，是孟邹兄（即汪孟邹）看了申报通信告诉我的，既无此事，我们真喜不可言……

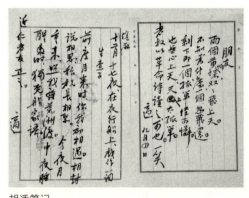

胡适笔记

二月二十三日

　　这些信件，都表示了对胡适真切的关怀。实际上，通过前面一系列的事件，可以看出此时的陈独秀和胡适在思想上早已是各持己见，且没有说服对方的任何迹象。尽管如此，这并没有影响两人对彼此的关怀和照顾。事实上，陈独秀多次被捕入狱，也都是胡适在极力营救。

　　1932年，陈独秀被国民党逮捕，待审期间，胡适发表演说《陈独秀与文学革命》，赞扬和肯定陈独秀在新文化运动中的巨大功劳，并且在他主编的《独立评论》中刊出傅斯年的《陈独秀案》，公开为陈独秀辩护。

　　抗日战争之前，陈独秀被捕入狱时，也是胡适积极奔走，联络各方人士营救老友。抗战爆发后，陈独秀被释放。出狱后，陈独秀住在好友傅斯年家里。

武汉失陷后，陈独秀流落到江津县农村，生活窘迫、贫病交加。此时，胡适曾经联络过很多好友，想安排陈独秀去美国，但是被陈拒绝了。直至1942年陈独秀病逝，两人终没有再见过面。

胡适在给陈独秀的一封信中说："我们两个老朋友，政治主张上尽管不同，事业上尽管不同，所以仍不失其为老朋友者，正因为你我脑子背后多少总还有一点容忍异己的态度。"

从信中语言可以看出，两人的思想分歧、自身遭遇、言辞激辩尖锐，自始至终都没有影响两人之间的友情。现在，这两人的名字均已成为历史瀚海中的两颗水滴，但是两人之间的恩怨、争论、照应、体谅，都已经成为一面面镜子，抹去历史尘埃，将他们放在阳光下，依然可以借鉴和照耀后人之心。

第三篇

鲁迅和梁实秋

——刻骨铭心的恩怨

梁实秋（1903~1987年），中国现代文学史上著名的理论批评家、作家、英国文学史家、文学家、翻译家。出生于北京，1915年秋考入清华学校。1920年9月于《清华周刊》增刊第6期发表第一篇翻译小说《药商的妻》。1921年5月28日于《晨报》第7版发表第一篇散文诗《荷水池畔》。1923年8月毕业后赴美国科罗拉多州科罗拉多学院留学。1924年到上海编辑《时事新报》副刊《青光》，同时与张禹九合编《苦茶》杂志。不久

梁实秋

任暨南大学教授。1926年回国任教于南京东南大学。1934年应聘任北京大学研究教授兼外文系主任。1935年秋创办《自由评论》，先后主编过《世界日报》副刊《学文》和《北平晨报》副刊《文艺》。1949年到台湾，任台湾师范学院（后改师范大学）英语系教授，后兼系主任，再后又兼文学院长。1987年11月3日病逝于台北。梁实秋是国内第一个研究莎士比亚的权威，一生留下了两千多万字的著作，其散文集创造了中国现代散文著作出版的最高纪录。代表作《雅舍小品》、《英国文学史》、《莎士比亚全集》等。文艺批评专著有《浪漫的与古典的》和《文学的纪律》等。

梁实秋小鲁迅22岁，按照中国传统习惯来说，两人可以算是隔代人了。在20世纪20年代末期，年仅24岁的梁实秋从美国留学归来，这个时候的鲁迅已经成为了公认的文坛巨匠，权威性已经不可小觑。作为新一代的文学青年，梁实秋或许没有想到，自己发表在《晨报》副刊上的一篇文章，竟然引起鲁迅强烈的反击。这是有意为之，还是无心之过？如今已经无法考量。只是这一老一少的笔锋较量，持续了整整八年，可以说是震撼了当时的整个文坛。交战结束之

后，鲁迅的地位自然不必说，经历了八年之久，梁实秋也已经成为当时文坛瞩目的文学家、翻译家。

"卢梭"引起的论战

1926年，梁实秋回国，不久之后应《复旦旬刊》的邀请，在上面发表了一篇题为《卢梭论子女教育》的文章，在这篇文章中，梁实秋把法国的启蒙思想家大大地批评了一番，并对卢梭提出的子女教育论，发表了一番议论。此时，鲁迅正好从广州来到上海，看到梁实秋对自己敬仰的卢梭发动这样的攻击，心里的不满可想而知。因此，在梁实秋的文章发表之后的一个月，鲁迅写下了《卢梭与胃口》，发表在《语丝》周刊上，两人的论战也是从这时开始。

卢梭与胃口

文/鲁迅

做过《民约论》的卢梭，自从他还未死掉的时候起，便受人们的责备和迫害，直到现在，责备终于没有完。连在和"民约"没有什么关系的中华民国，也难免这一幕了。

鲁迅主办《萌芽月刊》

例如商务印书馆出版的《爱弥尔》中文译本的序文上，就说："……本书的第五编即女子教育，他的主张非但不彻底，而且不承认女子的人格，与前四编的尊重人类相矛盾。……所以在今日看来，他对于人类正当的主张，可说只树得一半……。"

然而复旦大学出版的《复旦旬刊》创刊号上梁实秋教授的意思，却"稍微有点不同"了。其实岂但"稍微"而已耶，乃是"卢梭论教育，无一是处，唯其论女子教育，的确精当"。

因为那是"根据于男女的性质与体格的差别而来"的。而近代生物学和心理学研究的结果，又证明着天下没有两个人是无差别。怎样的人就该施以怎样的教育。

所以，梁先生说[①]——

鲁迅和儿子周海婴

"我觉得'人'字根本的该从字典里永远注销，或由政府下令永禁行使。因为'人'字的意义太糊涂了。聪明绝顶的人，我们叫他做人，蠢笨如牛的人，也一样的叫做人，弱不禁风的女子，叫做人，粗横强大的男人，也叫做人，人里面的三六九等，无一非人。近代的德谟克拉西的思想，平等的观念，其起源即由于不承认人类的差别。近代所谓的男女平等运动，其起源即由于不承认男女的差别。人格是一个抽象名词，是一个人的身心各方面的特点的总和。人的身心各方面的特点既有差别，实即人格上亦有差别。所谓侮辱人格的，即是不承认一个人特有的人格，卢梭承认女子有女子的人格，所以卢梭正是尊重女子的人格。抹杀女子所特有之特性者，才是侮辱女子人格。"

于是势必至于得到这样的结论——

"……正当的女子教育应该是使女子成为完全的女子。"

那么，所谓正当的教育者，也应该是使"弱不禁风"者，成为完全的"弱不禁风"，"蠢笨如牛"者，成为完全的"蠢笨如牛"，这才免于侮辱各人——此字在未经从字典里永远注销，政府下令永禁行使之前，暂且使用——的人格了。卢梭《爱弥尔》前四编的主张不这样，其"无一是处"，于是可以算无疑。

但这所谓"无一是处"者，也只是对于"聪明绝顶的人"而言；在"蠢笨如牛的人"，却是"正当"的教育。因为看了这样的议论，可以使他更渐近于完全"蠢笨如牛"。这也就是尊重他的人格。

然而这种议论还是不会完结的。为什么呢？一者，因为即使知道说"自然的不平等"[②]，而不容易明白真"自然"和"因积渐的人为而似自然"之分。二者，因为凡有学说，往往"合吾人之胃口者则容纳之，且从而宣扬之"[③]也。

---

① 梁实秋在《卢梭论女子教育》中说："近代生物学和心理学研究的结果，证明不但男子和女人是有差别的，就是男子和男子，女人和女人，又有差别。简言之，天下就没有两个人是无差别的。什么样的人应该施以什么样的教育。"

② "自然的不平等"，卢梭在《论人类不平等的起源和基础》（1762年出版）中说："人类中有两种不平等：一种，我把它叫做自然的或生理上的不平等，因为它是基于自然，由年龄、健康、体力及智慧或心灵的性质的不同而产生的；另一种可以称为精神上的或政治上的不平等，因为它是起因于一种协议，由于人们的同意而设定的，或者至少是它的存在为大家所认可的。"（据李常山译本，1926年商务印书馆出版）

③ "合吾人之胃口者则容纳之"二句，是梁实秋《卢梭论女子教育》中的话。

上海一隅，前二年大谈亚诺德①，今年大谈白璧德②，恐怕也就是胃口之故罢。

许多问题大抵发生于"胃口"，胃口的差别，也正如"人"字一样的——其实这两字也应该呈请政府"下令永禁行使"。我且抄一段同是美国的Upton Sinclair③的，以尊重另一种人格罢——

"无论在那一个卢梭的批评家，都有首先应该解决的唯一的问题。为什么你和他吵闹的？要为他的到达点的那自由，平等，调协开路么？还是因为畏惧卢梭所发向世界上的新思想和新感情的激流呢？使对于他取了为父之劳的个人主义运动的全体怀疑，将我们带到子女服从父母，奴隶服从主人，妻子服从丈夫，臣民服从教皇和皇帝，大学生毫不发生疑问，而佩服教授的讲义的善良的古代去，乃是你的目的么？"

阿巍夫人曰："最后的一句，好像是对于白璧德教授的一箭似的。""奇怪呀，"她的丈夫说。"斯人也而有斯姓也……"那一定是上帝的审判了。不知道和原意可有错误，因为我是从日本文重译的。书的原名是

交谈中的鲁迅

《Mammonart》，在California的Pasadena作者自己出版，胃口相近的人们自己弄来看去罢。Mammon④是希腊神话里的财神，art谁都知道是艺术。可以译作"财神艺术"罢。日本的译名是"拜金艺术"，也行。因为这一个字是作者生造的，政府既没有下令颁行，字典里也大概未曾注入，所以姑且在这里加一点解释。

鲁迅发表了这篇《卢梭和胃口》之后，并没有给梁实秋喘息的机会。几天之后，他又写了一篇《文学和出汗》，继续批评梁实秋的理论。

---

① 亚诺德（M. Arnold, 1822～1888年），通译阿诺德，英国诗人、文艺批评家。梁实秋在所著《文学批评辩》、《文学的纪律》等文里常引用他的意见。

② 白璧德（I. Babbitt, 1865～1933年），美国近代所谓"新人文主义"运动的领导者之一，哈佛大学教授。他在所著《卢梭及浪漫主义》一书中，对卢梭大肆攻击。梁实秋说卢梭"无一是处"，便是依据他的意见而来的。

③ 阿通·辛克莱（Upton Sinclair 1878～1968年），美国小说家。下文的《Mammonart》，即《拜金艺术》，辛克莱的一部用经济的观点解释历史上各时代的文艺的专著，1925年出版。California 的 Pasadena，即加利福尼亚州的帕萨第那城。按引文中的阿巍是该书中一个原始时代的艺术家的名字。这里的引文是根据木村生死的日文译本《拜金艺术》（1927年东京金星堂出版）重译。

④ Mammon 这个词来源于古代西亚的阿拉米语，经过希腊语移植到近代西欧各国语言中，指财富或财神，后转义为好利贪财的恶魔。古希腊神话中的财神是普路托斯（Ploutos）。

文学与出汗①

文 / 鲁迅

　　上海的教授对人讲文学，以为文学当描写永远不变的人性，否则便不久长②。例如英国，莎士比亚和别的一两个人所写的是永久不变的人性，所以至今流传，其余的不这样，就都消灭了云。

　　这真是所谓"你不说我倒还明白，你越说我越糊涂"了。英国有许多先前的文章不流传，我想，这是总会有的，但竟没有想到它们的消灭，乃因为不写永久不变的人性。现在既然知道了这一层，却更不解它们既已消灭，现在的教授何从看见，却居然断定它们所写的都不是永久不变的人性了。

　　只要流传的便是好文学，只要消灭的便是坏文学；抢得天下的便是王，抢不到天下的便是贼。莫非中国式的历史论，也将沟通了中国人的文学论欤？

　　而且，人性是永久不变的么？

　　类人猿，类猿人，原人，古人，今人，未来的人，……如果生物真会进化，人性就不能永久不变。不说类猿人，就是原人的脾气，我们大约就很难猜得着的，则我们的脾气，恐怕未来的人也未必会明白。要写永久不变的人性，实在难哪。

　　譬如出汗罢，我想，似乎于古有之，于今也有，将来一定暂时也还有，该可以算得较为"永久不变的人性"了。然而"弱不禁风"的小姐出的是香汗，"蠢笨如牛"的工人出的是臭汗。不知道倘要做长留世上的文字，要充长留世上的文学家，是描写香汗好呢，还是描写臭汗好？这问题倘不先行解决，则在将来文学史上的位置，委实是"岌岌乎殆哉"③。

　　听说，例如英国，那小说，先前是大抵写给太太小姐们看的，其中自然是香汗多；到十九世纪后半，受了俄国文学的影响，就很有些臭汗气了。那一种的命长，现在似乎还在不可知之数。

---

① 本篇最初发表于 1928 年 1 月 14 日《语丝》周刊第四卷第五期。
② 指梁实秋。他在 1926 年 10 月 27、28 日《晨报副刊》发表的《文学批评辩》一文中说："物质的状态是变动的，人生的态度是歧义的；但人性的质素是普遍的，文学的品位是固定的。所以伟大的文学作品能禁得起时代和地域的试验。《依里亚德》在今天尚有人读，莎士比亚的戏剧，到现在还有人演，因为普遍的人性是一切伟大的作品之基础。"这种超阶级的"人性论"，是他在 1927 年前后数年间所写的文艺批评的根本思想。
③ "岌岌乎殆哉"，语出《孟子·万章》："天下殆哉，岌岌乎！"即危险不安的意思。

在中国，从道士听论道，从批评家听谈文，都令人毛孔痉挛，汗不敢出①。然而这也许倒是中国的"永久不变的人性"罢。

反击引起了更激烈的笔战

梁实秋反击鲁迅时，在一篇文章里这样写道——

梁实秋和妻子合影

有一种人，只是一味的"不满于现状"，今天说这里有毛病，明天说那里有毛病，于是也有无穷无尽的杂感，等到有些个人开了药方，他格外的不满；这一服药太冷，那一服药太热，这一服药太猛，那一服药太慢。把所有药方都褒贬得一文不值，都挖苦得不留余地，好像唯恐一旦现状令他满意起来，他就没有杂感所作的样子。

可以说，梁实秋所抓到的问题，正是鲁迅相当敏感的一个问题。在当时的文坛上，鲁迅一直以笔锋犀利著称，他用一支笔横扫千军，所向披靡。或许鲁迅也一直慨叹碰不上一个像样的对手而感到孤寂无聊。现在，梁实秋出现了，而且写出了这样的文章，凭借直感，鲁迅明白自己终于碰上了一个理想的对手。

在接下来的一段时间里，鲁迅写了一大批火药味更浓的文章。这些文章，像一捆捆手榴弹一样，结结实实地朝梁实秋投掷过去。文章里，有专门针对梁实秋说他"不满于现状"之说，提出的批评。并且，鲁迅毫不客气地指出梁实秋存在着"贵族化"倾向。

到了这个时候，两个人的论辩已经从兴趣爱好、立场拥护等方面，开始转向个人攻击。这样破格的论战，可以看出两人实际上都动了肝火。在论战的事态逐渐扩大的范畴下，两人不同的文学论争终于被赋予了强烈的政治色彩。

1929年9月，梁实秋在《新月》杂志上发表了《文学是有阶级性的吗？》和《论鲁迅先生的硬译》两篇文章，这些文字都是梁实秋在用精英意识回击鲁迅关于文学具有阶级性的思想。

---

① 汗不敢出，见《世说新语·言语》："战战栗栗，汗不敢出。"《文学与出汗》发表之后的一个多月，鲁迅又写了《拟豫言》一文，把梁实秋嘲弄了一番。鲁迅的态度，让年轻的梁实秋深感震惊之余，不能不接受挑战，进行反击。

论鲁迅先生的硬译

文 / 梁实秋

西滢先生说："死译的病虽然不亚于曲译，可是流弊比较的少，因为死译最多不过令人看不懂，曲译却愈看得懂愈糟。"这话不错。不过"令人看不懂"这毛病就不算小了。我私人的意思总以为译书第一个条件就是要令人看得懂，译出来而令人看不懂，那不是白费读者的时力么？曲译诚要不得，因为对于原文太不忠实，把精华译成了糟粕，但是一部书断断不会从头至尾的完全曲译，一页上就是发现几处曲译的地方，究竟还有没有曲译的地方；并且部分的曲译即使是错误，究竟也还给你一个错误，这个错误也许真是害人无穷的，而你读的时候竟还落个爽快。死译就不同了：死译一定是从头至尾的死译，读了等于不读，枉费精力。况且犯曲译的毛病的同时决不会犯死译毛病，而死译者却有时正不妨同时是曲译。所以我以为，曲译固是我们深恶痛绝的，然而死译之风也断不可长。什么叫死译？西滢先生说："他们非但字比句次，而且一字不可增，一字不可先，一字不可后，名曰翻译，而'译犹不译'，这种方法，即提倡直译的周作人先生都谥之为'死译'。""死译"这个名词大概是周作人先生的创造了。

死译的例子多得很，我现在单举出鲁迅先生的翻译来做个例子，因为我们人人知道鲁迅先生的小说和杂感的文笔是何等的简练流利，没有人能说鲁迅先生的文笔不济，但是他的译却离"死译"不远了，鲁迅先生前些年翻译的文字，例如厨川白村的《苦闷的象征》，还不是令人看不懂的东西，但是最近翻译的书似乎改变风格了。今年六月十五大江书铺出版的《卢那卡尔斯基：艺术论》，今年十月水沫书店出版的《卢那卡尔斯基：文艺与批评》，这两部书都是鲁迅先生的近译，我现在随便检几句极端难懂的句子写在下面，让大家知道文笔矫健如鲁迅先生者却不能免于"死译"。

这意义，不仅在说，凡观念形态，是从现实社会受了那唯一可能的材料，而这现实社会的实际形态，则支配着即被组织在它里面的思想，或观念者的直观而已，在这观念者不能离去一定的社会底兴味这一层意义上，观念形态也便是现实社会的所产。（《艺术论》第七页）

问题是关于思想的组织化之际，则直接和观念形态，以及产生观念形态生活上的事实，或把持着这些观念形态的社会底集团相连系的事，是颇为容易的

梁实秋扇面笔书

和这相反，问题倘触到成着艺术的最为特色底特质的那感情的组织化，那就极其困难了。（《艺术论》第十二页）

内容上虽然不相近，而形式底地完成着的作品，从受动底见地看来，对于劳动者和农民，是只能给予牛肉感底性质的漠然的满足的，但在对于艺术底化身的深奥，有着兴味劳动者和农民，则虽是观念底地，是应该敌视的作品，他们只要解剖底地加以分解，透彻了那构成的本质，便可以成为非常的大的教训。（《文艺与批评》第一九八页）

够了，上面几句话虽然是从译文中间抽出来的，也许因为没有上下文的缘故，意思不能十分明了。但是专就文字而论，有谁能看得懂这样稀奇古怪的句法呢？我读这两本书的时候真感觉文字的艰深。读这样的书，就如同看地图一般，要伸着手出来寻找句法的线索位置。鲁迅先生自己不是不知道他的译笔是"蹩扭"的。他在《文艺与批评》的《译者后记》里说："从译本看来，卢那卡尔斯基的论说就已经很够明白，痛快了。但因为译者的能力不够，和中国文本来的缺点，译完一看，晦涩，甚而至于难解之处也真多；倘将伪句折下来呢，又失了原来的精悍的语气。在我，是除了还是这样的硬译之外，只有'束手'这一条路——就是所谓'没有出路'——了，所余的唯一的希望，只在读者还肯硬着头皮看下去而已。"我们硬着头皮看下去了，但是无所得。

"硬译"和"死译"有什么分别呢？

鲁迅先生说"中国文本来的缺点"是使他的译文"艰涩"的两个缘故之一，照这样说，中国文若不改良，翻译的书总不能免去五十分的"晦涩"了。中国文和外国文是不同的，有些种句法是中文里没有的，翻译之难即难在这个地方。假如两种文中的文法句法词法完全一样，那么翻译还成为一件工作吗？我们不能因为中国文有"本来的缺点"便使"读者硬着头皮看下去"。我们不妨把句法变换一下，以使读者能懂为第一要义，因为"硬着头皮"不是一件愉快的事，并且"硬译"也不见得能保存"原来的精悍的语气"。假如"硬译"而还能保存"原来的精悍的语气"，那真是一件奇迹，还能说中国文是有"缺点"吗？

（本文原载1929年9月10日《新月》第二卷第六、七号合刊

鲁迅对此文的反驳见《二心集·"硬译"与"文学的阶级性"》）

梁实秋的这两篇文章当时引起的震动不可谓不大，尤其是当时拥护鲁迅的"左联"，针梁实秋《文学是有阶级性的吗？》这篇文章，"左联"的冯乃超在《拓荒者》发表《文艺理论讲座（第二回）·阶级社会的艺术》予以批驳。冯乃超在文章中这样写道——

无产阶级既然从其斗争经验中已经意识到自己阶级的存在，更进一步意识其历史的使命。然而，梁实秋却来说教——所谓"正当的生活斗争手段"。"一个无产者假如他是有出息的，多少必定可以得到相当的资产。"那么，这样一来，资本家更能够安稳的加紧其榨取的手段，天下便太平。对于这样的说教人，我们要送"资本家的走狗"这样的称号的。

冯乃超的文字直接明白地批评了梁实秋的超越阶级性的人性论，并指出梁实秋之所以有此理论，不过是为了维护资产阶级的利益，让资产阶级可以安安稳稳地榨取无产者的血汗罢了。所以，他毫不客气地骂梁实秋是"资本家的走狗"。冯乃超这一骂，让梁实秋实在无法不动怒。很快，他就在《新月》上发表了《"资本家的走狗"》一文，反驳冯乃超——

《拓荒者》说我是资本家的走狗，是那一个资本家，还是所有的资本家？我还不知道我的主子是谁，我若知道，我一定要带着几分杂志去到主子面前表功，或者还许得到几个金镑或卢布的赏赉呢。……我只知道不断的劳动下去，便可以赚到钱来维持生计，至于如何可以做走狗，如何可以

到资本家的账房去领金镑，如何可以到××党去领卢布，这一套本领，我可怎么能知道呢？……

很快，梁实秋的反驳就被鲁迅看到了，这一看不要紧，加上"四一二大屠杀"的余波未平，鲁迅被彻底激怒了。

"乏走狗"骂战使局面不可收拾

事实上，梁实秋在《资本家的走狗》一文中，并不承认自己是走狗。相反，他觉得自己应该属于无产阶级，而且在逻辑上，他开始对当时文坛"二元对立"的绝对思维进行讽刺和挖苦。他说："有一种简单的论理学：非赤即白，非友即敌，非革命即反革命。"他的意思是在当时中国的文坛上如果不赞同左翼作家言论的话，就被化为"走狗"之流。

后来，据作家冯雪峰回忆，鲁迅在《新月》杂志上看到了梁实秋的文章之后，说了一句话："有趣！还没有怎样打中了他的命脉就这么叫了起来，可见是一只没有什么用的走狗。"而且，鲁迅觉得冯乃超太忠厚，骂得不够，所以他决定自己写一篇。就这样，著名的《"丧家的""资本家的乏走狗"》出台，这样，论战又从冯乃超转回了鲁迅那里。鲁迅在《"丧家的""资本家的乏走狗"》一文中这样写道——

凡走狗，虽或为一个资本家所豢养，其实是属于所有的资本家的，所以它遇见所有的阔人都驯良，遇见所有的穷人都狂吠。不知道谁是它的主子，正是它遇见所有阔人都驯良的原因，也就是属于所有的资本家的证据。即使无人豢养，饿得精瘦，变成野狗了，但还是遇见所有的阔人都驯良，遇见所有的穷人都狂吠的，不过这时它就愈不明白谁是主子了。梁先生既然自叙他怎样辛苦，好像"无产阶级"（即梁先生先前之所谓"劣败者"），又不知道"主子是谁"，那是属于后一类的了，为确当计，还得添几个字，称为"丧家的""资本家的走狗"。

在那时的鲁迅看来，年轻的梁实秋属于根本不知道自己的主子是谁，所以给他定义为"丧家"。到了这个阶段，两人的思想分歧和文艺理念冲突已在其次，意气之争则占了上风，两人的骂战也达到了高潮。无论是梁实秋骂左联的文章，还是鲁迅骂梁实秋的文章，都已经让这场骂战被赋予了强烈的政治气息。

梁实秋和妻子合影

鲁迅在《"丧家的""资本家的乏走狗"》一文中，运用了大量政治语汇，左翼色彩十分强烈，这和鲁迅之前与新月派的论战风格大相径庭。在论战的过程中，两人互相贴标签，开始人身攻击，所以事实上两人之间的裂痕也到了无法弥合的状态。

对于鲁迅的攻击，梁实秋并没有善罢甘休，很快，他又发表了一篇名为《鲁迅和牛》的文章来回敬鲁迅。他在文中这样写道——

……鲁迅先生这个人，究竟是怎样的一个人呢？别人的话靠不住，让他自己来说："我没有什么话要说，也没有什么文章要做，但有一种自害的脾气，是有时不免呐喊几声，想给人们去添点热闹。譬如一匹疲牛罢，明知不堪大用的了，但废物何妨利用呢，所以张家要我耕一弓地，可以的；李家要我挟一转磨，也可以的；赵家要我在他店前站一刻，在我背上贴出广告道：敝店备有肥牛，出售上等消毒滋养牛乳。我虽然深知道自己是怎样瘦，又是公的，并没有乳，然而想到他们为张罗生意这见，情有可原，只要出售的不是什么毒药，也就不说什么了。但倘若用得我太苦，是不行的，我还要自己觅草吃，要喘气的工夫；要专指我为某某家的牛，将我关在他的牛牢内，也不行的，我有时也许还要给别家挟几转磨。如果连肉都要出卖，那自然更不行，理由自明，无须细说。"

这真是鲁迅先生的活写真，仔细看过这段描写的自白，也许有人以为我以前太多事，人家已经说得这么明白清楚，何必还用什么对于文艺思想的积极的意见？鲁迅先生一生做人处世的道理都在这一匹疲牛的譬喻里很巧妙的叙述了。一匹牛，在张家可以耕田，在李家可以转磨，在赵家店前可以做广告，一个人，在军阀政府里可以做金事，在思想界里可以做权威，在文学界里可以做左翼作家。这譬喻来得确切。不过人应该比牛稍微灵些，牛吃李家的草的时候早忘了张家，吃赵家的草的时候又忘了李家，畜生如此，也自难怪；而人的记忆力应该稍强些罢，在吃草喘气的时候，也该自己想想,你自己已经吃了几家的草,当过了几回乏牛。

梁实秋在文章中所说的牛,并不是人们赞誉鲁迅那句"横眉冷对千夫指,俯首甘为孺子牛"中的牛,梁实秋用鲁迅自己的话来讽刺鲁迅"张家要我耕一弓地,可以的;李家要我挟一转磨,也可以的",实际上,梁实秋的意思是指只要鲁迅有钱挣,不管是北洋政府里的公差还是在左翼当作家都可以。

互相讽刺到了这个阶段,牵扯出的人也越来越多。鲁迅以《语丝》为阵地,梁实秋则是《新月》,两人你来我往,文章发表的速度很快,辩论的焦点也越来越明朗。鲁迅代表的是左联,梁实秋则代表"新月派"。至此,可以说两个人之间的战斗已经升级到了团体战。

这场笔锋之战,牵涉人物之多,历时之久,都算是历代文学史上罕见的。甚至有文史学家推论,如果鲁迅没有去世的话,这场战斗应该还会继续进行下去。

这场论战历时八年之久,后来,鲁迅病逝,梁实秋也已经成为了著名的文学家、翻译家,梁实秋在去了台湾之后,开始着手翻译《莎士比亚全集》。后来,他又去了美国。多年之后,当两人未分输赢的论战落上了历史尘埃之后,梁实秋写下《关于鲁迅》一文。文中对鲁迅的评价中肯、平和,也不乏敬佩之意。也许在梁实秋看来,经过了岁月的沉淀,那一段激烈的往事已经作为一座丰碑,留在了历史里。

关于鲁迅

文／梁实秋

近来有许多年青的朋友们要我写一点关于鲁迅的文字。为什么他们要我写呢?我揣想他们的动机大概不外几点:一、现在在台湾,鲁迅的作品是被列为禁书,一般人看不到,越看不到越好奇,于是想知道一点这个人的事情。二、一大部分青年们在大陆时总听说过鲁迅这个人的名字,或读过他的一些作品,无意中不免多多少少受到共产党及其同路人关于他的宣传,因此对于这个人多少也许怀有一点幻想。三、我从前曾和鲁迅发生过一阵笔战,于是有人愿意我以当事人的身份再出来说几句话。

其实,我是不愿意谈论他的。前几天陈西滢先生自海外归来,有一次有人在席上问他:"你觉得鲁迅如何?"他笑而不答。我从旁插嘴:"关于鲁迅,最好不要问我们两个。"西滢先生和鲁迅冲突于前（不是为了文艺理论），我和鲁迅辩难于后，我们对鲁迅都是处于相反的地位。我们说的话，可能不公道，再说，鲁迅已经死了好久，我再批评他，他也不会回答我。他的作品在此已成禁书，何必再于此时此地"打落水狗"？所以从他死后，我很少谈论到他，只有一次破例，抗战时在中央周刊写过一篇"鲁迅和我"。也许现在的青年有些还没有见过那篇文字，我如今被催逼不过，再破例一次，重复一遍我在那文里说过的话。

梁实秋笔迹

我首先声明，我个人并不赞成把他的作品列为禁书。我生平最服膺伏尔德的一句话："我不赞成你说的话，但我拼死命拥护你说你的话的自由。"我对鲁迅亦复如是。我写过不少批评鲁迅的文字，好事者还曾经搜集双方的言论编辑为一册，我觉得那是个好办法，让大家看谁说的话有理。我曾经在一个大学里兼任过一个时期的图书馆长，书架上列有若干从前遗留下的低级的黄色书刊，我觉得这是有损大学的尊严，于是令人取去注销，大约有数十册的样子，鲁迅的若干作品并不在内。但是这件事立刻有人传到上海，以讹传讹，硬说是我把鲁迅及其他"左倾"作品一律焚毁了，鲁迅自己也很高兴的利用这一虚伪情报，派作我的罪状之一！其实完全没有这样的一回事。宣传自宣传，事实自事实。

鲁迅本来不是共产党徒，也不是同路人，而且最初颇为反对当时的"左倾"分子，因此与创造社的一班人龃龉。他原是一个典型的旧式公务员，在北洋军阀政府中的教育部当一名佥事，在北洋军阀政府多次人事递换的潮流中没有被淘汰，一来因为职位低，二来因为从不强出头，顶多是写一点小说资料的文章，或从日文间接翻译一点欧洲作品。参加新青年杂志写一点杂感或短篇小说之后，才渐为人所注意，终于卷入当时北京学界的风潮，而被章行严排斥出教育部。此后即厕身于学界，在北京，在厦门，在广州，所至与人冲突，没有一个地方能使他久于其位，最后停留在上海，鬻文为生，以至于死。

鲁迅一生坎坷，到处"碰壁"，所以很自然的有一股怨恨之气，横亘胸中，一吐为快。怨恨的对象是谁呢？礼教，制度，传统，政府，全成了他泄愤的对象。他是绍兴人，也许先天的有一点"刀笔吏"的素质，为文极尖酸刻薄之能事，他的国文的根底在当时一般白话文学作家里当然是出类拔萃的，所以

梁实秋

他的作品（尤其是所谓杂感）在当时的确是难能可贵。他的文字，简练而刻毒，作为零星的讽刺来看，是有其价值的。他的主要作品，即是他的一本又一本的杂感集。但是要作为一个文学家，单有一腹牢骚，一腔怨气是不够的，他必须要有一套积极的思想，对人对事都要有一套积极的看法，纵然不必即构成什么体系，至少也要有一个正面的主张。鲁迅不足以语此。他有的只是一个消极的态度，勉强归纳起来，即是一个"不满于现状"的态度。这个态度并不算错。北洋军阀执政若干年，谁又能对现状满意？问题是在，光是不满意又当如何？我们的国家民族，政治文化，真是百孔千疮，怎么办呢？慢慢的寻求一点一滴的改良，不失为一个办法。鲁迅如果不赞成这个办法，也可以，如果以为这办法是消极的妥协的没出息的，也可以，但是你总得提出一个办法，不能单是谩骂，谩骂腐败的对象，谩骂别人的改良的主张，谩骂一切，而自己不提出正面的主张。而鲁迅的最严重的短处，即在于是。我曾经写过一篇文字，逼他摊牌，那篇文章的标题即是"不满于现状"。我记得我说："你骂倒一切人，你反对一切主张，你把一切主义都褒贬的一文不值，你到底打算怎样呢？请你说出你的正面主张。"我这一逼，大概是搔着他的痒处了。他的回答很妙，首先是袭用他的老战术，先节外生枝的奚落我一番，说我的文字不通，"褒"是"褒"，"贬"是"贬"，如果不作为贬用，贬字之上就不能加褒（鲁迅大概是忘记了红楼梦里即曾把"褒贬"二字连用，作吹毛求疵解，北方土语至今仍是如此），随后他声明，有一种主义他并没有骂过。我再追问他，那一种主义是什么主义？是不是共产主义？他不回答了。

不要以为鲁迅自始即是处心积虑地为共产党铺路。那不是事实，他和共产党本来没有关系，他是走投无路，最后逼上梁山。他从不批评共产主义，这也是不假的，他敞开着这样一个后门。所以后来共产党要利用他来领导左翼作家同盟时，一拍即合。事实上，鲁迅对于"左倾"分子的批评是很严厉的，等到后来得到共产党的青睐而成为左翼领导人的时候，才停止对他们的攻击。大约就在这个时候，他以生硬粗陋的笔调来翻译俄国共产党的"文艺政策"。这一本"文艺政策"的翻译，在鲁迅是一件重要事情，这很明显地表明他是倾向于共产党了。可是我至今还有一点疑心，这一本书是否鲁迅的亲笔翻译，因为实在译得太坏，鲁迅似不至此，很可能的这是共产党的文件硬要他具名而他又无法推卸。这一文件的寿命并不长，因为不久俄国的文艺界遭受大整肃，像卢那卡尔斯基，普列汉诺夫，玛耶卡夫斯基，全都遭受了最悲惨的命运，上海的"普罗文艺运动"亦即奉命偃旗息鼓，所谓"左翼作家同盟"亦即奉命匿迹销声，这一段戏剧式的转变之经过详见于伊斯特曼所著之"穿制服的艺术家"一书。经过这一段期间，鲁迅便深入共产党的阵营了。

在这个时候，我国东北发生了中东路抗俄事件。东北的军阀割据，当然是谁也不赞成的。可是当我们中国的官兵和苏俄帝国主义发生了冲突，而且我们的伤亡惨重，国人是不能不表关切的。这对于中国共产党及其同情者是一个考验。我很惊奇的在上海的马路旁电线杆及各处的墙壁上发现了他们的标语"反对进攻苏联！"我很天真地提出了询问：是中国人进攻苏联，还是苏联侵入了中国？鲁迅及其一伙的回答是：中国军阀受帝国主义的唆使而进攻苏联。经过这一考验，鲁迅的立场是很明显的了。

鲁迅没有文艺理论，首先是以一团怨气为内容，继而是奉行苏俄的文艺政策，终乃完全听从苏俄及共产党的操纵。

鲁迅死前不久，写过一篇短文，题目好像就是"死"，他似乎感觉到不久于人世了，他在文里有一句话奉劝青年们，"人之将死，其言也善"，我们也不必以人废言，这句话便是："切莫作空头文学家。"何谓空头文学家？他的意思是说，文学家要有文学作品，不是空嚷嚷的事。这句话说的很对。随便写过一点东西，便自以为跻身文坛，以文学家自居，这样的人实在太多了，怪不得鲁迅要讽刺他们。可是话说回来，鲁迅也讽刺了他自己。鲁迅死后，马上有人替他印全集，因为他们原是有组织的、有人、有钱、有机构，一切方便。猩红的封面的全集出版了，有多少册我记不得了，大概有十几册到二十册的光景。这不能算是空头文学家了。然而呢，按其内容则所有的翻译小说之类一齐包括在内，打破了古今中外的通例。鲁迅生前是否有此主张，我当然不知道，不过把成本大套的翻译作品也列入全集，除了显着伟大之外，实在没有任何意义。幸亏鲁迅翻译了戈果里的"死魂灵"而未及其他，否则戈果里的全集势必也要附设在鲁迅全集里面了。

鲁迅的作品，我已说过，比较精彩的是他的杂感。但是其中有多少篇能成为具有永久价值的讽刺文学，也还是有问题的。所谓讽刺的文学，也要具备一些条件。第一，用意要深刻，文笔要老辣，在这一点上鲁迅是好的。第二，宅心要忠厚，作者虽然尽可愤世嫉俗，但是在心坎里还是一股爱，而不是恨，目的不是在逞一时之快，不在"灭此朝食"似的要打倒别人。在这一点上我很怀疑鲁迅是否有此胸襟。第三，讽刺的对象最好是一般的现象，或共同的缺点，至少不是个人的攻讦，这样才能维持一种客观的态度，而不流为泼妇骂街。鲁迅的杂感里，个人攻讦的成分太多，将来时移势转，人被潮流淘尽，这些杂感还有多少价值，颇是问题。第四，讽刺文虽然没有固定体裁，也要讲究章法，像其他的文章一样，有适当的长度，有起有讫，成为一整体。鲁迅的杂感多属断片性质，似乎是兴到即写，不拘章法，可充报纸杂志的篇幅，未必即能成为良好的文学作品。以上所讲也许是过分的苛责，因为鲁迅自己并未声明他的杂感必是传世之作，不过崇拜鲁迅者颇有人在，似乎不可不提醒他们。

在小说方面，鲁迅只写过若干篇短篇小说，没有长篇的作品，他的顶出名的"阿Q正传"，也算是短篇的。据我看，他的短篇小说最好的是"阿Q正传"，其余的在结构上都不像是短篇小说，好像是一些断片的零星速写，有几篇在文字上和情操上是优美的。单就一部作品而论，"阿Q正传"是很有价值的，写辛亥前后的绍兴地方的一个典型的愚民，在心理的描绘上是很深刻而细腻。但是若说这篇小说是以我们中国的民族性为对象，若说阿Q即是典型的中国人的代表人物，我以为那是夸大其辞，鲁迅自己也未必有此用意。阿Q这个人物，有其时代性，有其地方性。一部作品，在艺术上成功，并不等于是说这个作家即能成为伟大作家。一个伟大作家的作品，必须要有其严肃性，必须要有适当的分量，像"阿Q正传"这样的作品似乎尚嫌不够把它的作者造成一个伟大作家。有一次萧伯纳来到上海，上海的所谓作家们便拥出我们的"伟大作家"鲁迅翁来和他会晤，还照了一张相在杂志上刊出来，一边站着的是一个身材高大须发银白的萧伯纳，一边站着的是身材弱小头发蓬的鲁迅，两相对照，实在不称，身量不称作品的数量分量也不称。

在文学的研究方面，鲁迅的唯一值得称道的是他的那本"中国小说史略"，在中国的小说方面他是下过一点研究的功夫的，这一本书恐怕至今还不失为在这方面的好书。我以为，至少这一本书应该提前解禁，准其流通。此外，我看不出他有什么别的贡献。有人说，他译过不少欧洲弱小民族的文学作品。我的知识太有限，我尚不敢批评那些所谓"弱小民族"的文学究竟如何。不过我想，鲁迅的翻译是从日文转译的，因此对于各民族的文学未必有适当的了解，并且鲁迅之翻译此类文学其动机可能是出于同情，对被压迫民族的同情，至于其本身的文学价值，他未必十分注意。

五四以来，新文艺的作者很多，而真有成就的并不多，像鲁迅这样的也还不多见。他可以有更可观的成就，可惜他一来死去太早，二来他没有健全的思想基础，以至于被共产党的潮流卷去，失去了文艺的立场。一个文学家自然不能整天的吟风弄月，自然要睁开眼睛看看他的周围，自然要发泄他的胸中的积愤与块垒，但是，有一点颇为重要，他须要"沉静的观察人生，并观察人生的整体。"（Tosee lifes tea dily and see it whole）。这一句话是英国批评家阿诺得Matt hewArnold 批评英国人巢塞Chaucer时所说的话。他说巢塞没有能做到这一点，他对人生的观察是零星的局部的肤浅的。我如果要批评鲁迅，我也要借用这一句名言。鲁迅的态度不够冷静，他感情用事的时候多，所以他立脚不稳，反对他的以及有计划的给他捧场的，都对他发生了不必要的影响。他有文学家应有的一支笔，但他没有文学家所应有的胸襟与心理准备。他写了不少的东西，态度只是一个偏激。

第四篇

杜亚泉和陈独秀
——积极融合和全面否定之战

杜亚泉（1873~1933年），原名炜孙，字秋帆。号亚泉，笔名伧父、高劳，近代著名科普出版家、翻译家。1898年，应蔡元培之邀任绍兴中西学堂数学教员。1900年秋到上海，创办中国近代首家私立科技大学——亚泉学馆，培养科技人才。同时创办了中国最早的科学刊物——《亚泉杂志》半月刊。又编辑《文学初阶》，为中国最早的国文教科书。1903年，返回绍兴与人创立越郡公学。1904年到商务印书馆编译所，在此工作

杜亚泉

二十八年。杜亚泉早年研究理工，商务早期理化书、博物教科书大多出自他手。他还主编《东方杂志》，此杂志从东西文报刊选译最新的政治、经济、社会、学术思潮。并开设"科学杂俎"栏目，对于国际时事，论述详备，成为当时很有影响的学术杂志。他发表的译著论文达300多篇。杜亚泉始终坚持科学的立场，在学术上坚持以西方科学与东方传统文化相结合，后人多评价他为中国启蒙时期的著名爱国学者、编辑家。1920年他辞去《东方杂志》主编兼职，专任理化部主任。

提起杜亚泉，大概有很多人觉得不熟悉。他是著名的学者，创立了我国最早的科学刊物《亚泉杂志》。民国时期，他主编的《东方杂志》从东西文刊上选择翻译最新的政治、经济、社会、学术思潮等文章。并开设"科学杂俎"栏目，对于国际时事做详细的论述，成为当时很有影响力的杂志之一。对于那时的中国来说，杜亚泉也主张实行改革，他比较崇尚英美国家的政治体系，因此致力于借鉴英美国家的改革方法。而且，在改革方法上，他主张"以彼之长，补己之短"，这和当时陈独秀的主张正好相悖。为此，两人展开了一场规模甚大的思想辩论。

两种启蒙文化的冲突和对立

1918年，在不安和动荡的历史潮流中，一场引人注目的文化论战在我国的南北思想界展开了。辩论的双方分别是《东方杂志》的主编杜亚泉和《新青年》的主编陈独秀。有人当时形容陈独秀，说他是狂狷不羁的文人，而杜亚泉又恰恰是谦卑冷峻的科学学者，这两个人之间真可谓是泾渭分明。

陈独秀是新文化运动时期的领袖，同时也是一个追随法国大革命的革命家。陈独秀通晓法语，对法国近代文明一直情有独钟，他翻译过雨果著名的《悲惨世界》，在《青年杂志》（《新青年》的前身）创办初期，他用法语为杂志冠名。在《青年杂志》创刊号一文《法兰西人与近世文明》中，陈独秀热烈颂扬法兰西文明，认为法国文明是欧洲近现代文明的摇篮。

同时，他还评价了西方其他国家，他认为："英吉利所重者，个人自由之私权也；德意志所重者，军国主义，举国一致之精神也；法兰西者，理想高尚，艺术优美之国也；亚美利加者，兴业殖产、金钱万能主义之国也。"由此可见，陈独秀对于法国文明是何其热爱和推崇。

然而，与陈独秀恰恰相反，杜亚泉推崇的是英国文明。他在《英皇之加冕礼》一文中写道："英国近世之隆盛的原因在于：其祖先传来之坚实气质，实际的常识，地方自治之精神，议会政治之模型，及于保守中求进步之美风良俗，养成一种特有之国民性。近世以来，在英国人之性格中，尊重个人之权利与自由，则为与大陆诸国不同之特质。英国人自中世以来，实以此点为最优秀。今日之英国，实即个人主义之结果。中国之所以贫弱日甚而不能进步，是由于国民性不能发展。如果采取英国之制度，以国民自治为基础，运用宪政，则国势日隆。"

杜亚泉觉得，法国文化和中国的历史有着非常相似的东西，他认为，法国和当时中国共同的缺点都是帝国主义专制。他觉得："法国为中央集权政治之故乡，官僚政治之发源地；而英美为自治最发达之国，其官吏人数很少。英美人民重自立，故主

陈独秀和青年杂志

于实利；法国人民重政权，故骛于虚荣，两国之社会，遂生依赖与自营之差别。"因此，在杜亚泉看来，改革务必应该借鉴英国。

那时，正直民国初年的宪政危机，杜亚泉看到当时的国家景象，担忧中国会步法国大革命灾难的后尘，他在文章中写道："吾国国体改革，未满六年，而事变迭出。凡法兰西大革命后九十年间经过之事实及其恐怖，吾国几一一步其后尘……袁氏称帝和张勋复辟，犹如法国拿翁称帝、路易十八复辟。岂非帝政改为共和，必经如此曲折？"

在他看来，那时的中国应该在保守中求进步，所以他指出："国家之接续主义，一方面含有开进之意味，一方面又含有保守之意味。盖接续云者，以旧业与新业相接续之谓。……近世之国家中，开进而兼能保守者，以英国为第一，用能以三岛之土地，威加海陆。即北美合众国之政治，亦根据于殖民时代之历史者为多。此接续主义对于国家之明效大验也……法国当革命之后，古法破灭，其后虽屡欲复古，卒不能成功故民主国家，于新旧交递之间，当以稳静持重为主。接续主义一破，则恶影响之留遗，虽数世而犹未艾，此固吾民国国民，所当慎之于始者也。"

对于杜亚泉的看法和说法，陈独秀当然是不会赞成的。他在《新青年》创刊号写了一篇《敬告青年书》，明确表示自己态度的同时，也是有意在向杜亚泉发起挑战。

敬告青年书

文 / 陈独秀

窃以少年老成，中国称人之语也；年长而勿衰（Keep young while growing old），英，美人相勖之辞也，此亦东西民族涉想不同、现象趋异之一端欤？青年如初春，如朝日，如百卉之萌动，如利刃之新发于硎，人生最可宝贵之时期也。青年之于社会，犹新鲜活泼细胞之在人身。新陈代谢，陈腐朽败者无时不在天然淘汰之途，与新鲜活泼者以空间之位置及时间之生命。人身遵新陈代谢之道则健康，陈腐朽败之充塞细胞人身则人身死；社会遵新陈代谢之道则隆盛，陈腐朽败之分子充塞社会则社会亡。

准斯以谈，吾国之社会，其隆盛耶？抑将亡耶？非予之所忍言者。彼陈腐朽败之分子，一听其天然之淘汰，雅不愿以如流之岁月，与之说短道长，希冀

陈独秀书法

其脱胎换骨也。予所欲涕泣陈词者，唯属望于新鲜活泼之青年，有以自觉而奋斗耳！

自觉者何？自觉其新鲜活泼之价值与责任，而自视不可卑也。奋斗者何？奋其智能，力排陈腐朽败者以去，视之若仇敌，若洪水猛兽，而不可与为邻，而不为其菌毒所传染也。

呜呼吾国之青年，其果能语于此乎！吾见夫青年其年龄，而老年其身体者十之五焉；青年其年龄或身体，而老年其脑神经者十之九焉。华其发，泽其容，直其腰，广其膈，非不俨然青年也；及叩其头脑所涉想，所怀抱，无一不与彼陈腐朽败者为一丘之貉。其始也未常不新鲜活泼，寝假而为陈腐朽败分子所同化者，有之；寝假而畏陈腐朽败分子势力之庞大，瞻顾依回，不敢明目张胆作顽狠之抗斗者，有之。充塞社会之空气，无往而非陈腐朽败焉，求些少之新鲜活泼者，以慰吾人窒息之绝望，亦杳不可得。循斯现象，于人身则必死，于社会则必亡，欲救此病，非太息咨嗟之所能济，是在一二敏于自觉勇于奋斗之青年，发挥人间固有之智能，决择人间种种之思想——孰为新鲜活泼而适于今世之争存，孰为陈腐朽败而不容留置于脑里——利刃断铁，快刀理麻，决不作牵就依违之想，自度度人，社会庶几其有清宁之日也。青年乎，其有以此自任者乎？若夫明其是非，以供抉择，谨陈六义，幸平心察之。

一、自主的而非奴隶的

等一人也，各有自主之权，绝无奴隶他人之权利，亦绝无以奴自处之义务。奴隶云者，古之昏弱对于强暴之横夺，而失其自由权利者之称也。自人权平等之说兴，奴隶之名，非血气所忍受。世称近世欧洲历史为"解放历史"——破坏君权，求政治之解放也；否认教权，求宗教之解放也；均产说兴，求经济之解放也；女子参政运动，求男权之解放也。

解放云者，脱离夫奴隶之羁绊，以完其自主自由之人格之谓也。我有手足。自谋温饱。我有口舌。自陈好恶。我有心思，自崇所信；绝不认他人之越俎，亦不应主我而奴他人；盖自认为独立自主之人格以上，一切操行，一切权利，一切信仰，唯有听命各自固有之智能，断无盲从隶属他人之理。非然者，忠孝节义，奴隶之道德也（德国大哲尼采［Nietzsche］别道德为二类：有独立心而勇敢者曰贵族道德［Morality of Noble］，谦逊而服从者曰奴隶道德［Morality of Slave］）；轻刑薄赋，奴隶之幸福也；称颂功德，奴隶之文章也；拜爵赐第，奴隶之光荣也；丰碑高墓，奴隶之纪念物也；以其是非荣辱，听命他人，不以自身为本位，则个人独立平等之人格，消灭无存，其一切善恶行为，势不能诉之自身意志而课以功过；谓之奴隶，谁曰不宜？立德立功，首当辨此。

二、进步的而非保守的

人生如逆水行舟，不进则退，中国之恒言也。自宇宙之根本大法言之，森罗万象，无日不在演进之途，万无保守现状之理；特以俗见拘牵，谓有二境，此法兰西当代大哲柏格森（H.Borgson）之"创造进化论"（L'Evolution Creatrice）所以风靡一世也。以人事之进化言之，笃古不变之族，日就衰亡；日新求进之民，方兴未已；存亡之数，可以逆睹。矧在吾国，大梦未觉，故步自封，精之政教文章，粗之布帛水火，无一不相形丑拙，而可与当世争衡？

举凡残民害理之妖言，率能征之故训，而不可谓诬，谬种流传，岂自今始！固有之伦理、法律、学术、礼俗，无一非封建制度之遗，持较皙种之所为，以并世之人，而思想差池，几及千载；尊重廿四朝之历史性，而不作改进之图；则驱吾民于20世纪之世界以外，纳之奴隶牛马黑暗沟中而已，复何说哉！于此而言保守，诚不知为何项制度文物，可以适用生存于今世。吾宁忍过去国粹之消亡，而不忍现在及将来之民族，不适世界之生存而归消灭也。

呜呼！巴比伦人往矣，其文明尚有何等之效用耶？"皮之不存。毛将焉傅？"世界进化，骎骎未有已焉。其不能善变而与之俱进者，将见其不适环境之争存，而退归天然淘汰已耳，保守云乎哉！

三、进取的而非退隐的

当此恶流奔进之时，得一二自好之士，洁身引退，岂非希世懿德；然欲以化民成俗，请于百尺竿头，再进一步。夫生存竞争，势所不免，一息尚存，即无守退安隐之余地。排万难而前行，乃人生之天职：以善意解之，退隐为高人出世之行；以恶意解之，退隐为弱者不适竞争之现象。欧俗以横厉无前为上德，亚洲以闲逸恬淡为美风；东西民族强弱之原因，斯其一矣。此退隐主义之根本缺点也。若夫吾国之俗，习为委靡：苟取利禄者，不在论列之数；自好之士，希声隐沦，食粟衣帛，无益于世，世以雅人、名士目之。实与游惰无择也。人心秽浊，不以此辈而有所补救，而国民抗往之风，植产之习，于焉以斩。人之生也，应战胜恶社会，而不可为恶社会所征服；应超出恶社会，进冒险苦斗之兵，而不可逃遁恶社会，作退避安闲之想。呜呼！欧罗巴铁骑入汝室矣，将高卧白云何处也？吾愿青年之为孔墨，而不愿其为巢由；吾愿青年之为托尔斯泰与达噶尔（R.Tagore.印度隐遁诗人），不若其为哥伦布与安重根！

四、世界的而非锁国的

并吾国而存立于大地者，大小凡四十余国，强半与吾有通商往来之谊。加之海陆交通，朝夕千里。古之所谓绝国，今视之若在户庭。举凡一国之经济政治状态有所变更，其影响率被于世界，不啻牵一发而动全身也。立国于今之世，其兴废存亡，视其国之内政者半，影响于国外者恒亦半焉。以吾国近事证之，日本勃兴，以促吾革命维新之局；欧洲战起，日本乃有对我之要求。此非其彰彰者耶？投一国于世界潮流之中，笃旧者固速其危亡，善变者反因以竞进。吾国自通海以来，自悲观者言之，失地偿金，国力索矣；自乐观者言之，倘无甲午、庚子两次之福音，至今犹在八股、垂发时代。居今日而言锁国闭关之策，匪独力所不能，亦且势所不利。万邦并立，动辄相关，无论其国若何富强，亦不能漠视外情，自为风气。各国之制度文物，形式虽不必尽同，但不思驱其国于危亡者，其遵循共同原则之精神，渐趋一致，潮流所及，莫之能违。于此而执特别历史国情之说，以冀抗此潮流，是犹有锁国之精神。而无世界之智识。国民而无世界智识，其国将何以图存于世界之中子语云："闭户造车，出门未必合辙。"今之造车者，不但闭户，且欲以《周礼》、《考工》之制，行之欧美康庄，其患将不止不合辙已也。

五、实利的而非虚文的

自约翰弥尔（J.S.Mill）"实利主义"唱道于英，孔特（Comte）之"实验哲学"唱道于法，欧洲社会之制度，人心之思想为之一变。最近德意志科学大兴，物质文明，造乎其极，制度人心，为之再变。举凡政治之所营，教育之所期，文学技术之所风尚，万马奔驰，无不齐集于厚生利用之一途。一切虚文空想之无裨于现实生活者，吐弃殆尽，当代大哲，若德意志之倭根（R.Eucken）。若法兰西之柏格森，虽不以现时物质文明为美备，咸揭櫫生活（英文曰Life，德文曰Leben，法文曰La vie.）问题，为立言之的。生活神圣，正以此次战争，血染其鲜明之旗帜。欧人空想虚文之梦，势将觉悟无遗。夫利用厚生，崇实际而薄虚玄，本吾国初民之俗；而今日之社会

书法四屏（陈独秀）

制度，人心思想，悉自周、汉两代而来——周礼崇尚虚文，汉则罢黜百家而尊儒重道——名教之所昭垂，人心之所祈向，无一不与社会现实生活背道而驰。倘不改弦而更张之，则国力将莫由昭苏，社会永无宁日。祀天神而拯水旱，诵《孝经》以退黄巾，人非童昏，知其妄也。物之不切于实用者，虽金玉圭璋，不布粟粪土！若事之无利于个人或社会现实生活者，皆虚文也，诳人之事也。诳人之事，虽祖宗之所遗留，圣贤之垂教，政府之所提倡，社会之崇尚，皆一文不值也！

六、科学的而非想象的

科学者何？吾人对于事物之概念，综合客观之现象，诉之主观之理性而不矛盾之谓也。想象者何？既超脱客观之现象，复抛弃主观之理性，凭空构造，有假定而无实证，不可以人间已有之智灵，明其理由，道其法则者也。在昔蒙昧之世，当今浅化之民，有想象而无科学。宗教美文，皆想象时代之产物。近代欧洲之所以优越他族者，科学之兴，其功不在人权说下，若舟车之有两轮焉。今且日新月异，举凡一事之兴，一物之细，罔不诉之科学法则，以定其得失从违；其效将使人间之思想云为，一遵理性，而迷信斩焉，而无知妄作之风息焉。国人而欲脱蒙昧时代，羞为浅化之民也，则急起直追，当以科学与人权并重。士不知科学，故袭阴阳家符瑞五行之说，惑世诬民；地气风水之谈，乞灵枯骨。农不知科学，故无择种去虫之术；工不知科学，故货弃于地，战斗生事之所需——仰给于异国；商不知科学，故唯识罔取近利，未来之胜算，无容心焉；医不知科学，既

不解人身之构造，复不事药性之分析，菌毒传染，更无闻焉，唯知附会五行、生克、寒热、阴阳之说，袭古方以投药饵，其术殆与矢人同科。其想象之最神奇者，莫如"气"之一说；其说且通于力士羽流之术；试遍索宇宙间，诚不知此"气"之果为何物也！

凡此无常识之思唯，无理由之信仰，欲根治之，厥维科学。夫以科学说明真理，事事求诸证实，较之想象武断之所为，其步度诚缓；然其步步皆踏实地，不若幻想突飞者之终无寸进也。宇宙间之事理无穷，科学领土内之膏腴待辟者，正自广阔。青年勉乎哉！

对于当时的中国来说，新思潮的引进和展开在当时的社会上引起了强烈的反响，而英美和法国当时的国家体制以及文化都存在着很大的差别，对于当时的中国来说，借鉴哪一个，拒绝哪一个，人们本就是各持己见，众说纷纭，因此陈独秀和杜亚泉，因为分别代表两种不同的文化观点，因此他们的辩论显得更加热闹，同时也是相映成趣。

全盘否定和部分借鉴之争

杜亚泉和陈独秀的论战，渐渐进入白热化，两人之间的争论焦点又开始慢慢转向为如何对待我国传统文化和西方文化的观点上来。杜亚泉认为，要振兴中华，需要吸取和借鉴西洋文化，但是如果一味的照搬，也并不合适。我国文明历史悠久，因此他主张在巩固我国传统文化的同时，取长补短，借鉴一部分西方文化，这样融合调和之后，更有利于我国的改革。而对于当时的陈独秀来说，他的主张恰恰是彻底铲除我国传统文化而以西方文化取代。

事实上，早年的杜亚泉对于西方文化也十分痴迷，然而经历了第一次世界大战，他被战争中的景象所震惊，思想也发生了重大的变化，他意识到自己对于西方的崇拜是盲目的，因此做了及时的反省，在重新审视中国固有文化的同时，觉得我国传统文化中也有足以弥补西方文化之不足者。

1918年4月，杜亚泉在《东方杂志》上发表了《迷乱之现代人心》，批评西洋文明在我国产生的一些不良影响，同年6月，他主编的《东方杂志》又发表了钱智修和平佚著译的文章，这些文章的观点，都是肯定中国传统文化而批评西方文化的缺陷。

迷乱之现代人心

文／杜亚泉（伧父）

　　国是之丧失为国家致亡之由。我人读刘向《新序》所记孙叔敖对楚庄王之言，若不啻为今日发者。国是之本义，吾人就文字诠释之，即全国之人皆以为是者之谓。盖论利害，则因地位阶级之不同，未易趋于一致；若论是非，则人同此心，心同此理，自可出于一途也。然至今日，理不一理，即心不一心。试就国家之立法行政上，或个人之立身处世上，任标举一种主义主张，则必有反对之主义、主张，可以与之相抗。甲持此说以收揽人心，乙即援彼说以破坏之；丙揭此义以引起时论，丁复申彼义以抵制之，遂成一可是可非无是无非之世局。吾人在西洋学说尚未输入之时，读圣贤之书，审事物之理，出而论世，则君道若何，臣节若何，仁暴贤奸，了如指掌；退而修已，则所以处伦常者如何，所以励品学者如何，亦若有规矩之可循。虽论事者有经常权变之殊，讲学者有门户异同之辨，而关于名教纲常诸大端，则吾人以为是者，国人亦皆以为是，虽有智者不能以为非也，虽有强者不敢以为非也。故其时有所谓清议，有所谓舆论。清议与舆论，皆基本于国是，不待议不待论而自然成立者也。论者谓国是之存在实泥古时代束缚思想自由之结果，而为进步停滞之原因；然进化之规范，由分化与统整二者互相调剂而成。现代思想，因发展而失其统一，就分化言，可谓之进步；就统整言，则为退步无疑。我国先民于思想之统整，一方面最为精神所集注。周公之兼三王，孔子之集大成，孟子之拒邪说：皆致力于统整者。后世大儒，亦大都绍述前闻，未闻独创异说；即或耽黄、老之学，究释氏之典，亦皆吸收其精神与儒术醇化。故我国之有国是，乃经无数先民之经营缔造而成，此实先民精神之产物，为我国文化之结晶体。吾国所以致同文同伦之盛而为东洋文明之中心者，盖由于此。夫先民精神上之产物，留遗于吾人，吾人固当发辉而光大之，不宜仅以保守为能事，故西洋学说之输入，夙为吾人所欢迎，然西洋在中古以前，宗教上之战争与虐杀，史不绝书，其纷杂而不能统一，自古已然。文艺复兴以后，思想益复自由，持独到之见，以风靡一世者，如卢梭、达尔文等，代有其人；而集众说之长，立群伦之鹄者，则

杜亚泉主编的《东方杂志》

第四篇　杜亚泉和陈独秀

81

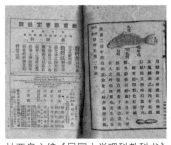

杜亚泉主编《民国小学理科教科书》

绝少概见。吾人得其一时一家之学说，信以为是，弃其向所以为是者而从之；继更得其一家一时之学说，信以为是，复弃其适所以为是者而从之；卒之固有之是既破弃无遗，而输入之是，则又恍焉惚焉而无所守：于是吾人之精神界中，种种庞杂之思想，互相反拨，互相抵消，而无复有一物之存在，如斯现状，可谓之精神界之破产譬有一人，其始以祖宗之产业易他人之证券；既而所持证券忽失其价值，而祖宗之产业已不能回复矣。吾人精神界破产之情状，盖亦犹是。破产而后，吾人之精神的生活既无所凭依，仅余此块然之躯体，蠢然之生命，以求物质的生活，故除竞争权利，寻求奢侈以外，无复有生活的意义。大多数之人，其精神全埋没于物质的生活中，不遑他顾，本无主义主张之可言。其少数之有主义主张者，亦无非为竞争权利与寻求奢侈之手段方便上偶然假托。如现时占势力于国会者，则主张议会政治；有为高等官吏之希望或资格者，则主张官僚政治；投机获利拥有资产者，则主张资本制度；其或失败伦偾无聊者，则主张社会制度；纵肉欲者，则以食色为卫生；急功利者，则以奋斗为进步；甚至盗贼之事，禽兽之行，亦或援哲理以护其非，借学说以文其过：支离谬妄，不可究诘！然使宗一家之言，守之终身，虽不见信于人，犹可自以为是。乃时异势殊，则又出彼而入此：昨为民党，今作官僚；早护共和，夕拥帝制，倡男女平权之说者，忽徇多妻之俗，蓄置婢妾；负开通风气之责者，忽习巫瞽之术，眩惑世人：改节变论而不以为羞，下乔入谷而自以为智。昔俾斯麦对奥使曰："奥人欲问吾以开战之理由耶？然则吾可于十二小时以内寻得以答之。"彼等之意，固以为一切主义主张，皆可于十二小时以内寻得者也。夫彼等本为无主义主张之人，原不能以对于主义主张之不忠实无节操责备之。唯彼等不自认为无主义主张而必假托于有主义主张者，无非藉此以欺惑其他之无主义主张之人，使为彼利用耳。然此等伎俩，遂为其他无主义主张之人所窥破，则亦仿而效之，假托于主义主张者日多，假托者既多，则虽假托亦复无效，若辈乃益无忌惮，并此假托之主义主张而亦去之，于是发生政治界之强有力主义强有力主义者，一切是非置之不论，而以兵力与财力之强弱决之，即以强力压倒一切主义主张之谓。当是非淆乱之时，快刀斩乱麻，亦不失为痛快之举，此盖无法之法，无主义主张中之主义主张。时势所趋，不至于此不止。古之人有行之者，秦始皇是也。百家竞起，异说争鸣，战国时代之情状，殆与今无异。焚书坑儒之暴举，虽非今日所能重演，而如此极端之强有力主义，实今后世之人有望尘勿及之叹。今日之欧洲又与我之战国相似，乃有"德意志主义"出现。彼等谓国家之正义唯强有力者得贯彻之。直言之，即无所谓正无所谓义，唯以强力贯彻者，斯为正义。其毅然决然破坏比和时之条约，击沉中立国之船舰，亦吾国之强有力者所闻而却步者也。总之，"秦始皇主义""德意志主义"，与我国现时政治界中一部分之强有力主义，实先后同揆。东西对照，皆为是非淆乱时代之生产物。秦始皇主义在我国已经实验，虽获成功，不旋踵而没，卒酿陈涉、吴广之乱，项羽、刘季之争。然中国统一之局，汉室四百年之治，亦未始非始皇开之。德意志主义正在试验时代，成败尚不能预料，吾人就历史上推测强力主义之效果，则当文治疲敝是非淆乱之时，强力主义出而纠纷自解。然强弱之势，亦非一定。兴者为王，败者为贼。此起彼伏之间，其淆乱乃更甚，则又不得不更兴文治以解武力之纠纷，故文治与武力相为倚伏。孟子曰："天下有道，小德役大德，小贤役大贤；天下无道，小役大，弱役强。"此二者之中间，尚有一时期，即有道之衰也。贤德无定位，则不得不论强大，无道之极也；强大无定位，则不得不更论贤德：周而复始，为一循环。唯此循环之周期长短不一：其至短缩者，则方论贤德，即因贤德无定，而论强大；方论强大，复因强大无定，而论贤德。周期愈短，振动愈甚。故我国之强有力主义，果能压倒一切主义主张以暂定一时之局，则吾人亦未始不欢迎之，特恐其转辗于极短缩之周期中，愈陷吾人于杌陧徬徨之境耳。吾人今日即愿将一切是非听诸强力者之判断，而此种强力亦尚不可得，则唯有将是非置之度外，不判断而回避之。多数之人，对于无论何种主义主张，皆若罔闻知，不表赞否，盖由于此。此种回避是非之态度，其代表之者为现今教育界之实用主义古代教育皆注重于精神生活，故贤哲之士其所以诏告吾人者，务在守其己之所信，行其心之所安，而置死生穷达于度外。今之教育则埋没于物质生活之中，所谓实用主义者，即其教育之目的在实际应用于生活之谓。夫学校之中，授人以知识技能，使其得应用此知识技能以自营生活，诚为教育中所应有之事；但我人既获得生活，则决非于生活以外，别无意义。吾人生而为人，固不能不谋衣食，以图饱暖；然饱食

杜亚泉负责编撰的《物理科大辞典》

暖衣，不过藉以维持生活。试问吾人具此生活而又维持之者固何为？若谓人之为人，仅在求得饱食暖衣而止，是无异谓生活之意义在生活也。故以实用为教育之主义，犹之以生活为生活之主义，亦为无主义之主义而已。近阅日本杂记，言有中国人胡某在德国刊行二书，大致劝告欧人当弃其误谬之世界观，而采用中国之世界观。德人对于此二书表赞否之意见者颇多。胡氏书中有曰："欧人之学校，一则曰智识，再则曰智识，三则曰智识；而中国学校中所学者为君子之道。"吾等对于胡氏之言，不觉汗颜无地！吾人今日之所学者，岂复有君子之道？乃乞食之道而已！德人台里乌司氏于胡氏二书，颇表同情。其批评中有数语曰："中国三岁之儿童学中国大思想家之思想，洞彻其精神；德人在学校中，于己国高等之文化绝不得闻。德国之大思想家如群鹤高翔于天际，地上之人不得闻其羽搏之微音。"吾等对于此德人之言，益觉惊慌无措。盖吾国之鹤已毙于物质的弹丸之下矣。吾述此言，吾固望今日之提倡教育上之实用主义者，加以注意。唯吾人今日对于此实用主义仍不能不尽力赞成，盖今日提倡此无主义之主义以回避是非，使教育事业超然离立于各种主义主张之外，一方面得使教育界中不受风波之激荡，以保持其安静之位置，一方面又得使现时之播弄是非者减缩其鼓动之范围也。设使以今日相反相抵之各种主义主张加入于学校教育之中，如清季学生之干涉政治，如俄国大学生之加入虚无党者，则今日之纷扰，必将益甚。且使青年学生与此等不忠实无节操之主义主张者相接触，濡染其恶习，其为害于教育，何可胜言！教育家之责任在指导社会，然人当深入迷途，莫能自拔之时，则其指导之方法，莫如暂时安静，停止进行，然后审定方向，以求出此迷途。我人今日在迷途中之救济决不能希望于自外输入之西洋文明，而当希望于己国固有之文明。此为吾人所深信不疑者。盖产生西洋文明之西洋人方自陷于混乱矛盾之中，而亟亟有待于救济，吾人乃希望藉西洋文明以救济吾人，斯真"问道于盲"矣！西洋人之思想为希腊思想与希伯来（犹太）思想之杂合而成。希腊思想本不统一，斯笃克派与伊壁鸠鲁派互相反对，其后为希伯来思想所压倒，文艺复兴以后，希伯来思想又被希腊思想破坏，而此等哲学思想又被近世之科学思想所破坏。今日种种杂多之主义主张，皆为破坏以后之断片，不能得其贯串联络之法。乃各持其断片，欲藉以贯彻全体，因而生出无数之障碍。故西洋人于物质上虽获成功，得致富强之效，而其精神上之烦闷殊甚，正如富翁衣锦食肉，持筹握算，而愁眉百结，家室不安，身心交病。齐景公曰："虽有粟，吾得而食诸？"此之谓也。夫精神文明之优劣不能以富强与否为标准，犹之人之心地安乐与否不能以贫富贵贱为衡。吾人往时羡慕西洋人之富强，乃谓彼之主义主张取其一即足以救济吾人，于是拾其一二断片以击破己国固有之文明，此等主义主张之输入，直与猩红热、梅毒等之输入无异！唯此等病毒之发生，一由于自己元气之虚弱，一由于从前未曾经验此病毒、体内未有抗毒素之故。故仅仅效从前顽固党之所为，竭力防遏西洋学说之输入，不但势有所不能，抑亦无济于事焉。救济之道，在统整吾固有之文明：其本有系统者，则明了之；其间有错出者，则修整之。一面尽力输入西洋学说使其融合于吾固有文明之中。西洋之断片的文明如满地散钱，以吾固有文明为绳索，一以贯之。今日西洋之种种主义主张，骤闻之似有与吾固有文明绝相凿枘者，然会而通之，则其主义主张往往为吾固有文明之一局部扩大而精详之者也。吾固有文明之特长，即在于统整。且经数千年之久，未受若何之摧毁，已示世人以文明统整之可以成功。今后果能融合西洋思想以统整世界之文明，则非特吾人之自身得赖以救济，全世界之救济亦在于是。今日之主义主张者，盖苦于固有文明之统整不能肆其竞争权利寻求奢侈之伎俩，乃假托于西洋思想以扰乱之。此即孙叔敖之所谓群非不利于国体之存在，而陷吾人于迷乱者。吾人若望救济于此等主义主张，是犹望魔鬼之接引以入天堂也。魔鬼乎！汝其速灭！

杜亚泉这篇文章就是表达对新文化的不满，对"君道里节，名教纲常"又进行了一番赞叹。因为在他看来，长久以来以儒家为主的我国"固有文明"，是举国上下衡量是非的标准，"人同此心，心同此理"，故为"国事"、"国基"，是决不能移易的。但是自从西洋学说输入我国之后，破坏了"国有文明"和是非标准，造成国事之丧失，精神之破产，人心之迷乱。由此可以看出，杜亚泉在思想道德的层面，依然认为"君道臣节，名教纲常"是应该被保留的。这种观点和《新青年》宣传的人格独立、人权平等、学术独立、思想自由背道而驰，因此，让陈独秀等改革者深为反感。

不久之后，陈独秀在《新青年》上发表《今日中国之政治问题》一文，明确表示了自己的观点："所谓新者无他，即外来之西洋文化也；所谓旧者无他，即中国固有之文化也……两者根本相违，绝无折中之余地……若是决计革新，一切都应该采用西洋的新法子，不必拿什么国粹、国情等鬼话来捣乱。"陈独秀此文一出，两人之间的战火燃烧之势，立刻迅猛起来。

两篇"质问"点燃熊熊战火

陈独秀在表明自己观点的同时，并没有放弃对杜亚泉的攻击。他先后在《新青年》上又刊发了《质问〈东方〉杂志记者》和《再质问〈东方〉杂志记者》两篇文章，对杜亚泉进行了严厉的抨击。

质问《东方》杂志记者——《东方》杂志与复辟问题

文／陈独秀

《东方》杂志第十五卷六号，译载日本《东亚之光》杂志《中西文明之评判》一文，同号该志论文《功利主义与学术》，又四号该志之《迷乱之现代人心》，皆持相类之论调。《东方》记者既译载此文，又别著论文援引而是证之，其意可见矣。余对于此等论调，颇有疑点，条列下方，谨乞《东方》记者之赐教：

1.《中西文明之评判》文中，其重要部分，为征引德人台里乌司氏评论中国人胡某之著作。按欧战前后类于此等著述，唯辜鸿铭氏有之，日本人读汉音辜胡相似，其或以此致误。辜老先生之言论宗旨，国人之所知也，《东方》记者其与辜为同志耶？敢问。

2. 弗兰士氏谓：台里乌司氏承认孔子伦理之优越；又云：胡君对于民主的美国宁对于德国之同情较多。夫孔子之伦理如何，德国之政体如何，辜鸿铭、康有为、张勋诸人，固已明白昌言之，《东方》记者亦赞同之否？敢问。

3.《功利主义与学术》文中有言曰："二十年来，有民权自由之说，有立宪共和之说，民权之与自由，立宪之与共和，在欧、美人为之，或用以去其封建神权之旧制，或藉以实现人道正义之理想，宜若非功利主义，所能核括矣。而吾国人不然，其有取乎此者，亦以盛强著称于世之欧、美人尝经过此阶级，吾欲比隆欧、美而享盛强之幸福，不可不步趋其轨辙耳。"诚如《东方》记者之言，岂主张国人反对民权自由，反对立宪共和，不欲比隆欧、美不享盛强之幸福耶？敢问。

4. 自广义言之，人世间去功利主义无善行。释迦之自觉觉他，孔子之言礼立教，耶稣之杀身救世，与夫主张民权自由立宪共和诸说，以去封建神权之革命家，以及《东方》记者痛斥功利主义之有害学术，非皆以有功于国有利于群为目的乎？今固彻头彻尾颂扬功利主义者也。功之反为罪，利之反为害，《东方》记者倘反对功利主义，岂赞成罪害主义者乎？敢问。

5.《东方》记者误以贪鄙主义，为功利主义，故以权利竞争为政治上之功利主义，以崇拜强权力伦理上之功利主义，以营求高官厚禄为学术上之功利主义，功利主义果如是乎？敢问。

东方杂志样刊封面

6.《东方》记者谓："此时之社会，于一切文化制度，已看穿后壁，只赤条条地剩一个穿衣吃饭之目的而已。"夫古今中外之礼法制度，其成立之根本原因，试剥肤以求，有一不直接或间接为穿衣吃饭而设者乎？个人生活必要之维持，必不可以贪鄙责之也。《东方》记者倘薄视穿衣吃饭，以为功利主义之流弊；而何以又言"犹有一事为功利主义妨阻学术之总因，则此主义之作用，能使社会组织剧变，个人生计迫促，而无从容研学之余暇，是也。"原来《东方》记者亦重视穿衣吃饭如此，岂非与"君子谋道不谋食，忧道不忧贫"之非功利主义相冲突乎？敢问。

7.《东方》记者以反对功利主义故，并利益多数国民之通俗书籍文字而亦反对之；然则《东方》记者之所为文章，何以不模仿周诰殷盘，而书以篆籀，其理由安在？敢问。

8.《东方》记者以反对功利主义故，并教育普及而亦反对之；竟云："教育普及，而廉价出版物日众，不特无益学术，而反足以害之。"夫书籍之良否，果悉以售价之高下为标准乎？上海各书局之出版物，售价奇昂，果皆有益于学术者乎？欧、美各种小册丛书，售价极廉，果皆无益于学术者乎？倘谓一国之文化，重在少数人有高深之学，不在教育普及，则欧洲中古寺院教育及今之印度婆罗门亦多硕学奇士，以视现代欧、美文化如何？敢问。

9. 伧父君《迷乱之现代人心》文中，大意谓："中国周、孔以来，儒学统一，思想界未闻独创异说者，此我国之文明，即我国之国基。乃自西洋学说输入，思想自由，吾人之精神界中，种种庞杂之思想，互相反拨，遂至国基丧失，可谓之精神界之破产；于是发生政治界之强有力主义，此主义即以强力压倒一切主义主张；当是非淆乱之时，快刀斩乱麻，亦不失为痛快之举，古人有行之者，秦始皇是也；今人有行之者，德意志是也；唯此种强力，吾国此时尚不可得，乃发生教育界回避是非之实用主义；此主义为免思想界各种主义相反抵之纷扰，亦自可取；唯其注重物质生活，而弃置精神生活，其弊也，中国胡氏，德人台里乌司言之颇中肯。吾人今日迷途中之救济，决不希望陷于混乱矛盾之西洋文明，而当希望于己国固有之文明"，云云。余今有请教于伧父君者：

（1）中国学术文化之发达，果以儒家统一以后之汉、魏、唐、宋为盛乎？抑以儒家统一以前之晚周为盛乎？

（2）儒家不过学术之一种，倘以儒术统一为国是为文明，在逻辑上学术与儒术之内包外延何以定之？倘以未有独创异说为国是为文明，将以附和雷同为文明为国是乎？则人间思想界与留声机器有何区别？

（3）欧洲中世，史家所称黑暗时代也，此时代中耶教思想统一全欧千有余年，大与中土秦、汉以来儒家统一相类；文艺复兴后之文明，诚混乱矛盾，然比之中土，比之欧洲中世，优劣如何？

（4）近代中国之思想学术，即无欧化输入，精神界已否破产？假定即未破产，伧父君所谓我国固有之文明与国基，是否有存在之价值？倘力排异说，以保存此固有之文明与国基，能否使吾族适应于二十世纪之生存而不消灭？

（5）伧父君谓："吾人在西洋学说尚未输入之时，读圣贤之书，审事物之理，出而论世，则君道若何，臣节若何，关于名教纲常诸大端，则吾人所以为是者，国人亦皆以为是，虽有智者不能以为非也，虽有强者不能以为非也。"伧父君所谓我国固有之文明与国基，如此如此。请问此种文明，此种国基，倘忧其丧失，忧其破产，而力图保存之，则共和政体之下，所谓君道臣节名教纲常，当作何解？谓之迷乱，谓之谋叛共和民国，不亦宜乎？

（6）伧父君之意，颇以中国此时无强有力者以强刃压倒一切主义主张为憾；然则洪宪时代，颇有此等景象，伧父君曾称快否？

（7）伧父君谓："古代教育，皆注重于精神生活；今之教育，则埋没于物质生活之中。"又云："吾人今日在迷途中之救济，决不能希望于自外输入之西洋文明，而当希望于固有之文明。"请问伧父君古代之精神生活，是否即君道臣节及名教纲常诸大义？或即种种恶臭之生活？（伧父君所称赏之胡氏著作中，曾谓：中国人不洁之癖即中国人重精神不重物质之证）西洋文明，于物质生活以外，是否亦有精神文明？我中国除儒家之君道臣节名教纲常以外，是否绝无他种文明？除强以儒教统一外，吾国固有之文明是否免于混乱矛盾？以希望思想界统一故，独尊儒家而黜百学，是否发挥固有文明之道？伧父君既以为非己国固有文明周公、孔子之道，决不足以救济中国，而何以于《工艺》杂志序文中（见第十五卷第四号《东方》杂志），又云："国家社会之进行，道德之向上，皆与经济有密切之关系。而经济之充裕，其由于工艺之发达。十余年以来，有运动改革政治者，有主张倡提道德者；鄙人以为工艺苟兴，政治道德诸问题，皆迎刃而解。非然者，虽周、孔复生，亦将无所措手。"是岂非薄视周公、孔子而提倡物质万能主义乎？今后果不采用西洋文明，而以固有之文明与国基治理中国，他事之进化与否且不论，即此现行无君之共和国体，如何处置？由斯以谈，孰为魔鬼？孰为陷吾人于迷乱者？孰为谋叛国宪之罪犯？敢问。

10.《中西文明之评判》之中有云："此次战争，使欧洲文明之权威，大生疑念。"此言果非梦呓乎？敢问。

11. 胡氏谓："中国之文化为完全，较之欧洲文化，著为优良。"又云："至醇至圣之孔夫子，当有支配全世界之时；彼文人以达于高洁，深玄，礼让，幸福之唯一可能之道；故诸君（指西洋人）当弃其错误之世界观，而采用中国之世界观，此诸君唯一之救济也。"此固不但谓非中国固有之文明，不足以救济中国，更进一步，而谓"欧洲人非学于我等中国人不可"？（胡氏原语）按辜鸿铭氏凤昔轻视欧洲之文明，即在欧人之伦理观念（即此文之所谓世界观），以其不知君道臣节名教纲常诸大义也。辜氏于政治，力尊君主独裁之大权，不但目共和为叛逆，即英国式之君主立宪，亦属无道。彼意以为一国中，只应有上谕而不应有宪法。宪法者，不啻侵犯君主神圣，破坏君道臣节名教纲常之怪物也。此等见解之是非，姑且不论：《东方》杂志记者诸君倘以为是，则发行此志之商务印书馆何以不用欧洲文译中国书，输出君道臣节名教纲常诸优良文明以救济世界；却偏要用中国文译欧洲书，输入混乱矛盾之文化，以乱我中国圣人之道，使我中国人思想自由，使我中国人国是丧失，精神界破产，迷乱而不可救济耶？敢问。

12. 台里乌司氏谓："欧洲之文化，不合于伦理之用，此胡君之主张，亦殊正当；胡君著作之主旨，实在于此。彼以其两千五百年以来之伦理的国民的经验，视吾欧人，殆如小儿；吾人倾听彼之言论，使吾

1915年9月15日，陈独秀主办的《点石斋画报》

陈独秀的最后见解

人对于世界观之大问题，怅然有感矣。"彼迂腐无知识之台里乌司氏，在德意志人中，料必为崇拜君权反对平民共和主义之怪物，其称许辜氏之合理与否，人所必论。独怪《东方》记者处共和政体之下，竟译录辜之言而称许之。岂以辜氏伦理上之主张为正当耶？敢问。

13. 台里乌司氏谓："欧洲之道义，全属于物质的。伦理之方面，即以赏罚之概念为主。中国在纪元前五百年，既有大心理学者，从精神之根本动机，说明善为自成与自乐，非依酬报而动者。"按此即伦理学上动机论与功利论之分歧点，亦即中西文化鸿沟之一也。此二者之是非且不论，今所欲论者，动机论之伦理观，岂中国所独有而欧洲所无乎？所以造成今日欧洲之庄严者，非进化论发达以来，近代Utilitarianism战胜古代Asceticism及基督教之效乎？敢问。

14. 胡氏谓："欧洲人在学校所学者，一则曰知识，再则曰知识，三则曰知识；中国在学校所学者，为君子之道。"夫个人人格之养成，岂不为欧校所重？即按之实际，欧人中人格健全所谓Getltleman 者，其数量岂不远胜于我中国人乎？崇拜孔夫子之中国人，其人格足当君子者，果有几人？且智、力、德三者并重，为近代教育之通则；若夫Herbart派之专事外行之陶冶，及胡氏所谓学为君子之道，果为完全教育乎？敢问。

15. 台里乌司氏称"中国人三岁之儿童，在学校中学中国大思想家之思想；德国人在学校，于自国文化之高顶，绝不得闻"。夫教儿童以大思想家之思想，果为教育心理学原则之所许乎？试观中国、印度及回教各民族之儿童教育，皆以诵习古圣经典为重，其效果如何？敢问。

16. 台里乌司氏承认孔子伦理之优越，而视欧西之伦理，为全然物质主义。且推赏胡氏之著作，谓微妙锐利，无逾于此书。而胡氏书中曾谓中国人不洁之癖，为中国人重精神而不注意于物质之一佐证。不知所谓精神者，为何等不洁之物？敢问。以上疑问，乞《东方》记者一一赐以详明之解答，慎勿以笼统不中要害不合逻辑之议论见教；笼统议论，固前此《东方》记者黄远庸君之所痛斥也。

一九一八年九月一五日

陈独秀的这篇文章，并没有对杜亚泉做系统的批判，他是通过向东方杂志的记者（实则是主编）提出尖锐的质问，表明了《新青年》在思想上反对封建专制主义的态度。面对陈独秀提出的质疑和责问，杜亚泉给予了回复。他写了《答〈新青年〉杂志记者之质问》发表在东方杂志上。

答《新青年》杂志记者之质问

文／杜亚泉（伧父）

　　《新青年》杂志近刊《质问〈东方〉杂志记者》一文，条例问题，要求解答；且谓勿以笼统不合逻辑之议论见教。记者于逻辑之学未尝研究，兹勉作解答，于逻辑或未有合焉：

　　1.《新青年》记者问"《东方》征引德人台里乌司氏评论中国人辜鸿铭氏之著作（系从日本杂志《东亚之光》译录原著中误辜氏为胡氏），《东方》记者是否与辜为同志"？夫征引辜氏著作为一事，与辜同志为又一事，二者之内包外延自不相同，《新青年》记者可以逻辑之理审察之。

　　2.《新青年》记者谓"孔子之伦理如何，德国之政体如何，辜鸿铭、康有为、张勋固已明白言之，《东方》记者亦赞同否"？按此问题将孔子之伦理与德国之政体，与辜鸿铭、康有力、张勋三人所言之孔子伦理，与其所言之德国政体，互相连缀，混八项为一项而问记者之是否赞同，一若此八项中，苟赞同其一项者，则其余各项亦均在赞同之列。其设问之意，无非欲将孔子伦理与德国政体并为一谈，又将辜鸿铭所言之孔子伦理与其所言之德国政体并为一谈，且将辜鸿铭之所言与张勋之所言并为一谈，因而使孔子伦理与张勋所言作一联带关系，以为逻辑上"凡尊崇孔子伦理者即赞同张勋所言者也"之前提。但记者对于《新青年》记者所设问题，以为过于笼统，不能完全作答。其可答者，则记者固尊崇孔子伦理，且对于辜氏所言，凡业经征引而称许之者，皆表赞同之意者也。

　　3.《东方》杂志《功利主义与学术》之文中略谓"欧美民权自由立宪共和之说非功利主义所

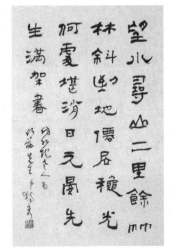

杜亚泉书法

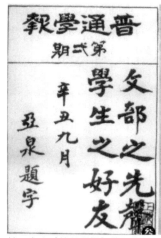

杜亚泉为《普通学报》的题字

能赅括，吾国人之为此则属于功利主义"。《新青年》记者乃谓记者"是否反对民权自由？是否反对立宪共和"？夫批评功利主义之民权自由，非反对民权自由；批评功利主义之立宪共和，非反对立宪共和；犹之批评应试做官之读书非反对读书，批评金钱运动之选举非反对选举。《新青年》记者亦可以逻辑之理审察之。

4.任何名词皆随其所定之界说而异其意义。《新青年》记者将功利主义为广义解释，包括善行于功利主义之中，则《新青年》记者所崇拜之功利主义与《东方》所排斥之功利主义内包外延自不相同，不能笼统混合。至《新青年》记者谓"功之反为罪，利之反为害，《东方》记者倘反对功利主义，岂赞成罪害主义者"？以此种逻辑方法推论事理，则可云"凡反对图利之人即赞成谋害者，凡反对贪功之人即赞成犯罪者"。此推论果好乎否乎？

5.《功利主义与学术》文中谓"文化重心在高深之学，普及教育不过演绎此高深之学之一部分，为中下等人说法；如无高深之学，则普及教育将以何物为重心"？并无反对教育普及之言，《新青年》记者乃责以反对教育普及，不知用何种逻辑以断定之？又文中谓"教育普及而廉价出版物日众，不特无益学术反足以害之"，下引美人勃拉斯所言之书报及吾国坊肆诲盗诲淫之书以实之，则所谓廉价出版物之有害学术者，自指勃氏所言之书报及坊肆中诲盗诲淫之书而言。《新青年》记者断章取义责《东方》以"反对普及教育，反对通俗书籍文字，以廉价出版物为有害学术"，试另设较为简明之例，一曰"民国成立而定期出版物日多，言论荒谬，如某日报之鼓吹某事，某杂志之主张某说"云云，则此例中所指为言论荒谬者，自然指某日报某杂志而言。若以此例所言为"反对民国反对出版物以定期出版物为荒谬"，果当乎否乎？

6.《新青年》记者对于《东方》杂志《迷乱之现代人心》文中为种种之质问，谓"中国学术文化以儒家统一以后之汉、魏、唐、宋为盛乎？抑以儒家统一以前之晚周为盛乎？欧洲文艺复兴以后之文明，比之中土，比之欧洲中世，优劣如何"？《东方》原文曾言"进化之规范，由分化与统整互相调剂而成"，有分化而无统整，自不能谓之进步。中国晚周时代及欧洲文艺复兴以后之文明，分化虽盛，而失其统整，遂现混乱矛盾之象。以晚周与汉、魏、唐、宋，以欧洲与中上，比较其文明，以记者之见解言之，殊不能谓其彼善于此。但此种问题，各人各具见解，不易论定。《新青年》记者苟有所见，尽可自抒伟论，无烦下问。至文明之统整思想之统一云云，绝非如欧洲黑暗时代之禁遏学术，阻碍文化之谓，亦非附和雷同之谓，亦非儒术即学术之谓，亦非不翻译欧洲书不输入欧洲文化之谓。凡此皆《新青年》记者自己推想之误。《东方》原文明言"吾人不宜仅以保守为能事"；又言"西洋学说之输入凤为吾人所欢迎"，又言"尽力输入西洋学说使其融合于吾固有文明之中"；又言"西洋之种种主义主张骤闻之似有与吾固有文明绝相凿枘者，然会而通之，则其主义主张往往为吾固有文明之一局部扩大而精详之者"。此等论旨，原文中再三申说，《新青年》记者如将原文全阅一过，想亦不致有"人间思想界与留声机器有何区别"及"商务印书馆何以译欧洲书"之疑问。至原文所谓"君道臣节及名教纲常诸大端"，记者确认为我国固有文明之基础。《新青年》记者谓共和政体之下，君道臣节名教纲常作何解，谓之叛逆，谓之谋叛共和民国，谓之谋叛国宪之罪犯。记者以为共和政体决非与固有文明不相容者。民视民听，民贵君轻，伊古以来之政治原理，本以民主主义为基础。政体虽改，而政治原理不变，故以君道臣节名教纲常为基础之固有文明与现时之国体融合而会通之，乃为统整文明之所有事。若谓共和政体之下不许人言固有文明中有君道臣节名教纲常诸大端，则非用焚书坑儒之法，将吾国固有之历史文学政治诸书及曾读其书之人一律焚坑之不可。盖固有文明中有君道臣节名教纲常诸大端，乃已往之事，实非《新青年》记者所得而取消。已往之事实既不能取消，则不能禁人之记忆之称述之。苟不用焚坑之法，虽加以谋叛之罪名，亦不能使之箝口而结舌。前清专制官吏动辄以大逆不道谋为不轨之罪名迫压言论，初未有效，《新青年》记者可以不必步其后尘矣。

7.《新青年》记者谓"《方东》记者之意颇以中国此时无强有力者以强力压倒一切主义主张为憾"，又谓"《东方》记者既以为非己国固有文明不足以救济中国，何以《工艺》杂志序文中复有虽周、孔复生，无所措手之言"？按《东方》原文明言强有力主义之不能压倒一切，反足酿乱；又《工艺》杂志序中所云周、孔复生无所措手，乃反面文字，非正面文字。《新青年》记者如将原文及《工艺》杂志序文全阅一过，当不至作此疑问。

8.《中西文明之评判》，系译日本杂志，文中有"此次战争欧洲文明之权威

杜亚泉编撰的民国小学新地理教科书

大生疑念"云云。《新青年》记者乃以"此言非梦呓乎"为问。夫《新青年》记者对于上列云云，加以事理上或文义上诸责，固无不可，若仅以是否梦呓为嘲骂之方法，是村妪反唇相讥之口吻，非言论家之态度也。

9. 德人台里乌司氏谓"欧洲文化不合于伦理之用"，而称许辜鸿铭之主张为正当。《新青年》记者谓"台里乌司氏料必为崇拜君权之怪物"，又谓"《东方》记者处共和政体之下不宜译录辜言而称许之"。按《东方》译录辜言，并无抵触国体之语。《新青年》记者以辜氏所著《春秋大义》中有尊王之语，乃并其与现时国体不相抵触之语亦谓不宜译录，又以台里乌司氏称许辜氏所主张之伦理乃断定台里乌司氏为崇拜君权之人，遂台里乌司氏所述辜氏之言亦谓不宜译录：如此罗织，虽专制官僚，亦无此严酷矣。

10. 辜氏著作中曾谓"中国人不洁之癖，为中国人重精神而不注意于物质之一佐证"。《新青年》记者乃问"精神为何等不洁之物"。夫辜氏之言，就文义推之，固谓中国人之不洁由于不注意物质也。其不注意物质，由于注重精神也。义甚明了。若以此二段为前提而下断案，仅能谓中国人之不洁由于注重精神，决不能下"精神为不洁之物"之断案。《新青年》记者明于逻辑，胡为有如是之疑问？此外问题尚多，记者不暇一一作答，唯《新青年》记者谅之。

　　杜亚泉的这篇文章，对陈独秀提出的很多问题，并没有正面作答或者是辩解。他只是强调中国固有文明和传统文化的核心"君道臣节改名教纲常诸大端，记者确认为我国固有文明之基础"。

　　可以说，他的尊崇是他的自由。但是在陈独秀看来，当时的中国只适宜宣扬民主共和，而不适合再说君道臣节，故此，陈独秀在1919年2月的《新青年》上又发表《再质问〈东方〉杂志记者》，对自己的主张和想法进行了分析和阐述。

再质问《东方》杂志记者

文／陈独秀

　　记者信仰共和政体之人也，见人有鼓吹君政时代不合共和之旧思想，若康有为、辜鸿铭等，尝辞而辟之，虑其谬说流行于社会，使我呱呱坠地之共和，根本摇动也。前以《东方》杂志载有足使共和政体根本摇动之论文，一时情急，遂自忘固陋，竟向《东方》记者提出质问。乃蒙不弃，于第十五卷十二号杂志中，赐以指教，幸甚，感甚。无论《东方》记者对于前次之质问如何非笑，如何责难；即驳得身无完肤，一文不值，记者亦至满意。盖以《东方》记者既不认与辜鸿铭为同志，自认非反对民权自由，自认非反对立宪共和；倘系由衷之言，他日不作与此冲突之言论，则记者质问当时之根本疑虑，涣然冰释，欣慰为何如乎！唯记者愚昧，对于《东方》记者之解答，尚有不尽明了之处；倘不弃迁笨，对于下列所言，再赐以答，则不徒记者感之，谅亦读者诸君之所愿也。

1. 辜氏著书之志，即在自炫其两千五百年以来君道臣节名教纲常等之固有文明，对于欧人无君臣礼教之伦理观念，加以非难也。《东方》记者既郑重征引其说，且称许之，则此心此志当然相同。前文设为疑问者，特避武断之态度，欲《东方》记者自下判断耳。不图《东方》记者乃云："夫征引辜氏著作为一事，与辜同志为又一事；二者之内包外延，自不相同。"此何说耶？夫泛泛之征引，自不发生同志问题。若征引他人之著作，以印证自己之主张，则非同志而何？譬若记者倘征引且称许尼采之"强权说"或托尔斯泰之"无抵抗说"，当然自认与尼采或托尔斯泰为同志，以其主张之宗旨相同也。记者未云：辜鸿铭主张君臣礼教，《东方》记者亦主张君臣礼教，由是而知《东方》记者即辜鸿铭。且并未云：《东方》记者乃辜鸿铭第二。但以《东方》记者珍重征引辜氏生平所力倡之言论宗旨，且称许之，遂推论其与辜为同志。倘谓此二者内包外延自不相同，所推论者陷于谬误；则此等逻辑，非记者浅学所可解矣。

2. 德国政体，君主政体也；孔子伦理，君臣等之五伦也；君臣尊卑者，孔子政治、伦理之一贯的大原则也；辜鸿铭、康有为、张勋皆信仰孔子之伦理与政治，主张君主政体者也：此数者本身之全体，虽为异物，而关于尊重君主政体之一点，则自然互相连缀。《东方》记者倘承认吾人思想域内有观念联合之作用，自不禁其并为一谈。德国政体，君主政体也；孔子伦理，尊君之伦理也：此二者，当然可并为一谈。辜鸿铭所主张之孔子伦理，尊君之伦理也；其所同情之德国政体，君主政体也：此二者，当然可并为一谈。辜鸿铭之所言，尊孔也，尊君也；张勋之所言，亦尊孔也，尊君也：此二者，更无不可并为一谈。孔子伦理，尊君之伦理也，张勋所言所行，亦尊君也：当然可作一联带关系。此数者，关系尊重君主政体之一点，乃其共性，苟赞同其一项者，则其余各项，当然均在赞同之列。诉诸逻辑，"凡尊崇孔子伦理，而不赞同张勋所言所行，为其人之言不顾行者也"。《东方》记者对于前次之质问，未曾将此数项所以不能并为一谈之理由，及各项中赞同者何项，不赞同者何项，一一说明，但云："对于《新青年》记者所设问题，以为过于笼统，不能完全作答。"《东方》记者之答词，如此笼统，则《新青年》记者，未免大失所望。

3. 民权、自由、立宪、共和与功利主义，在形式上虽非一物；而二者在近世文明上同时产生，其相互关系之深，应为稍有欧洲文明史之常识者所同认也；所谓民权，所谓自由，莫不以国法上人民之权利为其的解，为之保障。立宪共和，倘不建筑于国民权利之上，尚有何价值可言？此所以欧洲学者或称宪法为国民权利之证券也。不图《东方》记者，一则曰："欧、美民权自由立宪共和之说，非功利主义所能赅括；吾国人之为此，则后于功利主义。"再则曰："夫批评功利主义之民权自由，非反对民权自由；批评功利主义之立宪共和，非反对立宪共和。"是明明分别功利主义之民权自由立宪共和，与非功利主义之民权自由立宪共和为二矣。以记者之浅学寡闻，诚不知非功利主义之民权自由立宪共和果为何物也。《东方》记者以应试做官之读书及金钱运动之选举，比诸功利主义之民权自由立宪共和，斯亦过于设解功利主义，拟于不伦矣。《东方》记者谓可以逻辑之理审察之，则所谓逻辑者，其《东方》记者自己发明之形式逻辑乎？否则应试做官之读书，乃读书者腐败思想；金钱运动之选举，乃选举中违法行为；功利主义之所谓权利主张，所谓最大多数之最大幸福等，乃民权自由立宪共和中重要条件；若举前二者以喻后者为之例证，所谓因明与逻辑，得谓为不谬于事实之喻与例证乎？

4. 通常所谓功利主义，皆指狭义而言；《东方》记者之所非难者，亦即此物，此不待郑重声明者也。唯广狭乃比较之词，最广与最狭，至于何度，是固不易言也。余固彻头彻尾颂扬功利主义者，原无广狭之见存。盖自最狭以至最广，其间所涵之事相虽殊，而所谓功利主义则一也。《东方》记者所排斥之功利主义，与余所颂扬者虽云广狭不同；即至最狭，亦不至与其相反之负面同一意义。但在与其负面相反以上，虽最狭之功利主义，与《东方》记者所排斥者同一内包外延，余亦颂扬之。盖以功利主义无论狭至何度，倘不能证明其显然为反对之罪害事实，无人能排斥之也。倘排斥之，自不能不立于与其相反之地位。《东方》记者乃不谓此推论为然，且设一例证云："'凡反对图利之人，即赞成谋害者；凡反对贪功之人，即赞成犯罪者。'此推论果合乎否乎？"余则以此不足为非反对功利主义，即赞成罪害主义之证明。盖以功利主义与图利贪功，本非一物；若以恶意言之（既以其人谋利贪功而反对之，必其为不应谋而谋，不应贪而贪之恶方面也），且与功利主义为相反之负面。审是，则图利与谋害，贪功与犯罪，同属恶的方面，而无正负之分，固不能谓反对其一者必赞成其一；若夫功利主义之与罪害主义，为相反之正负两面，反对其一者为赞成其一，不容两取或两舍也。《东方》记者，以此例证批评记者推论之不合，合前条所举之例证观之，得发见其有一公同之误点。其误点为何？即《东方》记者不明功利主义之真价值，及其在

陈独秀书法

欧、美文明史上之成绩；误以贪鄙，不法，苟且，势利之物视之。其千差万错，皆导源于此。《东方》记者，倘亦自承之乎？

5. 自根本言之，学术无所谓高深；其未普及之时，习之者少，乃比较的觉其高深耳。且今日柏格森之哲学，可谓高深矣；乃其在大学公开之演讲，往各国游行之演讲，听众率逾千人；贩夫走卒，亦得而与焉。此非高深亦可普及之例乎？况《东方》记者以高深学术为教育文化中心之说，记者本不反对。特以其专重高深之学，而蔑视普及教育，遂不无怀疑耳。明言"教育普及而廉价出版物日众，不特无益学术，反足以害之"，此非谓教育普及廉价出版物日众，为有害学术之事乎？谓为有害学术，非反对而何耶？不图《东方》记者复遁其词曰："所谓廉价出版物之有害学术者，自指勃氏所言之书报及坊肆中海盗海淫之书而言。"

大海盗海淫之书，与廉价出版非同一物，与教育普及更毫无关系。今反对海盗海淫之书，不知以何缘因而归罪于廉价出版？更不知以何缘因而归罪于教育普及？《东方》记者倘承认其因噎废食之推论为不谬，最好再归罪于苍颉之造字。《东方》记者强不承认，明说"教育普及，廉价出版物日众，有害学术"，为反对教育普及之言，已觉可怪；复设一相类之例以自证曰："民国成立而定期出版物日多，言论荒谬，如某日报之鼓吹某事，杂志之主张某说"

东方杂志封面

云云。则此例中所指为言论荒谬者，自然指某日报某杂志而言。若以此例所言为"反对民国，反对出版物，以定期出版物为荒谬"，果当乎否乎？

余以为《东方》记者此等例证，只益自陷于谬误而已，未见其能自辨也。此例之文倘改曰："自民国成立以来，定期出版物日众，其中佳者固多，唯言论荒谬如某日报之鼓吹某事，某杂志之主张某说。"此不过泛论当时出版界之现象，或无语病之可言；因其所谓荒谬者，乃专指某日报某杂志而言，与民国成立而定期出版物日多，不生因果联带之关系也。今《东方》记者所设之例，其本意之反对民国反对定期出版物与否不必论；第据其例词，显然以民国成立而定期出版物日多为之因，以某日报某杂志之言论荒谬为之果；二者打成一片，未尝分别其词，虽欲谓之非反对国民非反对定期出版物而不可得也。以此比证前例，亦以教育普及而廉价出版物日众为之因，以有害学术为之果，虽欲谓之非反对教育普及而不可得也。倘易其词曰："教育普及而廉价出版物日众，学术因以发展，唯若勃氏所言之书报及坊肆中海盗海淫之书，则不特无益学术，反足以害之。"使《东方》记者如此分别言之，不使海盗海淫有害学术之书，与教育普及廉价出版发生因果联带之关系，虽欲谓之反对教育普及而亦不可得也。

6. 学术之发展，固有分析与综合二种方向，互嬗递变，以赴进化之途。此二种方向，前者多属于科学方面，后者属于哲学方面，皆得谓之进步，不得以孰为进步孰为退步也。此综合的发展，乃综合众学以成一家之言；与学术思想之统一，决非一物。所谓学术思想之统一者，乃黜百家而独尊一说，如中国汉后独尊儒术罢黜百家，欧洲中世独扬宗教遏抑学术，是也。易词言之，即独尊一家言，视为文明之中心，视为文化之结晶体，视为大经地义，视为国粹，视为国是，有与之立异者，即目为异端邪说，即目为非圣无法，即目为破坏学术思想之统一，即目为混乱矛盾庞杂纠纷，即目为国是之丧失，即目为精神界之破产，即目为人心迷乱。此种学术思想之统一，其为恶异好同之专制，其为学术思想自由发展之障碍，乃现代稍有常识者之公言，非余一人独得之见解也。《东方》记者之所谓分化，当指异说争鸣之学风，而非谓分析的发展；所谓统整，当指学术思想之统一，而非谓综合的发展；使此观察为不误，则征诸历史，诉之常识，但见分析与综合，在学术发展上有相互促进之功；而不见分化与统整，在进化规范上有调剂相成之事。倘强日有之，而不能告人以例证，则亦无征不信而已。反之统整（即学术思想之统一）之为害于进化也，可于中土汉后独尊儒术，欧洲中世独扬宗教征之。乃《东方》记者反称有分化而无统整，不能谓之进步；且征引"中国晚周时代，及欧洲文艺复兴以后之文明，分化虽盛而失其统整，遂现混乱矛盾之象"以为例证。夫晚周为吾国文明史上最盛时代，与欧洲近代文明之超越前世，当非余一人之私言。不图《东方》记者因其学术思想不统一也，竟以"混乱矛盾"四字抹杀之，且明言以晚周与汉、魏、唐、宋比较其文明，不能谓其彼善于此；诚石破天惊，出人意表矣。即以汉、魏、唐、宋而论，一切宗教思想文学美术，莫不带佛、道二家之彩色，否则纯粹儒家统一，更无特殊之文化可言。盖文化之为物，每以立异复杂分化而兴隆，以尚同单纯统整而衰退；征之中外历史，莫不同然，《东方》记者之所见，奈何正与历史之事实相反耶？

《东方》记者又云："至于文明之统整，思想之统一，决非如欧洲黑暗时代之禁遏学术，阻碍文化之谓，亦非附和雷同之谓。"按欧洲中世所以称为黑暗者无他，以其禁遏学术阻碍文化故。其所以禁遏学术阻碍文化者亦无他，乃以求文明之统整思想之统一故。夫统一与黑暗，皆比较之词；黑暗之处，乃以统一之度为正比例；一云统一，即与黑暗为邻，欧洲中世特其最甚者耳。《东方》记者倘不以欧洲黑暗时代之禁遏学术、阻碍文化为然，亦当深思其故也。

《东方》记者以"孔子之集大成，孟子之拒邪说，皆致力于统整者"为高，复以"后世大儒亦大都绍述前闻，未闻独创异说"为贵，此非附和雷同而何？此非以人间思想界为留声机器而何？《东方》记者意谓：吾人在西洋学说尚未输入之时，本有圣经贤传名教纲常之统一的国是，今以西洋学说之输入，乃陷于混乱矛盾，乃至国是丧失，乃至精神界破产；遂至希此"强有力主义，果能压倒一切主义主张，以暂定一时之局"。此非禁遏学术阻碍文化而何？

《东方》记者一面言："吾人不宜仅以保守为能事"，"西洋学说之输入，夙为吾人所欢迎"，"尽力输入西洋学说"，一面乃谓："西洋在中古以前，宗教上之战争与虐杀，史不绝书；其纷杂而不能统一，自古已然。文艺复兴以后，思想益复自由；持独到之见以风靡一世者，如卢梭、达尔文等，代有其人；而集众说之长，立群伦之鹄者，则绝少概见"；（记者按西洋学者若康德孔特卢骚达尔文斯宾塞之流，莫不集众说以成一家言，为世宗仰；只以其族尊疑尚异，贵自由独到，不欲独定一尊，以阻碍学术思想之自由发展，故其新陈代起，日益美备。《东方》记者乃以其不独定一尊，谓为立群伦之鹄者绝少概见，其病在不细察文化之实质如何，妄以思想统一与否定优劣，不知适得其反也。）又谓："吾人今日在迷途中之救济，决不能希望于自外输入之西洋文明，而当希望于吾国固有之文明，此为吾人所深信不疑者。盖产生西洋文明之西洋人，方自陷于混乱矛盾之中，而亟亟有待于救济；吾人乃希望藉西洋文明以救济吾人，斯真问道于盲矣。西洋人之思想，为希腊思想与希伯来（犹太）思想之杂合而成：希腊思想，本不统一；斯笃克派与伊壁鸠鲁派，互相反对；其后为希伯来思想所压倒。文艺复兴以后，希伯来思想又被希腊思想破坏，而此等哲学思想，又被近世之科学思想所破坏；今日种种杂多之主义主张，皆为破坏以后之断片，不能得其贯串联合之法，乃各各持其断片，欲藉以贯彻全体，因而生出无数之障碍。故西洋人于物质上虽获成功，得致富强之效，而其精神上之烦闷殊甚。"（按《东方》记者所非难之西洋文明，皆在中古以前及文艺复兴以后，殆以其思想不统一之故乎？独思想统一之中古时代，则未及之。不知《东方》记者之所谓宗教上之战争与虐杀，正以正教统一，力排自由思想之异端，造成中古黑暗时代耳；此非中古以前文艺复兴以后之所有也。）似此一迎一拒，即油滑官僚应付请托者之言，亦未必有此巧妙也。若此等"战争与虐杀"之文明，"自陷于混乱矛盾"之文明，"破坏以后之断片"之文明，致"精神上烦闷"之文明，《东方》记者明知其不足为"吾人今日在迷途中之救济"，乃偏欲尽力输入而欢迎之；是直引虎自杀耳，岂止"问道于盲"已耶？《东方》记者其狂易耶？不然，明知"此等主义主张之输入，直与猩红热梅毒等之输入无异"，何苦又主张尽力输入而欢迎之？不更使吾思想界混乱矛盾不能统一，使吾精神界破产，使吾国是丧失耶？是则愚所不能明也。

若云："西洋之种种主义主张，骤闻之，似有与吾固有之文明绝相凿枘者；然会而通之，则其主义主张，往往为吾固有文明之一局部，扩大而精详之者"耶？若假定此等"丙种自大派"（见《新青年》五卷第五号五一六页第十三行）之附会穿凿为不谬，则《东方》记者所诅咒西洋文明之恶名词，皆可加诸吾固有文明之上矣。既认定其为吾固有文明之一部，且扩大而精详之，又何独以其在西洋而诅咒之耶？若云："尽力输入西洋学说，使其融合于吾固有文明之中"耶？将输入其同者而融合之乎？使其所谓同者为非同，则附会穿凿耳，使其所谓同者为真同，则尽力输入为骈枝，为多事。将输入其异者而融合之乎？则异者终不能合，适足以使吾人思想界增其混乱矛盾之度，非所以挽回国是之丧失，精神界之破产，而为吾人迷途中救济之道也。无已，唯有仍遵《东方》记者"不希望于自外输入西洋文明"之本怀，且用"强力压倒一切主义主张"之方

东方杂志

法，使吾国数千年统整之文明不至摇动；则《东方》记者之主张，方为盛水不漏也。

《东方》记者又谓："民视民听，民贵君轻，伊古以来之政治原理，本以民主主义为基础。政体虽改而政治原理不变；故以君道臣节名教纲常为基础之固有文明，与现时之国体，融合而会通之，乃为统整文明之所有事。"呜呼！是何言耶？夫西洋之民主主义（Democracy）乃以人民为主体，林肯所谓"由民（by people）而非为民（for eople）"者，是也。所谓民视民听，民贵君轻，所谓民为邦本，皆以君主之社稷——即君主祖遗之家产——为本位。此等仁民爱民为民之民本主义（民本主义，乃日本人用以影射民主主义者也。其或径用西文Democracy而未敢公言民主者，回避其政府之干涉耳），皆自根本上取消国民之人格，而与以人民为主体，由民主义之民主政治，绝非一物。倘由《东方》记者之说，政体虽改而政治原理不变；则仍以古时之民本主义为现代之民主主义，是所谓蒙马以虎皮耳，换汤不换药耳。毋怪乎今日之中国，名为共和而实不至也。即以今日名共和而实不至之国体而论，亦与君道臣节名教纲常，绝无融合会通之余地。盖国体既改共和，无君矣，何谓君道？无臣矣，何谓臣节？无君臣矣，何谓君为臣纲？如何融合，如何会通，敢请《东方》记者进而教之，毋再以笼统含混之言以自遁也。若帝制派严复"大总统即君"之谬说，乃为袁氏谋叛之先声，今无欲自称帝之人，《东方》记者谅不至袭用严说，重为天下笑欤！

就历史上评论中国之文明，固属世界文明之一部分，而非其全体。儒家又属中国文明之一部分，而非其全体。所谓君道臣节，名教纲常，不过儒家之

主要部分而亦非其全体。此种过去之事实，无论何人，均难加以否定也。至若《东方》记者所谓："《新青年》于共和政体之下，不许人言固有文明中有君道臣节名教纲常诸大端。"又云："固有文明中有君道臣节名教纲常诸大端，乃已往之事实，非《新青年》记者所得而取消。已往之事实既不能取消，则不能禁人之记忆之称述之。"斯可谓支吾之遁词也矣。吾人不满于古之文明者，仍以其不足支配今之社会耳，不能谓其在古代无相当之价值；更不能谓古代本无其事，并事实而否认之也。不但共和政体之下，即将来竟至无政府时代，亦不能取消过去历史中有君道臣节名教纲常及其他种种黑暗之事实。若《东方》记者之所云，匪独前次质问中无此言，即全部《新青年》亦未尝有此谬说。前次质问中所谓：共和政体之下，君道臣节名教纲常，当作何解者，乃以《东方》记者力言非统整己国固有君道臣节名教纲常之文明，不足以救济精神界之破产，不足以救济国是之丧失，不足以救济国家之灭亡。然若实行以强力压倒一切主义主张，恢复君道臣节名教纲常，以图思想之统整，以救国家之灭亡；则无君臣之现行制度，不知将以何法处之？疑不能明，是以为问。非谓吾固有文明中无君道臣节名教纲常，而欲取消历史上已行之事实，禁人记忆之称述之也。《东方》记者所谓焚书坑儒；所谓前清专制官吏，动辄以大逆不道谋为不轨之罪名，压迫言论：此正君道臣节名教纲常时代以强力压倒一切主义主张者之所为，而混乱矛盾之共和时代，或不至此。公等倘欲享言论自由之权利而恶压迫，慎毋反对混乱矛盾之西洋文明，慎毋梦想思想统整，而欲以强力压倒一切主义主张以自缚束也。

7.《东方》记者所谓"原文明言强有力主义之不能压倒一切，反足酿乱"。今细检原文，未见有此。有之则所谓"特恐其辗转于极短缩之周期中，愈陷吾人于杌陧徬徨之境耳"于表示欢迎之下，紧接此词，盖唯恐其寿命不长，未能压倒一切为憾；固非根本反对强力主义，谓为足以酿乱也。其他极力赞扬之词则曰：强有力主义者，即以强力压倒一切主义主张之谓。当是非淆乱之时，快刀斩乱麻，亦不失为痛快之举。古之人有行之者，秦始皇是也。百家竞起，异说争鸣；战国时代之情状，殆与今无异；焚书坑儒之暴举，虽非今日所能重演；而如此极端之强有力主义，实令后世之人，有望尘勿及之叹。今日之欧洲，又与我之战国相似，乃有德意志主义出现。无所谓正，无所谓义，唯以强力贯彻者，斯为正义。秦始皇主义，德意志主义，与我国现时政治界中一部分之强有力（当指段内阁而言）主义，实先后同揆。秦始皇主义，在我国已经实验；虽获成功，不旋踵而殁；然中国统一之局，汉室四百年之治，亦未始非始皇开之。德意志主义，正在试验时代，成败尚不能预料。吾人就历史上推测强力主义之效果，则当文治疲敝是非淆乱之时，强力主义出，而纠纷自解。故我国之强有力主义，果能压倒一切主义主张，以暂定一时之局，则吾人亦未始不欢迎之。

《东方》记者眼中之战国时代及欧洲现代之文明，皆百家竞起，异说争鸣，是非淆乱之文明也，颇希望强有力者，出其快刀断麻之手段，压倒一切主义主张，以定于一。此言也，《东方》记者固笔之于书，谅非《新青年》记者推想之误；其是非可否，请读者加以论断，余则不欲多言矣。若余之所感者，乃《东方》记者所崇拜，所梦想，所称为"痛快之举""望尘勿及""纠纷自解""吾人未始不欢迎之"之三种强力主义——其一秦始皇主义，固可以开汉室四百年统一之江山，颂其功德，其他二种强力主义，均已成败昭然，效果共睹；——坐令是非淆乱之今日，无有能快刀断麻，压倒一切，以定时局，以解纠纷者；吾知《东方》记者对于德帝威廉及段内阁，当挥无限同情之热泪也欤。

《工艺》杂志序文中所云："虽周、孔复生亦将无所措手"，固属述其当年之感想；而后文对于自给自足之工艺，则仍谓亟宜提倡，未见取消前说：谓为反面文字，亦未得当。

8. 所谓梦呓者，乃指《中西文明之评判》之著者日人而言。盖自欧战以来，科学，社会，政治，无一不有突飞之进步；乃谓为欧洲文明之权威，大生疑念。此非梦呓而何？正以此事乃稍有常识者之所周知，而况《东方》记者之博学方闻，宁不识此，故未详加事理上之诘责耳。何谓反唇相讥耶？

9. 辜氏《春秋大义》主旨在尊王，并以非难欧洲人之伦理观念也。台里乌司氏亦谓欧洲文化，不合于伦理之用，而称许辜氏所主张之二千五百年以来之伦理为正当，是非崇拜君权而何耶？《东方》记者译录其说而称许之，故敢以辜氏伦理上之主张为正当与否为问。此何谓罗织？

10. 辜氏谓中国人不洁之癖，为中国人重精神而不注意于物质之一佐征。夫注意物质则洁，注意精神则不洁；独重精神者可与不洁为缘，重物质者则否。是以中国人以重精神故，致有不洁之癖，致有种种臭恶之生活；岂非精神之为物，使我中国人不洁至此哉？余是以有精神为何等不洁之物之叹也。此外，若前次质问中之5、6、7、13、14、15等条及9条中之第四项与第七项之前半段，并乞明白赐教；倘仍以"不暇一一作答"六字了之，不如一字不答也。

此中最要之点，务求赐答者，即：

（一）自西洋混乱矛盾文明输入，破坏吾国固有文明中之君道臣节名教纲常，遂至国是丧失精神界破产，国家将致灭亡。

（二）今日吾人迷途中之救济，非保守君道臣节名教纲常之固有文明不可。

（三）欲保守此固有文明，非废无君臣之共和制不可。倘庞君臣大伦，便不能保守君道臣节名教纲常，便不能救济国是丧失，精神界破产，国家灭亡。此推论倘有误乎否耶？

一九一九年二月一五日

对于陈独秀的观点，杜亚泉本想再做驳回，但是当时的商务印书馆顾虑与当时彻底反传统的主流思潮相冲突会影响自己的声誉及营业，所以在极力劝阻杜亚泉改变观点、停止反驳的同时，又决定改换《东方杂志》主编。无奈之下，杜亚泉只能被迫辞去《东方杂志》主编之职。这之后，杜亚泉没有再对陈独秀的文章做出任何回应。但是，他依然发表文章，阐述自己的观点。比如他在《新旧思想之折衷》一文中写："现时代之新思想，对于固有文明乃主张科学的刷新，并不主张顽固的保守；对于西洋文明，亦主张相当的吸收，唯不主张完全的仿效而已。"由此可见，他对于尊崇传统文化的信念还是非常坚定的。

现在看来，当时的杜亚泉和陈独秀虽然不断辩论，各持己见，其实都是为寻求救国救民之道路而努力，只是两人的观点和立场不同，因此引起了这场争端。虽然，两人的争论最终没有进行下去，但是其影响力却是相当之大，当时的很多学者和文人都加入了辩论。时至今日，对于如何看待中国固有传统文化，如何以科学法则做一定创新，如何吸取西方文化，怎样把两者融合起来，创造有益于人类的新文化。对于这些问题，我们这些后人，还需要努力探索。

第五篇

胡适和辜鸿铭
——"新学"和"旧学"斗争

辜鸿铭（1857~1928年），又名辜汤生，字鸿铭，号立诚。学博中西，号称"清末怪杰"，是满清时代精通西洋科学、语言兼及东方华学的中国第一人。翻译了中国"四书"中的三部——《论语》、《中庸》和《大学》，并著有《中国的牛津运动》（原名《清流传》）和《中国人的精神》（原名《春秋大义》）等英文书，热衷向西方人宣传东方的文化和精神，在西方形成了"到中国可以不看紫禁城，不可不看辜鸿铭"的说法。1857年7月18日，

辜鸿铭

辜鸿铭的祖籍是福建泉州，父亲辜紫云是中国人，母亲为葡萄牙人。1870年，14岁的辜鸿铭被送往德国学习科学。后回到英国，学习并掌握了英文、德文、法文、拉丁文、希腊文，于1873年考入爱丁堡大学文学院攻读西方文学专业，并得到校长、著名作家、历史学家、哲学家卡莱尔的赏识，并于1877年以优异的成绩获得该校文学硕士学位。同年，辜鸿铭进入德国莱比锡大学，获得土木工程文凭；后又去法国巴黎大学攻读法学。1885年，辜鸿铭回到中国，被湖广总督张之洞委任为外文秘书。张之洞实施新政、编练新军，创办自主管理的高等学府——自强学堂（武汉大学前身）。自强学堂正式成立后，蔡锡勇受命担任总办（校长），辜鸿铭任方言教习。1905年，辜鸿铭任上海黄浦浚治局督办。1908年宣统即位，辜任外交部侍郎，1910年，他辞去外交部职务，赴上海任南洋公学监督。1911年辛亥革命后，辜辞去公职，1915年在北京大学任教授，主讲英国文学。1928年4月30日，辜鸿铭在北京逝世，享年72岁。林语堂称赞辜鸿铭"英文文字超越出众，二百年来，未见其右。造词、用字，皆属上乘。总而言之，有辜先生之超越思想，始有其异人之文采。鸿铭亦可谓出类拔萃，人中铮铮之怪杰。"

20世纪初，很多西方人之间都流传着这样一句话：到中国可以不看三大殿，不可不看辜鸿铭。辜鸿铭何许人也？在近代的文化史上，很多人都叫他天才。他精通英、法、德、拉丁、希腊、马来西亚等9种语言，一生获得13个博士学位，第一个将中国的《论语》、《中庸》用英文和德文翻译到西方。与文学大师列夫·托尔斯泰书信来往，讨论世界文化和政坛局势，被印度圣雄甘地称为"最尊贵的中国人"。就是这样一个学贯中西的人，却毕生都在维护旧学，抵制新学。因此与当时倡导、提倡新学的胡适唱着反调。两人之间也因为新旧之学的问题，你来我往，做了几番精彩的论辩。

初到北大的"口水仗"

1917年，蔡元培邀请辜鸿铭到北大教授英国文学和拉丁文，和他一起接到邀请的还有陈独秀、李大钊、胡适等人，在当时，胡适等人是著名的新文化的代表，辜鸿铭又极力推崇旧道德、旧文化，因此跟新文化的代表人物胡适他们打嘴仗就是经常的事情了。

据说在蔡元培执掌北大之前，北大是有名的官府气息浓厚的学校，那个时候进了北大，就相当于候补官员一般。蔡元培任校长之后，有意要废除这样的习惯，所以聘请了一批像胡适这样提倡新学、新文化的人做教授。辜鸿铭当时还留着小辫子，提倡的又是旧学，按理说蔡元培应该不会看上他。然而，蔡元培立誓要建立一个新北大，活跃北大的学术气氛，所以对于学贯中西的天才辜鸿铭，自然不会放过。

辜鸿铭在北大任教期间，很多人都骂他是老怪物，当时的北大，见多识广的学生们接触的多数是自由、民主、进化论之类的东西，辜鸿铭还留着满清时的辫子，学术们忽然遇到这样一个老夫子登台上课，自然觉得好笑。因此，常有学生筹划着要剪他的辫子。对此，辜鸿铭倒是不以为然，他说："你们笑我，无非是因为我的辫子，我的辫子是有形的，可以剪掉，然而诸位同学脑袋里的辫子，就不是那么好剪的啦。"

当时的胡适，对辜鸿铭的这条辫子自然也没有放过。他在《每周评论》上评价讽刺辜鸿铭的辫子——

辜先生是为了和别人不同，因为他以前在国外就剪了辫子，大清亡了他反倒留了起来。

胡适的评论令辜鸿铭大怒，他声称要告胡适名誉侵害。事实上，辜鸿铭对于留辫子的事情，一直以来都有自己的坚持，他说："许多人笑我痴心忠于清室，但我之忠于清室，非仅忠于吾家世受皇恩之王室，乃忠于中国之政教，即系忠于中国之文明。"

事实上，早在辜鸿铭十岁跟义父布朗先生到英国的时候，他的父亲便告诫他："不论你走到哪里，不论你身边是英国人、德国人，还是法国人，都不要忘记，你是中国人！"父亲还告诫他："第一不可信耶稣教，第二不可剪小辫子。"辜鸿铭终身行之，没有忘记父亲教诲。可以说，辜鸿铭一生都在履行父亲的教诲。他为自己留辫子的事情自辩很多次，他说："中国之存亡，在德不在辫。辫子除与不除，原无多大出入……洋人绝不会因为我们割去发辫，穿上西装，就会对我们稍加尊敬的。我完全可以肯定，当我们中国人变成西化者洋鬼子时，欧美人只会对我们更加蔑视。事实上，只有当欧美人了解到真正的中国人—— 一种与他们有着截然不同却毫不逊色于他们文明的人民时，他们才会对我们有所尊重……我留着发辫，那是一个标记，我是大中华末了的一个代表。"

当然，辜鸿铭的这种精神，当时也得到了很多人的推崇。李大钊虽然也是新学的代表人物，但是对于辜鸿铭，他在所写的文章中，还是流露出了敬佩之意。李大钊说："愚以为中国二千五百余年文化所钟，出一辜鸿铭先生，已足以扬眉吐气于20世纪之世界。"

但在当时，陈独秀、胡适等人为了扫荡封建思想文化，不惜全盘否定中国传统，主张全盘西化。而辜鸿铭这个时候则在国际上力推中国文化，目的是为了提高中国地位，他不惜以贬低西方为手段，倒着读英文报纸来羞辱英国人，而且他认为"英文只有26个字母，实在太简单"。另外，他还在美国报纸上发表《没文化的美国人》，公开声称，美国没有文化，只有爱伦坡的一首诗勉强说得上有点文化。

在辜鸿铭的眼里，西方文化中的物欲横流、功利主义都是应该鄙视的。他说："将来科学越进步，世界战争也越激烈。要消弭这种灾祸，非推行中国礼教不可。"他教导北大学生："我们为什么要学英文诗呢？那是因为要你们学好英文后，把我们中国人做人的道理，温柔敦厚的诗教，去晓谕那些四夷之邦。"

辜鸿铭对待西方文化的态度，在倡导新文化的胡适看来，自然不能入眼。

在讽刺完辜鸿铭的辫子之后，胡适私下里曾经打趣辜鸿铭为什么没有去告自己，并问他诉讼的状子递上去了没有。辜鸿铭答复说，他只是觉得胡适那篇写辫子的"诽谤文章"文辞太差了，故此不愿意较真。

虽然辜鸿铭没有去告胡适，但是两人之间的思想冲突并没有因此而停歇。

关于"白话文革命"的激辩

如果说胡适讽刺辜鸿铭留辫子是两人思想对立的一次交锋，那么在白话文的革命上，他们的对立则更加激烈。辜鸿铭推崇旧学，自然反对白话文革命。那时，推崇白话文的人，大多数都将中国的古文视为"死文学"，辜鸿铭不止一次地辩驳："最通俗的语言并不一定是最好的。在这世界上，面包和果酱要比烤鸡消耗得多。但是，我们决不能只因为后者比较稀少，而说它没有前者那么美味可口富于营养价值吗？就认为我们都该只吃面包和果酱吗？！"

辜鸿铭对白话文改革不以为然，然而胡适却早已经树立了改革中国古文言的决心。他曾在自己的《留学日记》中这样记述——

白话文言优劣之比较（7月6日追记）

在绮色佳时与叔永、杏佛、辟黄（唐钺字）三君交谈文学改良之法，余力主张以白话作文作诗作戏曲小说。余说之大略如下：

（一）今日之文言乃是一种半死的文字，因不能使人听得懂之故。

（二）今日之白话是一种活的语言。

（三）白话并不鄙俗，俗儒乃谓之俗耳。

（四）白话不但不鄙俗，而且甚优美适用。凡语言要以达意为主，其不能达意者，则为不美。……

（五）凡文言之所长，白话皆有之。而白话之所长，则文言未必能及之。……

（六）白话并非文言之退化，乃是文言之进化。其进化之迹，略如下述：

（1）从单音的进而为复音的。……

（2）从不自然的文法进而为自然的文法。……

（3）文法由繁趋简。……

（4）文言之所无，白话皆有以补充。……

（5）白话可以产生第一流文学。……

（6）白话的文学为中国千年来仅有之文学。（小说，戏曲，尤足比世界第一流文学。）其非白话的文学，如古文，如八股，如札记小说，皆不足与于世界第一流文学之列。

（7）文言的文字可读而听不懂；白话的文字既可读，又听得懂。……

此一席话亦未尝无效果。叔永后告诉我，谓将以白话作科学社年会演说稿。叔永乃留学界中第一古文家，今亦决然作此实地试验，可喜也。

可以说胡适不仅早已树立了决心，连改革的方法也已经初具雏形。所以，在回国之后，他与陈独秀等人，不遗余力地借助五四文化的影响，大力推行白话文改革。就在改革进行得如火如荼的时候，辜鸿铭发表了一篇《反对中国文学革命》的文章，指名道姓地反驳胡适。辜鸿铭本是学贯中西，在文章中，他先将莎士比亚的诗歌用通俗英语写了一遍，再和原文做比较，从而用来证明，用通俗英语来描述莎士比亚的诗歌，可以说是诗意全无。

借着英语来说汉语，辜鸿铭在文中这样写道——

任何一个不懂汉语的人，如果将我的白话英语和莎士比亚高雅的语言加以比较，他就会明白中国的文言和白话，或者像胡适博士以及他的归国留学生英语称之为的通俗汉语之间，有什么不同，如果他明白了这一点，也就会认识到这种文学革命的极端愚蠢。

不仅骂胡适等人文学革命的愚蠢，他还直接点名写道——

当胡适教授用他那音乐般的声音谈论"活文为观念和思想的彻底变革铺路"，唯有此种变革，能够为全民族创造条件时，我敢肯定，许多在中国读到这些激情冲动之辞的外国人，都将如坠云里雾里，不知所云。

对于辜鸿铭的反驳，胡适自然不能无动于衷，他很快也写了一篇文章回应

辜鸿铭墨迹　辜鸿铭

辜鸿铭。在文章中，胡适说："通俗英语比莎士比亚的高雅英语更能为大众所接受，而中国之所以90%的人不识字是因为中国语言太难学（就是指的文言文太难学）。"

对于胡适的说法，辜鸿铭自然不服气，因此他很快又回了一篇文章，在这篇文字中，辜鸿铭痛骂海克尔、莫泊桑、王尔德等国外作家，认为胡适他们不应该将这些人的作品介绍到国内，因为在辜鸿铭看来，这些作家的文字是"使人变成道德矮子的文学"，不是"文以载道"的文章，而是"死亡之道"的文化。而且他还骂胡适等人说："你们这群留学生之所以有这么高的地位得感谢那90%的文盲，因为要是他们都识字，就要和你们这些人抢饭碗。"

此次关于白话文革命的辩论，胜者最后是胡适等人，虽然辜鸿铭千方百计的证明文言文不是所谓的死文学，但是辩论结束之后，文言文也变得不再为书面语言。

既互相反对，又互相尊重

虽然胡适在推崇新学上和热爱旧学的辜鸿铭有矛盾，但是私底下，对于辜鸿铭，胡适也是不能不生出几分敬意。

据说辜鸿铭在北大讲英国诗，旁征博引，怪论迭出。辜鸿铭独创性地将英文诗按照我们的《诗经》分为类，也把他们分为国风、小雅和大雅，其中在国风中又分为苏格兰风、威尔士风等七国风。而且，在列举诗人的作品时，他经常是不假思索，脱口而出，此时有人翻开书本对照，却发现一字不差。这些方面，都不能不令当时主张新文的胡适等人佩服不已。

不仅如此，辜鸿铭还擅长将中国的文言翻译成英文，像类似于《离骚》这样的《楚狂接舆歌》他也可以行云流水一般地翻译出来。

凤兮凤兮！
何德之衰？
往者不可谏，
来者尤可追。

已而，已而！
今之从政者殆而！

辜鸿铭译文：

O Phoenix bird！O Phoenix bird，
Where is the glory of your prime？
The past，it is useless now to change，
Care for the future yet is time.
Renounce！Give up your chase in vain；
For those who serve in Court and State
Dire peril follows in their train.

胡适接办的《每周评论》

　　据说，辜鸿铭给学生布置的英文练习也与众不同，他经常要学生用英文翻译《三字经》、《千字文》。而且，他可以用中文回答英文问题，用英文回答中文问题，不仅如此，在回答之时，他还可以插入拉丁文、法文、德文等。辜鸿铭的学识之渊博，常常令反对他的人瞠目结舌，那时他虽然被北大人叫做老怪物，但是在他上课的时候，课堂里的人总是挤得满满的。

　　辜鸿铭和胡适两人虽然为了新学和旧学的问题争得不分上下，但是在私下聚会的时候，两人也并没有怒目相向。相反，胡适还在一次聚会上看到了被称为"老怪物"、"辜疯子"的辜鸿铭可爱可敬的一面。

　　那次聚会上，辜鸿铭说起自己和徐世昌之间的一个笑话。他说："徐世昌听说我回来了，赶到我家，大骂我无信义。我拿起一根棍子，指着那个留学生小政客，说：'你瞎了眼睛，敢拿钱买我！你也配说信义！你给我滚出去！从今以后，不要再上我门来！'那小子看见我的棍子，真个乖乖地逃出去了。"

　　辜鸿铭说完，胡适在一旁笑了起来，此时，辜鸿铭转过头来对胡适说了一番话："你知道，有句俗话：'监生拜孔子，孔子吓一跳。'我上回听说徐世昌的孔教会要去祭孔子，我编了一首白话诗：'监生拜孔子，孔子吓一跳。孔会拜孔子，孔子要上吊。'胡先生，我的白话诗好不好？"

　　胡适想不到辜鸿铭这么幽默风趣，连连点头称他的白话诗好。1928年4月30日，辜鸿铭在北京寓所去世，此后，胡适很少再提到辜鸿铭。两人的争辩时

的恩怨也没有人再提起。有一次，胡适到上海参加基金董事会，恰逢罗隆基被辞退。这件事情让胡适又想起了蔡元培聘请辜鸿铭的外事。

1935年，胡适在整理书目，翻开自己的旧日记时，又看到辜鸿铭的名字，此时，辜鸿铭已经去世很久。胡适感慨不已，写下《记辜鸿铭》一文，以此纪念。这也是胡适记叙的关于辜鸿铭的最后的文字。

参加第一次国民大会的胡适

记辜鸿铭

文／胡适

民国十年十月十三夜，我的老同学王彦祖先生请法国汉学家戴弥微先生（Mon Demiéville）在他家中吃饭，陪客的有辜鸿铭先生，法国的×先生，徐墀先生，和我；还有几位，我记不得了。这一晚的谈话，我的日记里留有一个简单的记载，今天我翻看旧日记，想起辜鸿铭的死，想起那晚上的主人王彦祖也死了，想起十三年之中人事变迁的迅速，我心里颇有不少的感触。所以我根据我的旧日记，用记忆来补充它，写成这篇辜鸿铭的回忆。

辜鸿铭向来是反对我的主张的，曾经用英文在杂志上驳我；有一次为了我在《每周评论》上写的一段短文，他竟对我说，要在法庭控告我。然而在见面时，他对我总很客气。

这一晚他先到了王家，两位法国客人也到了；我进来和他握手时，他对那两位外国客说：Here comes my learned enemy! 大家都笑了。

入座之后，戴弥微的左边是辜鸿铭，右边是徐墀。大家正在喝酒吃菜，忽然辜鸿铭用手在戴弥微的背上一拍，说："先生，你可要小心！"戴先生吓了一跳，问他为什么，他说："因为你坐在辜疯子和徐颠子的中间！"大家听了，哄堂大笑，因为大家都知道，"Cranky Hsü"和"Crazy Ku"的两个绰号。

一会儿，他对我说："去年张少轩（张勋）过生日，我送了他一副对子，上联是'荷尽已无擎雨盖'，——下联是什么？"我当他是集句的对联，一时想不起好对句，只好问他，"想不出好对，你对的什么？"他说："下联是'菊残犹有傲霜枝'。"我也笑了。

他又问："你懂得这副对子的意思吗？"我说："'菊残犹有傲霜枝，当然是张大帅和你老先生的辫子了。'擎雨盖，是什么呢？"他说："是清朝的大帽。"我们又大笑。

他在席上大讲他最得意的安福国会选举时他卖票的故事，这个故事我听他亲口讲过好几次了，每回他总添上一点新花样，这也是老年人说往事的普通毛病。

安福部当权时，颁布了一个新的国会选举法，其中有一部分的参议员是须由一种中央通儒院票选的，凡国立大学教授，凡在国外大学得学位的，都有选举权。于是许多留学生有学士硕士博士文凭的，都有人来兜买。本人不必到场，自有人拿文凭去登记投票。据说当时的市价是每张文凭可卖二百元。兜买的人拿了文凭去，还可以变化发财。譬如一张文凭上的姓名是（WuTing），第一次可报"武定"，第二次可报"丁武"，第三次可报"吴廷"，第四次可说是江浙方音的"丁和"。这样，原价二百元的，就可以卖八百元了。

辜鸿铭卖票的故事确是很有风趣的。他说："×××来运动我投他一票，我说：'我的文凭早就丢了'，他说：'谁不认得你老人家？只要你亲自来投票，用不着文凭。'我说：'人家卖两百块钱一票，我老辜至少要卖五百块。'他说：'别人两百，你老人家三百。'我说：'四百块，少一毛钱不来，还得先付现款，不要支票。'他要还价，我叫他滚出去。他只好说：'四百块钱依你老人家。可是投票时务必请你到场。'"选举的前一天，×××果然把四百元钞票和选举入场证都带来了，还再三叮嘱我明天务必到场。等他走了，我立刻出门，赶下午的快车到了天津，把四百块钱全报效在一个姑娘——你们都知道，她的名字叫一枝花——的身上了。两天工夫，钱花光了，我才回北京来。

"×××听说我回来了，赶到我家，大骂我无信义。我拿起一根棍子，指着那个留学生小政客，说：'你瞎了眼睛，敢拿钱来买我！你也配讲信义！你给我滚出去！从今天以后不要再上我门来！'那小子看见我的棍子，真个乖乖的逃出去了。"

说完了这个故事，他回过头来对我说："你知道有句俗话：'监生拜孔子，孔子吓一跳。'我上回听说×××的孔教会要去祭孔子，我编了一首白话诗：监生拜孔子，孔子吓一跳。

孔会拜孔子，孔子要上吊。

胡先生，我的白话诗好不好？"

一会儿，辜鸿铭指着那两位法国客人大发议论了。他说："先生们，不

自强学堂（武汉大学前身）原来的校舍，辜鸿铭曾在这里任教授

要见怪，我要说你们法国人真有点不害羞，怎么把一个文学博士的名誉学位送给×××先生，你的《××报》上还登出×××的照片来，坐在一张书桌边，桌上堆着一大堆书，题做'×大总统著书之图'！呃，呃，真羞煞人！我老辜向来佩服你们贵国，——La belle France！现在真丢尽了你们的La belleFrance的脸了！你们要是送我老辜一个文学博士，也还不怎样丢人！可怜的班乐卫先生，他把博士学位送给×××，呃？"

那两位法国客人听了老辜的话，都很感觉不安，那位《××报》的主笔尤其脸红耳赤，他不好不替他的政府辩护一两句。辜鸿铭不等他说完，就打断他的话，说："Monsieur，你别说了。有一个时候，我老辜得意的时候，你每天来看我，我开口说一句话，你就说：'辜先生，您等一等。'你就连忙摸出铅笔和日记本子来，我说一句，你就记一句，一个字也不肯放过。现在我老辜倒霉了，你的影子也不上我门上来了。"

那位法国记者，脸上更红了。我们的主人觉得空气太紧张了，只好提议，大家散坐。

上文说起辜鸿铭有一次要在法庭控告我，这件事我也应该补叙一笔。

在民国八年八月间，我在《每周评论》第三十三期登出了一段随感录：

（辜鸿铭）现在的人看见辜鸿铭拖着辫子，谈着"尊王大义"，一定以为他是向来顽固的。

却不知辜鸿铭当初是最先剪辫子的人；当他壮年时，衙门里拜万寿，他坐着不动。后来人家谈革命了，他才把辫子留起来。辛亥革命时，他的辫子还没有养全，拖带着假发接的辫子，坐着马车乱跑，很出风头。这种心理很可研究。当初他是"立异以为高"，如今竟是"久假而不归"了。

这段话是高而谦先生告诉我的，我深信高而谦先生不说谎话，所以我登在报上。那一期出版的一天，是一个星期日，我在北京西车站同一个朋友吃晚饭。我忽然看见辜鸿铭先生同七八个人也在那里吃饭。我身边恰好带了一张《每周评论》，我就走过，把报送给辜先生看。他看了一遍，对我说："这段记事不很确实。我告诉你我剪辫子的故事。我的父亲送我出洋时，把我托给一位苏格兰教士，请他照管我。但他对我说：'现在我完全托了×先生，你什么事都应该听他的话。只有两件事我要叮嘱你：第一，你不可进耶苏教；第二，你不可剪辫子。'我到了苏格兰，跟着我的保护人，过了许多时。每天出门，街上小孩子总跟着我叫喊：'瞧呵，支那人的猪尾巴！'我想着父亲的教训，忍着侮辱，终不敢剪辫。那个冬

南阳公学原来的校门

天，我的保护人往伦敦去了，有一天晚上我去拜望一个女朋友。这个女朋友很顽皮，她拿起我的辫子来赏玩，说中国人的头发真黑的可爱。我看她的头发也是浅黑的，我就说：'你要肯赏收，我就把辫子剪下来送给你。'她笑了，我就借了一把剪子，把我的辫子剪下来送了给她。这是我最初剪辫子的故事。可是拜万寿，我从来没有不拜的。"他说时指着同坐的几位老头子，"这几位都是我的老同事。你问他们，我可曾不拜万寿牌位？"

我向他道歉，仍回到我们的桌上。我远远的望见他把我的报纸传给同坐客人看。我们吃完了饭，我因为身边只带了这一份报，就走过去向他讨回那张报纸。大概那班客人说了一些挑拨的话，辜鸿铭站起来，把那张《每周评论》折成几叠，向衣袋里一插，正色对我说："密斯忒胡，你在报上毁谤了我，你要在报上向我正式道歉。你若不道歉，我要向法庭控告你。"

我忍不住笑了。我说："辜先生，你说的话是开我玩笑，还是恐吓我？你要是恐吓我，请你先去告状；我要等法庭判决了才向你正式道歉。"我说了，点点头，就走了。

后来他并没有实行他的恐吓。大半年后，有一次他见着我，我说："辜先生，你告我的状子进去了没有？"他正色说："胡先生，我向来看得起你，可是你那段文章实在写的不好！"

一九三五年

虽然关于新学和旧学的论战已经成为了历史，但无论是胡适还是辜鸿铭，都为历史添上了一抹亮色。而且，相信那个时候北大学堂的学生们，不仅仅会感谢老天赐给了他们胡适之先生，更受益的是让他们见识了"辜疯子"、"辜天才"这样学贯中西的出色师长。

中国人的精神（节选）

文/辜鸿铭

我曾听一位外国朋友这样说过：作为外国人，在日本居住的时间越长，就越发讨厌日本人。相反，在中国居住的时间越长，就越发喜欢中国人。这位外国友人曾久居日本和中国。我不知道这样评价日本人是否合适，但我相信在中国生活过的诸位都会同意上述对中国人的判断。一个外国人在中国居住的时间越久，就越喜欢中国人，这已是众所周知的事实。中国人身上有种难以形容的东西。尽管他们缺乏卫生习惯，生活不甚讲究；尽管他们的思想和性格有许多缺点，但仍然赢得了外国人的喜爱，而这种喜爱是其他任何民族所无法得到的。我已经把这种难以形容的东西概括为温良。如果我不为这种温良正名的话，那么在外国人的心中它就可能被误认为中国人体质和道德上的缺陷——温顺和懦弱。这里再次提到的温良，就是我曾经提示过的一种源于同情心或真正的人类的智慧的温良——既不是源于推理，也非产自本能，而是源于同情心——来源于同情的力量。那么，中国人又是如何具备了这种同情的力量的呢？

我在这里冒昧给诸位一个解答——或者是一个假设。诸位愿意的话，也许可以将其视为中国人具有同情力量的秘密所在。中国人之所以有这种力量、这种强大的同情的力量，是因为他们完全地或几乎完全地过着一种心灵的生活。中国人的全部生活是一种情感的生活——这种情感既不来源于感官直觉意义上的那种情感，也不是来源于你们所说的神经系统奔腾的情欲那种意义上的情感，而是一种产生于我们人性的深处——心灵的激情或人类之爱的那种意义上的情感。

下面让我们看看中国人是否过着一种心灵的生活。对此，我们可以用中国人实际生活中表现出的一般特征，来加以说明。

首先，我们来谈谈中国的语言。中国的语言也是一种心灵的语言。一个很明显的事实就是：那些生活在中国的外国人，其儿童和未受教育者学习中文比成年人和受过教育者要容易得多。原因在于儿童和未受教育者是用心灵来思考和使用语言。相反，受过教育者，特别是受过理性教育的现代欧洲人，他们是用大脑和智慧来思考和使用语言的。有一种关于极乐世界的说法也同样适用于对中国语言的学习：除非你变成一个孩子，否则你就难以学会它。

其次，我们再指出一个众所周知的中国人日常生活中的事实。中国人具有惊人的记忆力，其秘密何在？就在于中国人是用心而非脑去记忆。用具同情力量的心灵记事，比用头脑或智力要好得多，后者是枯燥乏味的。举例来说，我们当中的绝大多数儿童时代的记忆力要强过成年后的记忆力。因为儿童就象中国人一样，是用心而非用脑去记忆。

中研院第一次院士会议合影（前排右四为胡适）

接下来的例子，依旧是体现在中国人日常生活中，并得到大家承认的一个事实——中国人的礼貌。中国一向被视为礼仪之邦，那么其礼貌的本质是什么呢？这就是体谅、照顾他人的感情。中国人有礼貌是因为他们过着一种心灵的生活。他们完全了解自己的这份情感，很容易将心比心推己及人，显示出体谅、照顾他人情感的特征。中国人的礼貌虽然不像日本人的那样繁杂，但它是令人愉快的。相反，日本人的礼貌则是繁杂而令人不快的。我已经听到了一些外国人的抱怨。折衷礼貌或许应该被称为排练式的礼貌——如剧院排戏一样，需要死记硬背。它不是发自内心、出于自然的礼貌。事实上，日本人的礼貌是一朵没有芳香的花，而真正的中国人的礼貌则是发自内心、充满了一种类似于名贵香水般奇异的芳香。

我们举的中国人特性的最后一例，是其缺乏精确的习惯。这是由亚瑟·史密斯提出并使之得以扬名的一个观点。那么中国人缺少精确性的原因又何在呢？我说依然是因为他们过着一种心灵的生活。心灵是纤细而敏感的，它不象头脑或智慧那样僵硬、刻板。实际上，中国人的毛笔或许可以视为中国人精神的象征。用毛笔书写绘画非常困难，好像也难以准确，但是一旦掌握了它，你就能够得心应手，创造出美妙优雅的书画来，而用西方坚硬的钢笔是无法获得这种效果的。

正是因为中国人过着一种心灵的生活，一种像孩子的生活，所以使得他们在许多方面还显得有些幼稚。这是一个很明显的事实，即作为一个有着那么悠久历史的伟大民族，中国人竟然在许多方面至今仍表现得那样幼稚。这使得一些浅薄的留学中国的外国留学生认为中国人未能使文明得到发展，中国文明是一个停滞的文明。必须承认，就中国人的智力发展而言，在一定程度上被人为地限制了。众所周知，在有些领域中国人只取得很少甚至根本没有什么进步。这不仅有自然科学方面的，也有纯粹抽象科学方面的，诸如科学、逻辑学。实际上欧洲语言中"科学"与"逻辑"二词，是无法在中文中找到完全对等的词加以表达的。

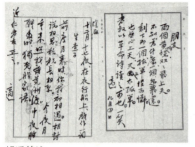

胡适笔迹

像儿童一样过着心灵生活的中国人，对抽象的科学没有丝毫兴趣，因为在这方面心灵和情感无计可施。事实上，每一件无需心灵与情感参与的事，诸如统计表一类的工作，都会引起中国人的反感。如果说统计图表和抽象科学只引起了中国人的反感，那么欧洲人现在所从事的所谓科学研究，那种为了证明一种科学理论而不惜去摧残肢解生体的所谓科学，则使中国人感到恐惧并遭到了他们的抑制。

实际上，我在这里要指出的是：中国人最美妙的特质并非他们过着一种心灵的生活。所有处于初级阶段的民族都过着一种心灵的生活。正如我们都知道的一样，欧洲中世纪的基督教徒们也同样过着一种心灵的生活。马太·阿诺德就说过："中世纪的基督教世人就是靠心灵和想象来生活的。"中国人最优秀的特质是当他们过着心灵的生活，像孩子一样生活时，却具有为中世纪基督教徒或其他任何处于初级阶段的民族所没有的思想与理性的力量。换句话说，中国人最美妙的特质是：作为一个有悠久历史的民族，它既有成年人的智慧，又能够过着孩子般的生活——一种心灵的生活。

因此，我们与其说中国人的发展受到了一些阻碍，不如说她是一个永远不衰老的民族。简言之，作为一个民族，中国人最美妙的特质就在于他们拥有了永葆青春的秘密。

现在我们可以回答最初提出的问题了——什么是真正的中国人？我们现在已经知道，真正的中国人就是有着赤子之心和成年人的智慧、过着心灵生活的这样一种人。简言之，真正的中国人有着童子之心和成人之思。中国人的精神是一种永葆青春的精神，是不朽的民族魂。中国人永远年轻的秘密又何在呢？诸位一定记得我曾经说过：是同情或真正的人类的智能造就了中国式的人之类型，从而形成了真正的中国人那种难以言表的温良。这种真正的人类的智能，是同情与智能的有机结合，它使人的心与脑得以调和。总之，它是心灵与理智的和谐。如果说中华民族之精神是一种青春永葆的精神，是不朽的民族魂，那么，民族精神不朽的秘密就是中国人心灵与理智的完美谐和。

第六篇

鲁迅和陈西滢
——势不两立，水火不容

陈西滢，原名陈源，字通伯，笔名西滢，1896年5月10日生，无锡人。幼年就读于无锡三等公学堂，后随父到上海。1912年春，赴英国求学，1921年获博士学位。1922年，应蔡元培的邀请回国，任北京大学外文系教授、系主任。1924年，与徐志摩等人创办《现代评论》、《周刊》，任文艺部主编，在该刊开辟《闲话》专栏。1927年，由胡适介绍，与著名女作家凌淑华结婚。1970年3月29日在英国逝世，终年74岁。作品《西滢闲话》（杂文集）。

陈西滢

鲁迅一生论敌甚多，无论是文艺上的，还是政治上的，有人说，民国文人，没有被鲁迅骂过的也没有几个。如果考据鲁迅的笔战史可以看出，陈西滢大概算是被鲁迅骂得最惨的一个。陈西滢和鲁迅的关系，可以算得上是水火不容。他们的矛盾从女师大风潮开始，此后两人的笔战一直都很激烈。因此，很多人一直把陈西滢看做是反动文人。当然，也有很多人称赞陈西滢的散文笔调清澈、灵动。然而无论如何，在那个时候的鲁迅看来，陈西滢就是一个站在自己对立面的论敌而已。

矛盾由"女师大风潮"而起

女师大是北京女子师范大学的简称，那时候，女师大的校长是杨荫榆女士，杨女士一直反对学生们不读书去闹学潮的行为。因此，她在5月7日国耻日这一天，积极响应北洋政府及教育总长政令，不许学生上街游行，只许学生在

原女师大校门　　女师大复课后学生合影

学校内部举行纪念活动。

　　她的做法引起了当时学生自治会的强烈反抗，两天之后，杨荫榆开除了六名学生代表。这个阶段，鲁迅正在女师大兼任讲师，他站在学生一边，并帮助她们起草教育部呈文，目的是要把杨荫榆从女师大赶出去。在这段时间，杨荫榆这个名字也不断出现在鲁迅的文章里，鲁迅讽刺杨荫榆："始终用了她多年炼就的眼光，观察一切：见一封信，疑心是情书了；闻一声笑，以为是怀春了；只要男人来访，就是情夫；为什么上公园呢，总该是赴密约。"

　　鲁迅的讽刺正符合学生们的心意，此时，没有再理会这种讽刺是不是事实，只是加紧了驱赶杨荫榆的运动。而这个时候，陈西滢站在了鲁迅的对立面，开始质疑学生们的行为——

　　以前学校闹风潮，学生几乎没有对的，现在学校闹风潮，学生几乎没有错的。这可以说是今昔言论界的一种信条。在我这种喜欢怀疑的人看来，这两种观念都无非是迷信。

　　陈西滢还在文章里例举了学生运动的种种乱状，如学生把守校门，校长无法进校办公，学生把过路的车当作校长的车而加以追击等，指"闹得太不像样了"，学校已经变得"好像一个臭茅厕"，当局须彻查整治，如过在校长，自应立即更换，过在学生，也少得相当惩罚，而不是"粉刷"了事。

　　此外，陈西滢还在文章中写道："有在北京教育界占最大势力的某籍某系的人在暗中鼓动"，他引用了鲁迅与几位教授联名声援学生的宣言，其实已经直言不讳地指出，是鲁迅煽动这次学潮。对于陈西滢的说法，鲁迅当然不会默默接受，他立即写了《并非闲话》一文，接招应战。

并非闲话

文／鲁迅

　　凡事无论大小，只要和自己有些相干，便不免格外警觉。即如这一回女子师范大学的风潮，我因为在那里担任一点钟功课，也就感到震动，而且就发了几句感慨，登在五月十二的《京报副刊》上。自然，自己也明知道违了"和光同尘"的古训了，但我就是这样，并不想以骑墙或阴柔来买人尊敬。三四天之后。忽然接到一本《现代评论》十五期，很觉得有些稀奇。这一期是新印的，第一页上目录已经整齐（初版字有参差处），就证明着至少是再版。我想：为什么这一期特别卖的多，送的多呢，莫非内容改变了么？翻开初版来，校勘下去，都一样；不过末叶的金城银行的广告

陈西滢著作《西滢闲话》早期出版

已经杳然，所以一篇《女师大的学潮》就赤条条地露出。我不是也发过议论的么？自然要看一看，原来是赞成杨荫榆校长的，和我的论调正相反。做的人是"一个女读者"。

中国原是玩意儿最多的地方，近来又刚闹过什么"琴心是否女士"问题，我于是心血来潮，忽而想：又捣什么鬼，装什么佯了？但我即刻不再想下去，因为接着就起了别一个念头，想到近来有些人，凡是自己善于在暗中播弄鼓动的，一看见别人明白质直的言动，便往往反噬他是播弄和鼓动，是某党，是某系；正如偷汉的女人的丈夫，总愿意说世人全是忘八，和他相同，他心里才觉舒畅。这种思想是卑劣的；我太多心了，人们也何至于一定用裙子来做军旗。我就将我的念头打断了。

此后，风潮还是拖延着，而且展开来，于是有七个教员的宣言发表，也登在五月二十七日的《京报》上，其中的一个是我。

这回的反响快透了，三十日发行（其实是二十九日已经发卖）的《现代评论》上，西滢先生就在《闲话》的第一段中特地评论。但是，据说宣言是"《闲话》正要付印的时候"才在报上见到的，所以前半只论学潮，和宣言无涉。后来又做了三大段，大约是见了宣言之后，这才文思泉涌的罢，可是《闲话》付印的时间，大概总该颇有些耽误了。但后做而移在前面，也未可知。那么，足见这是一段要紧的"闲话"。

《闲话》中说，"以前我们常常听说女师大的风潮，有在北京教育界占最大势力的某籍某系的人在暗中鼓动，可是我们总不敢相信。"所以他只在宣言中摘出"最精彩的几句"，加上圈子，评为"未免偏袒一方"；而且因为"流言更加传布的厉害"，遂觉"可惜"，但他说"还是不信我们平素所很尊敬的人会暗中

挑剔风潮"。这些话我觉得确有些超妙的识见。例如"流言"本是畜类的武器，鬼蜮的手段，实在应该不相信它。又如一查籍贯，则即使装作公平，也容易启人疑窦，总不如"不敢相信"的好，否则同籍的人固然惮于在一张纸上宣言，而别一某籍的人也不便在暗中给同籍的人帮忙了。这些"流言"和"听说"，当然都只配当作狗屁！

但是，西滢先生因为"未免偏袒一方"而遂叹为"可惜"，仍是引用"流言"，我却以为是"可惜"的事。清朝的县官坐堂，往往两造各责小板五百完案，"偏袒"之嫌是没有了，可是终于不免为胡涂虫。假使一个人还有是非之心，倒不如直说的好；否则，虽然吞吞吐吐，明眼人也会看出他暗中"偏袒"那一方，所表白的不过是自己的阴险和卑劣。宣言中所谓"若离若合，殊有混淆黑白之嫌"者，似乎也就是为此辈的手段写照。而且所谓"挑剔风潮"的"流言"，说不定就是这些伏在暗中，轻易不大露面的东西所制造的，但我自然也"没有调查详细的事实，不大知道"。可惜的是西滢先生虽说"还是不信"，却已为我辈"可惜"，足见流言之易于惑人，无怪常有人用作武器。但在我，却直到看见这《闲话》之后，才知道西滢先生们原来"常常"听到这样的流言，并且和我偶尔听到的都不对。可见流言也有种种，某种流言，大抵是奔凑到某种耳朵，写出在某种笔下的。

但在《闲话》的前半，即西滢先生还未在报上看见七个教员的宣言之前，已经比学校为"臭毛厕"，主张"人人都有扫除的义务"了。为什么呢？一者报上两个相反的启事已经发现；二者学生把守校门；三者有"校长不能在学校开会，不得不借邻近的饭店招集教员开会的奇闻"。但这所述的"臭毛厕"的情形还得修改些，因为层次有点颠倒。据宣言说，则"饭店开会"，乃在"把守校门"之前，大约西滢先生觉得不"最精彩"，所以没有摘录，或者已经写

好，所以不及摘录的罢。现在我来补摘几句，并且也加些圈子，聊以效颦——

"……迨五月七日校内讲演时，学生劝校长杨荫榆先生退席后，杨先生乃于饭馆召集教员若干燕饮，继即以评议部名义，将学生自治会职员六人（文预科四人理预科一人国文系一人）揭示开除，由是全校哗然，有坚拒杨先生校长之事变。……"

民国时期著名刊物《现代评论》

《闲话》里的和这事实的颠倒，从神经过敏的看起

来，或者也可以认为"偏袒"的表现；但我在这里并非举证，不过聊作插话而已。其实，"偏袒"两字，因我适值选得不大堂皇，所以使人厌观，倘用别的字，便会大大的两样。况且，即使是自以为公平的批评家，"偏袒"也在所不免的，譬如和校长同籍贯，或是好朋友，或是换帖兄弟，或是叨过酒饭，每不免于不知不觉间有所"偏袒"。这也算人情之常，不足深怪；但当侃侃而谈之际，那自然也许流露出来。然而也没有什么要紧，局外人那里会知道这许多底细呢，无伤大体的。

但是学校的变成"臭毛厕"，却究竟在"饭店招集教员"之后，酒醉饭饱，毛厕当然合用了。西滢先生希望"教育当局"打扫，我以为在打扫之前，还须先封饭店，否则醉饱之后，总要拉矢，毛厕即永远需用，怎么打扫得干净？而且，还未打扫之前，不是已经有了"流言"了么？流言之力，是能使粪便增光，蛆虫成圣的，打扫夫又怎么动手？姑无论现在有无打扫夫。

至于"万不可再敷衍下去"，那可实在是斩钉截铁的办法。正应该这样办。但是，世上虽然有斩钉截铁的办法，却很少见有敢负责任的宣言。所多的是自在黑幕中，偏说不知道；替暴君奔走，却以局外人自居；满肚子怀着鬼胎，而装出公允的笑脸；有谁明说出自己所观察的是非来的，他便用了"流言"来作不负责任的武器：这种蛆虫充满的"臭毛厕"，是难于打扫干净的。丢尽"教育界的面目"的丑态，现在和将来还多着哩！

五月三十日

（文章原载于1925年6月1日《京报副刊》）

在鲁迅和陈西滢论战的时候，杨荫榆被迫离开女师大。此时，陈西滢质疑鲁迅煽动学生运动，是为了女师大前一任校长许寿裳报仇。因为有人说，许的离开是因为杨荫榆的关系。而许寿裳又是鲁迅的同乡好友。对于这个说法，鲁迅直斥"捕风捉影"。随着女师大风潮的发展，教局总长章士钊看到事态发展越来越严重，担心无法收拾，于是下令关闭女师大，改办"女子大学"。此后，学生们又将火力对准了章士钊，发动了"驱章"运动。此时，学生运动开始失控，武力伤害演变为事实，学生被迫离校。但是学生运动一直持续到年末，并最终演变成了首都革命。后来，留在女师大的学生不愿意恢复女师大的名称。此时的陈西滢已经明白，在这次斗争过程中，自己已经被当做了反动派的发言人，从而失去了自己原来坚持的东西。也许是因为挫败感，也许是因为厌倦，他有意告别了这一段口舌之争。

"说闲话"再次引起风波

女师大风波过后，1926年新年，陈西滢发表了新年第一篇"闲话"文章，表达自己不愿意管闲事的心情，他在文章中说："虽然下次遇到了看不过眼的事情，能不能忍住不说话，我实在不敢保。"虽然说得很潇洒，但是他对于女师大的风波却没有完全抛下，他写道——

……中国人最初不管邻家瓦上霜，久而久之，连自己门前的雪也不管了，如果有人同住的话。所以军阀政客虽然是少数，小百姓虽然受尽了苦，却不肯团结起来反抗他们。学校风潮，只要有十分之一的学生叫嚣捣乱，就可以拆散学校……其余的十分之九虽十二分的不愿意，却不能积极的团结起来，阻止那少数分子的胡闹。

此语可以看出陈西滢依然对女师大学生运动某些事情耿耿于怀。之后不久，他又在闲话专栏中谈起文学，姿态从容、行云流水地写了几篇散文。这些文章引起了老朋友徐志摩的唱和。徐志摩在"晨报副刊"发表了一篇《"闲话"引出来的闲话》，一是为陈西滢捧场，同时也称赞陈西滢文章是"可羡慕的妩媚文章"。徐志摩在文章中说："这人总算是想明白、回到正经事上来了；早不该跟那些人瞎扯了。"这些话的意思，带着强烈的为好友鸣不平的色彩。

对于徐志摩和陈西滢之间的唱和，鲁迅当然不会置之不理，但是此时鲁迅的胞弟周作人的反应则更加激烈。这个时候，鲁迅和周作人之间的关系也已经破裂了。但是，在对待徐志摩和陈西滢的问题上，周作人却选择了和鲁迅站在同一条战线上。

在这件事情上，周作人一反平日的淡定，大做文章，例举陈西滢对女师大风潮的诬蔑攻击，对女学生被迫害的视若无睹，还揭露了陈西滢轻视女性的态度。周作人在文章中指出，陈西滢曾经扬言"现在的女学生都可以叫局"。对此，周作人讽刺道："笔头口头糟蹋了天下女性，而自己的爱妻或情人其实也就糟蹋在里头。"

周作人这样骂陈西滢，不仅仅是针对陈西滢，还想借此点醒徐志摩，希望他不要被陈西滢所作出的表象蒙骗。

周作人写得这么热闹，鲁迅的回击也接踵而至。在徐志摩写的文章中有一段无法考据的对话，据说是"闲话先生"（指陈西滢）和他的妹妹的对话——

"阿哥，"他的妹妹一天对他央告，"你不要再做文章得罪人家了，好不好？回头人家来烧我们的家，怎么好？""你趁早把你自己的东西，"闲话先生回答说："点清了开一个单子给我，省得出了事情以后你倒来向我阿哥报虚账！"

鲁迅针对这段话讽刺道："或者，'阿哥！'这一声叫，正在中华民国十四年十二月卅一日的夜间十二点钟罢。"

周氏兄弟这样的愤怒，竟然拿起陈西滢女友凌淑华开起了玩笑，令陈西滢和徐志摩都始料未及。实际上，周作人之所以这样愤怒，正是因为徐志摩这段半真半假的话。无论文章中的妹妹是谁，闲话先生都是陈西滢，这是无疑的事实。

而徐志摩的这段话，似乎是在有意无意地讽刺当年的学生运动。而且，那时，陈西滢的确有个妹妹陈汲在北京读书，文章中所指的妹妹，有人也猜测是陈汲。那时，"驱羊"（羊即杨荫榆姓氏的谐音）过后，又有驱章运动（章即是当时管教育的章士钊）。此间，有人传说，周氏兄弟唆使学生，去章士钊家里烧书。

徐志摩写了这样的文章，在周作人看来，徐志摩是在讽刺他和其兄鲁迅唆使学生的事情。文章中的妹妹央求哥哥不要再写文章得罪人，以免自己家被人烧了。说的是不是章士钊家被烧的事情，谁也没法考究。但是在当时的周作人看来，这根本就是一盆预备泼到自己的脏水，他自然不能躲过去就算了。因此，他才写文章，大骂陈西滢。而鲁迅，不管文章中的妹妹是不是真的是陈西滢的妹妹陈汲，只是一味地将她理解成陈西滢的女友凌淑华，这样一来，讽刺和挖苦就会让陈西滢感到更加尴尬。

鲁迅和陈西滢的骂战一开，当时鲁迅所在的《语丝》杂志同仁也纷纷加入，帮着鲁迅打击陈西滢，这样事态渐渐向更恶劣的地方发展，变得越发不可收拾。

年轻时的陈西滢和凌淑华

剽窃和抄袭事件

闲话事件还没有完全结束，话题又转移到剽窃和抄袭上，那个时候，陈西滢所写无疑不是在针对鲁迅，所以说，闲话事件到了后来，周作人已经没有多少愤慨，只有鲁迅一人还在不依不饶地抗争。其实这一点也不奇怪，毕竟陈西滢是在针对鲁迅了。接着，陈西滢还写了一篇《剽窃和抄袭》文章，用来表示影射某些抄袭行为。

剽窃与抄袭

文／陈西滢

现在著述界盛行"剽窃"或"抄袭"之风，这是大家公认的事实。一般人自己不用脑筋去思索研究，却利用别人思索或研究的结果来换名易利，到处都可以看到。然而我

老年陈西滢及妻子、女儿合影

们也那能深怪？现在的社会是不是鼓励人们用脑筋的社会？社会的种种方面，总是用心用力的役于人，不用心不用力的役人；心力用得愈多的得到的报酬愈少，心力用得愈少的得到的报酬愈多。那么著述界又那能特别的立异？要是用自己的脑筋去研究，一年半载也许得不到什么结果，要是利用人家的脑筋，半天就可以写一篇文章，一月就可以草成一种著述。好在中国的读者从不问你的作品质的好坏，只问它量的多少；中国的学生不问你的学问深浅，只问你在副刊上发表文章的多寡。这种办法也无非是依照经济学的原则，用最少的力量得最大的效果罢了。这种风气的结果，乙抄甲，丙又抄乙，永远没有完毕的时候。在健忘的普通读者的眼中，一篇文章虽然读过三百遍，他还会认它是新著，本无关系，可是一般鸿博的批评家可免不了头痛欲狂了。

所以鸿博的批评家迫不得已的生起气来，我们能够谅解，我们非但谅解，而且同情，非但同情，而且热诚的希望，馨香的祝祷他们的努力。我们相信除了他们的笔锋，没有东西可以挽回上面所说的那条经济原则。

可是，很不幸的，我们中国的批评家有时实在太宏博了。他们俯伏了身躯，张大了眼睛，在地面上寻找窃贼，以致整大本的剽窃，他们倒往往视而不见。要举个例么？还是不说吧，我实在不敢再开罪"思想界的权威"。总之这

些批评家不见大处，只见小处；不见小处，只见他们自己的宏博处。例如某宏博批评家说："某先生大抄史特林堡的名剧《钻石》而标以创作的美名，揭于前《文学旬刊》已为识者所笑。"不错，我也仿佛记得有这么一回事，可是记得某先生抄的却不是"史特林堡的名剧"，而且"史特林堡的名剧"中我也记不起什么《钻石》来。这足见某先生宏博的程度了。实在许多批评家宏博的程度，深可惊奇。他们叫我们不得不联想到那些宏博的小孩，他们读《三字经》还没有满一句，到处见着"人"字，"之"字，便大嚷"你瞧！你瞧！人！人！人！之！之！之！"好像那些写人字之字的都在抄他们的《三字经》！

在我们不宏博的人看来，"剽窃""抄袭"有一定的意思，不能看见两篇东西稍有相同之点便滥用这样的名字。两个科学家都写爱因斯坦的相对论，他们的论调，自然有许多相同处，虽则他们谁也不用"剽窃"。可是，要是一个人说他自己发明了相对论，他是"剽窃"本不用说，他把第二人的书改头换面的付印，也自然是"抄袭"。种种科学都不外如此。

至于文学，界限就不能这样的分明了。许多情感是人类所共有的，他们情之所至，发为诗歌，也免不了有许多共同之点。把好花来比美人，不仅中国人有这样的观念，西洋人，印度人也有同样的观念，难道一定要说谁抄袭了谁才称心吗？人类的的悲欢离合，总不出几个套数，因为两种作品的套数有些相同，就指为"抄袭"，这种批评家的宏博不亚于上说的小孩。

"剽窃""抄袭"的罪名，在文学里，我以为只可以压倒一般蠢才，却不能损伤天才作家的。文学是没有平权的。文学是"只许州官放火，不许百姓点灯"的。为什么蠢才一压便倒呢？因为他剽窃来的东西，在他的作品中，好像马口铁上镶的金刚钻，好像牛粪里插的鲜花，本来太不相称，你把他的金刚钻鲜花去了，只剩了马口铁与牛粪。至于伟大的天才，有几个不偶然的剽窃？不用说广义的他们心灵受了过去大作家的陶养，头脑里充满了过去大作家的思想，就狭义的说，举起例来也举不胜举。Ben Jonson 的作品里有许多字句是从希腊罗马的作品里整段的翻出来的，而且几乎没有一个希腊罗马的诗人，历史家不曾在他的作品里留下些痕迹。托尔斯泰的杰著《战争与和平》里面讲故事的地方，就有整篇的抄袭。最显著的例莫过于莎士比亚了。他的剧本的事实布局，几乎没有一种不是借自别人。可是，你就指出了他们的剽窃，他们的作品也不会因之减色。Ben Jonson 虽然借了许多名句，他自己作品也自有传世的价值在。托尔斯泰把冷冰冰，毫无生气的纪事，化在他如火如荼的杰作中，无异乎生死人而肉白骨了。莎士比亚在他陶冶天地的大炉中把许多泥塑木雕的傀儡熔化成了英雄美人。幼稚散漫的情节制造成了绝世传奇，要不是经他的借用，还有谁会得听见那些无聊的作品来？

"剽窃"和"抄袭"的罪名固然不足以轻减他们作品的价值，可是Ben Jonson究竟"剽窃"过，托尔斯泰究竟"抄袭"过。可是莎士比亚是不受这样的罪名的，因为他的作品已经又是一回事。同样，一个作家也尽可无意的，或竟有意的借用另一作家的布局，只要他运用的方法不同，他周围的空气不同，他人物的个性不同。契诃夫有一篇短篇小说la Cigale是把一个劳苦工作的丈夫同一个没脑筋只管享福的太太做对照的。曼殊斐儿Katharine Mansfield在她的Marriage a la Mode用同样的主旨。曼殊斐儿是私淑契诃夫的。她曾经看见他的那篇小说，毫无疑问。可是我们万不能说曼殊斐儿是抄袭契诃夫，因为契诃夫的小说里是纯粹的俄国人，曼殊斐儿的是纯粹的英国人，契诃夫的人物有他们特别的个性，曼殊斐儿的人物也有他们的个性，所以，虽然那两篇小说说的是同样的事，读者得的是差不多的感想，它们简直是两件极不相同的东西，同时却是两件同样美丽的东西。自然，要是让宏博的中国批评家看见了，他们又找到了伟大的发现了。幸而宏博的中国批评家是不会看见的——它们还没有翻译成中文呢。

胡适之先生从上海寄蒋梦麟先生的信，有这样的话："前不多日，我从南京回来，车中我忽得一个感想。我想不教书了，专作著述的事。每日定一个日程要翻译一千字，著作一千字，需时约四个钟头。每年以三百天计，可译三十万字，著三十万字，每年可出五部书，十年可得五十部书，我的书至少有两万人读，这个影响多么大？倘使我能于十年之中介绍二十部世界名著给中国青年，这点成绩，不胜于每日在讲堂上给一百五十学生制造文凭吗？所以我决定脱离教书生活了。"

他在给我们的信里还说："我们能批评人家的翻译，而自己不翻译，我们能评人家的著述，而自己不著述，这是根本不对的。"（原信不在手边，字句也许有些出入）我们自然是十分赞成他的计划，希望他能够实行。自然我不信一年六十万字，十年六百万字是能实现的。这样下去，再活五十年，不就写了三千万字了么？胡先生的《中国哲学史大纲》那种书，一定不是可以一天写一千字写成的。他也许一天写了五千字，一万字，也许三个月还不能动一动笔。一天一定写多少字，虽然有那样的作家，如英国小说家Anthony Trollope

可是大多数人耐不住那种烦，并且这样所写成的作品也许不能特别的出色。我们希望胡先生的，不是平常我们都能写的书，只是与《中国哲学史大纲》那样，和再进一步的著作。这样的著述，不要说一年五部，就是五年一部我们已经很满足的了。

梦麟先生在他的复信里说："这种事业，我以为凡有能力的留学生们都应该做的。"可是，非常的不幸，凡应该做的"留学生"却都没有"能力"，因为，我已经说过，中国恐怕只有胡适之，梁任公两位先生有靠他们著作生活的能力。除非中国的著述事业大大的发达，或是做教书匠的有安安稳稳的一碗饭吃，这个希望只好终于希望了。

（本文刊登在1925年11月21日《现代评论》第2卷第50期，作者署名西滢）

这篇含沙射影的文章，没有像陈西滢预料的那样，引起鲁迅的反应。几天之后，陈西滢又在《晨报副刊》上发表了一篇《致志摩》，继续攻击鲁迅——

他常常挖苦别人家抄袭。有一个学生抄了沫若的几句诗，他老先生骂得刻骨镂心的痛快。可是他自己的《中国小说史略》却就是根据日本人盐谷温的《支那文学概论讲话》里面的"小说"一部分。其实拿人家的著述做你自己的蓝本，本可以原谅，只要你书中有那样的声明。可是鲁迅先生就没有那样的声明。在我们看来，你自己做了不正当的事也就罢了，何苦再去挖苦一个可怜的学生，可是他还尽量的把人家刻薄。"窃钩者诛，窃国者侯"，本是自古已有的道理。

陈西滢的文章已经涉及到了鲁迅的人格和品德，这无疑是火上浇油，引起了鲁迅更大的愤怒。鲁迅写了《不是信》一文，刊登在1926年2月8日的《语丝》上，文章中对于陈西滢文章中的一些观点，做了详细的辩驳。

❀ 不是信 ❀

文／鲁迅

一个朋友忽然寄给我一张《晨报副刊》，我就觉得有些特别，因为他是知道我懒得看这种东西的。但既然特别寄来了，姑且看题目罢：《关于下面一束通信告读者们》。署名是：志摩。哈哈，这是寄来和我开玩笑的，我想；赶紧翻转，便是几封信，这寄那，那寄这，看了几行，才知道似乎还是什么"闲话……闲话"问题。这问题我仅知道一点儿，就是曾在新潮社看见陈源教授即西滢先生的信，说及我"捏造的事实，传布的'流言'，本来已经说不胜说"。不禁好笑；人就苦于不能将自己的灵魂砍成酱，因此能有记忆，也因此而有感慨或滑稽。记得首先根据了"流言"，来判决杨荫榆事件即女师大风潮的，正是这位西滢先生，那大文便登在去年五月三十日发行的《现代评论》上。我不该生长"某籍"又在"某系"教书，所以也被归入"暗中挑剔风潮"者之列，虽然他说还不相信，不过觉得可惜。在这里声明一句罢，以免读者的误解："某系"云者，大约是指国文系，不是说研究系。那时我见了"流言"字样，曾经很愤然，立刻加以驳正，虽然也很自愧没有"十年读书十年养气的工夫"。不料过了半年，这些"流言"却变成由我传布的了，自造自己的"流言"，这真是自己掘坑埋自己，不必说聪明人，便是傻子也想不通。倘说这回的所谓"流言"，并非关于"某籍某系"的，乃是关于不信"流言"的陈源教授的了，则我实在不知道陈教授有怎样的被捏造的事实和流言在社会上传布。说起来惭愧煞人，我不赴宴会，很少往来，也不奔走，也不结什么文艺学术的社团，实在最不合式于做捏造事实和传布流言的枢纽。只是弄弄笔墨是在所不免的，但也不肯以流言为根据，故意给它传布开来，虽然偶有些"耳食之言"，又大抵是无关大体的事；要是错了，即使月久年深，也决不惜追加订正，例如对于汪原放先生"已作古人"一案，其间竟隔了几乎有两年——但这自然是只对于看过《热风》的读者说的。

这几天，我的"捏……言"罪案，仿佛只等于昙花一现了，《一束通信》的主要部分中，似乎也承情没有将我"流"进去，不过在后屁股的《西滢致志摩》是附带的对我的专论，虽然并非一案，却因为亲属关系而灭族，或文字狱的株连一般。灭族呀，株连呀，又有点"刑名师爷"口吻了，其实这是事实，法家不过给他起了一个名，所谓"正人君子"是不肯说的，虽然不妨这样做。此外如甲对乙先用流言，后来却说乙制造流言这一类事，"刑名师爷"的笔下就简括到只有两个字："反噬"。呜呼，这实在形容得痛快淋漓。然而古语说，"察见渊鱼者不祥"，所以"刑名师爷"总没有好结果，这是我早经知道的。

我猜想那位寄给我《晨报副刊》的朋友的意思了：来刺激我，讥讽我，通知我的，还是要我也说几句话呢？终于不得而知。好，好在现在正须还笔债，就用这一点事来搪塞一通罢，说话最方便的题目是《鲁迅致××》，既非根据学理和事实的论文，也不是"笑吟吟"的天才的讽刺，不过是私人通信而已，自己何尝愿意发表；无论怎么说，粪坑也好，毛厕也好，决定与"人气"无关。即不然，也是因为生气发热，被别人逼成的，正如别的副刊将被《晨报副刊》"逼死"一样。我的镜子真可恨，照出来的总是要使陈源教授呕吐的东西，但若以赵子昂——"是不是他？"——画马为例，自然恐怕正是我自己。自己是没有什么要紧的，不过总得替××想一想。现在不是要谈到《西滢致志摩》么，那可是极其危险的事，一不小心就要跌入"泥潭中"，遇到"悻悻的狗"，暂时再也看不见"笑吟吟"。至少，一关涉陈源两个字，你总不免要被公理家认为"某籍"，"某系"，"某党"，"喽罗"，"重女轻男"……等；而且还得小心记住，倘有人说过他是文士，是法兰斯，你便万不可再用"文士"或"法兰斯"字样，否则，——自然，当然又有"某籍"……等等的嫌疑了，我何必如此陷害无辜，《鲁迅致××》决计不用，所以一直写到这里，还没有题目，且待写下去看罢。

　　我先前不是刚说我没有"捏造事实"么？那封信里举的却有。说是我说他"同杨荫榆女士有亲戚朋友的关系，并且吃了她许多的酒饭"了，其实都不对。杨荫榆女士的善于请酒，我说过的，或者别人也说过，并且偶见于新闻上。现在的有些公论家，自以为中立，其实却偏，或者和事主倒有亲戚，朋友，同学，同乡，……等等关系，甚至于叨光了酒饭，我也说过的。这不是明明白白的么，报社收津贴，连同业中也互讦过，但大家仍都自称为公论。至于陈教授和杨女士是亲戚而且吃了酒饭，那是陈教授自己连结起来的，我没有说曾经吃酒饭，也不能保证未曾吃酒饭，没有说他们是亲戚，也不能保证他们不是亲戚，大概不过是同乡罢，但只要不是"某籍"，同乡有什么要紧呢。绍兴有"刑名师爷"，绍兴人便都是"刑名师爷"的例，是只适用于绍兴的人们的。

　　我有时泛论一般现状，而无意中触着了别人的伤疤，实在是非常抱歉的事。但这也是没法补救，除非我真去读书养气，一共廿年，被人们骗得老死牖下；或者自己甘心倒掉；或者遭了阴谋。即如上文虽然说明了他们是亲戚并不是我说的话，但因为列举的名词太多了，"同乡"两字，也足以招人"生气"，只要看自己愤然于"流言"中的"某籍"两字，就可想而知。照此看来，这一回的说"叭儿狗"（《莽原半月刊》第一期），怕又有人猜想我是指

晨报副刊

着他自己，在那里"悻悻"了。其实我不过是泛论，说社会上有神似这个东西的人，因此多说些它的主人：阔人，太监，太太，小姐。本以为这足见我是泛论了，名人们现在那里还有肯跟太监的呢，但是有些人怕仍要忽略了这一层，各各认定了其中的主人之一，而以"叭儿狗"自命。时势实在艰难，我似乎只有专讲上帝，才可以免于危险，而这事又非我所长。但是，倘使所有的只是暴戾之气，还是让它尽量发出来罢，"一群悻悻的狗"，在后面也好，在对面也好。我也知道将什么之气都放在心里，脸上笔下却全都"笑吟吟"，是极其好看的；可是掘不得，小小的挖一个洞，便什么之气都出来了。但其实这倒是真面目。

第二种罪案是"近一些的一个例"，陈教授曾"泛论图书馆的重要"，"说孤桐先生在他未下台以前发表的两篇文章里，这一层'他似乎没看到。'"我却轻轻地改为"听说孤桐先生倒是想到了这一节，曾经发表过文章，然而下台了，很可惜了。而且还问道：'你看见吗，那刀笔吏的笔尖？'""刀笔吏"是不会有漏洞的，我却与陈教授的原文不合，所以成了罪案，或者也就不成其为"刀笔吏"了罢。《现代评论》早已不见，全文无从查考，现在就据这一回的话，敬谨改正，为"据说孤桐先生在未下台以前发表的文章里竟也没想到；现在又下了台，目前无法补救了，很可惜"罢。这里附带地声明，我的文字中，大概是用别人的原文用引号，举大意用"据说"，述听来的类似"流言"的用"听说"，和《晨报》大将文例不相同。

第三种罪案是关于我说"北大教授兼京师图书馆副馆长月薪至少五六百元的李四光"的事，据说已告了一年的假，假期内不支薪，副馆长的月薪又不过二百五十元。别一张《晨副》上又有本人的声明，话也差不多，不过说月薪确有五百元，只是他"只拿二百五十元"，其余的"捐予图书馆购买某种书籍"了。此外还给我许多忠告，这使我非常感谢，但愿意奉还"文士"的称号，我是不属于这一类的。只是我以为告假和辞职不同，无论支薪与否，教授也仍然是教授，这是不待"刀笔吏"才能知道的。至于图书馆的月薪，我确信李教授（或副馆长）现在每月"只拿二百五十元"的现钱，是美国那面的；中国这面的一半，真说不定要拖欠到什么时候才有。但欠帐究竟也是钱，别人的兼差，大抵多是欠账，连一半现钱也没有，可是早成了有些论客的口实了，虽然其缺点是在不肯及早捐出去。我想，如果此后每月必发，而以学校欠薪作比例，中国的一半是明年的正月间会有的，倘以教育部欠俸作比例，则须十七年正月间才有，那时购买书籍来，我一定就更正，只要我还在做"官僚"，因为这容易得知，我也自信还有这样的记性，不至于今年忘了去年事。但是，倘若又被章士钊们革掉，那就莫明其妙，更正的事也只好作罢了。可是我所说的职衔和钱数，在今日却是事实。

第四种的罪案是……陈源教授说："好了，不举例了。"为什么呢？大约是因为"本来已经说不胜说"，或者是在矫正"打笔墨官司的时候，谁写得多，骂得下流，捏造得新奇就是谁的理由大"的恶习之故罢，所以就用三个例来概其全般，正如中国戏上用四个兵卒来象征十万大军一样。此后，就可以结束，漫骂——"正人君子"一定另有名称，但我不知道，只好暂用这加于"下流"人等的行为上的话——了。原文很可以做"正人君子"的真相的标本，删之可惜，扯下来粘在后面罢——"有人同我说，鲁迅先生缺乏的是一面大镜子，所以永远见不到他的尊容。我说他说错了。鲁迅先生的所以这样，正因为他有了一面大镜子。你听见过赵子昂——是不是他？——画马的故事罢？他要画一个姿势，就对镜伏地做出那个姿势来。鲁迅先生的文章也是对了他的大镜子写的，没有一句骂人的话不能应用在他自己的身上。要是你不信，我可以同你打一个赌。"

这一段意思很了然，犹言我写马则自己就是马，写狗自己就是狗，说别人的缺点就是自己的缺点，写法兰斯自己就是法兰斯，说"臭毛厕"自己就是臭毛厕，说别人和杨荫榆女士同乡，就是自己和她同乡。赵子昂也实在可笑，要画马，看看真马就够了，何必定作畜生的姿势；他终于还是人，并不沦入马类，总算是侥幸的。不过赵子昂也是"某籍"，所以这也许还是一种"流言"，或自造，或那时的"正人君子"所造都说不定。这只能看作一种无稽之谈。倘若陈源教授似的信以为真，自己也照样做，则写法兰斯的时候坐下做一个法姿势，讲"孤桐先生"的时候立起作一个孤姿势，倒还堂哉皇哉；可是讲"粪车"也就得伏地变成粪车，说"毛厕"即须翻身充当便所，未免连奥架子也有些失掉罢，虽然肚里本来满是这样的货色。

"不是有一次一个报馆访员称我们为'文士'吗？鲁迅先生为了那名字几乎笑掉了牙。可是后来某报天天鼓吹他是'思想界的权威者'他倒又不笑了。

"他没有一篇文章里不放几枝冷箭，但是他自己常常的说人'放冷箭'，并且说'放冷箭'是卑劣的行为。

"他常常'散布流言'和'捏造事实'，如上面举出来的几个例，但是他自己又常常的骂人'散布流言''捏造事实'，并且承认那样是'下流'。

"他常常的无故骂人，要是那人生气，他就说人家没有'幽默'。可是要是有人侵犯了他一言半语，他就跳到半天空，骂得你体无完肤——还不肯罢休。"

这是根据了三条例和一个赵子昂故事的结论。其实是称个别为"文士"我也笑，称我为"思想界的权威者"我也笑，但牙却并非"笑掉"，据说是"打掉"的，这较可以使他们快意些。至于"思想界的权威者"等，我连夜梦里也没有想做过，无奈我和"鼓吹"的人不相识，无从劝止他，不像唱双簧的朋友，可以彼此心照；况且自然会有"文士"来骂倒，更无须自己费力。我也不想借这些头衔去发财发福，有了它于实利上是并无什么好处的。我也曾反对过将自己的小说采入教科书，怕的是教错了青年，记得曾在报上发表；不过这本不是对上流人说的，他们当然不知道。冷箭呢，先是不肯的，后来也放过几枝，但总是对于先"放冷箭"用"流言"的如陈源教授之辈，"请君入瓮"，也给他尝尝这滋味。不过虽然对于他们，也还是明说的时候多，例如《语丝》上的《音乐》就说明是指徐志摩先生，《我的籍和系》和《并非闲话》也分明对西滢即陈源教授而发；此后也还要射，并无悔祸之心。至于署名，则去年以来只用一个，就是陈教授之所谓"鲁迅，即教育部佥事周树人"就是。但在下半年，应将"教育部佥事"五字删去，因为被"孤桐先生"所革；今年却又变了"暂署佥事"了，还未去做，然而豫备去做的，目的是在弄几文俸钱，因为我祖宗没有遗产，老婆没有奁田，文章又不值钱，只好以此暂且糊口。还有一个小目的，是在对于以我去年的免官为"痛快"者，给他一个不舒服，使他恨得扒耳搔腮，忍不住露出本相。至于"流言"，则先已说过，正是陈源教授首先发明的专卖品，独有他听到过许多；在我呢，心术是看不见的东西，且勿说，我的躲在家里的生活即不利于作"捏……言"的枢纽。剩下的只有"幽默"问题了，我又没有说过这些话，也没有主张过"幽默"，也许将这两字连写，今天还算第一回。我对人是"骂人"，人对我是"侵犯了一言半语"，这真使我记起我的同乡"刑名师爷"来，而且还是弄着不正经的"出重出轻"的玩意儿的时候。这样看来，一面镜子确是该有的，无论生在那一县。还有罪状哩——

"他常常挖苦别人家抄袭。有一个学生钞了沫若的几句诗，他老先生骂得刻骨铭心的痛快，可是他自己的《中国小说史略》，却就是根据日本人盐谷温的《支那文学概论讲话》里面的'小说'一部分。其实拿人家的著述做你自己的蓝本，本可以原谅，只要你在书中有那样的声明，可是鲁迅先生就没有那样的声明。在我们看来，你自己做了不正当的事也就罢了，何苦再去挖苦一个可怜的学生，可是他还尽量的把人家刻薄。'窃钩者诛，窃国者侯'，本是自古已有的道理。"

　　这"流言"早听到过了；后来见于《闲话》，说是"整大本的摽窃"，但不直指我，而同时有些人的口头上，却相传是指我的《中国小说史略》。我相信陈源教授是一定会干这样勾当的。但他既不指名，我也就只回敬他一通骂街，这可实在不止"侵犯了他一言半语"。这回说出来了；我的"以小人之心"也没有猜错了"君子之腹"。但那罪名却改为"做你自己的蓝本"了，比先前轻得多，仿佛比自谦为"一言半语"的"冷箭"钝了一点似的。盐谷氏的书，确是我的参考书之一，我的《小说史略》二十八篇的第二篇，是根据它的，还有论《红楼梦》的几点和一张《贾氏系图》，也是根据它的，但不过是大意，次序和意见就很不同。其他二十六篇，我都有我独立的准备，证据是和他的所说还时常相反。例如现有的汉人小说，他以为真，我以为假；唐人小说的分类他据森槐南，我却用我法。六朝小说他据《汉魏丛书》，我据别本及自己的辑本，这工夫曾经费去两年多，稿本有十册在这里；唐人小说他据谬误最多的《唐人说荟》，我是用《太平广记》的，此外还一本一本搜起来……。其余分量，取舍，考证的不同，尤难枚举。自然，大致是不能不同的，例如他说汉后有唐，唐后有宋，我也这样说，因为都以中国史实为"蓝本"。我无法"捏造得新奇"，虽然塞文狄斯的事实和"四书"合成的时代也不妨创造。但我的意见，却以为似乎不可，因为历史和诗歌小说是两样的。诗歌小说虽有人说同是天才即不妨所见略同，所作相像，但我以为究竟也以独创为贵；历史则是纪事，固然不当偷成书，但也不必全两样。说诗歌小说相类不妨，历史有几点近似便是"摽窃"，那是"正人君子"的特别意见，只在以"一言半语""侵犯""鲁迅先生"时才适用的。好在盐谷氏的书听说已有人译成中文，两书的异点如何，怎样"整大本的剽窃"，还是做"蓝本"，不久就可以明白了。在这以前，我以为恐怕连陈源教授自己也不知道这些底细，因为不过是听来的"耳食之言"。不知道对不对？（盐谷教授的《支那文学概论讲话》

的译本，今年夏天看见了，将五百余页的原书，译成了薄薄的一本，那小说一部份，和我的也无从对比了。广告上却道"选译"。措辞实在聪明得很。十月十四日补记。）

但我还要对于"一个学生钞了沫若的几句诗"这事说几句话；"骂得刻骨铭心的痛快"的，似乎并不是我。因为我于诗向不留心，所以也没有看过"沫若的诗"，因此即更不知道别人的是否钞袭。陈源教授的那些话，说得坏一点，就是"捏造事实"，故意挑拨别人对我的恶感，真可以说发挥着他的真本领。说得客气一点呢，他自说写这信时是在"发热"，那一定是热度太高，发了昏，忘记装腔了，不幸显出本相；并且因为自己爬着，所以觉得我"跳到半天空"，自己抓破了皮肤或者一向就破着，却以为被我"骂"破了。——但是，我在有意或无意中碰破了一角纸糊绅士服，那也许倒是有的；此后也保不定。彼此迎面而来，总不免要挤擦，碰磕，也并非"还不肯罢休"。

绅士的跳踉丑态，实在特别好看，因为历来隐藏蕴蓄着，所以一来就比下等人更浓厚。因这一回的放泄，我才悟到陈源教授大概是以为揭发叔华女士的剽窃小说图画的文章，也是我做的，所以早就将"大盗"两字挂在"冷箭"上，射向"思想界的权威者"。殊不知这也不是我做的，我并不看这些小说。"琵亚词侣"的画，我是爱看的，但是没有书，直到那"剽窃"问题发生后，才刺激我去买一本Art of A. Beardsley来，化钱一元七。可怜教授的心目中所看见的并不是我的影，叫跳竟都白费了。遇见的"粪车"，也是境由心造的，正是自己脑子里的货色，要吐的唾沫，还是静静的咽下去罢。

太费纸张了，虽然我不至于娇贵到会发热，但也得赶紧的收梢。然而还得粘上一段大罪状——

"据他自己的自传，他从民国元年便做了教育部的官，从没脱离过。所以袁世凯称帝，他在教育部，曹锟贿选，他在教育部，'代表无耻的彭允彝做总长，他也在教育部，甚而至于'代表无耻的章士钊'免了他的职后，他还大嚷'佥事这一个官儿倒也并不算怎样的'区区'，怎样有人在那里钻谋补他的缺，怎样以为无足轻重的人是'慷他人之慨'，如是如是，这样这样……这像'青年叛徒的领袖'吗？

"其实一个人做官也不大要紧，做了官再装出这样的面孔来可叫人有些恶心吧了。

"现在又有人送他'土匪'的名号了。好一个'土匪'。"

苦心孤诣给我加了上去的"土匪"的恶名,这一回忽又否认了,可见唾沫还是静静的咽下去好,免得后来自己舐回去。但是,"文士"别有慧心,那里会给我便宜呢,自然即代以自"袁世凯称帝"以来的罪恶,仿佛"称帝""贿选"那类事,我既在教育部,即等于全由我一手包办似的。这是真的,从那时以来,我确没有带兵独立过,但我也没有冷笑云南起义,也没有希望国民军失败;对于教育部,其实是脱离过两回,一是张勋复辟时,一就是章士钊长部时,前一回以教授的一点才力自然不知道,后一回却忘却得有些离奇。我向来就"装出这样的面孔",不但毫不顾忌陈源教授可"有些恶心",对于"孤桐先生"也一样。要在我的面孔上寻出些有趣来,本来是没头脑的妄想,还是去看别的面孔罢。

这类误解似乎不止陈源教授,有些人也往往如此,以为教员清高,官僚是卑下的。真所谓"得意忘形","官僚官僚"的骂着。可悲的就在此,现在的骂官僚的人里面,到外国去炸大过一回而且做教员的就很多:所谓"钻谋补他的缺"的也就是这一流,那时我说"佥事这一个官儿倒也并不算怎样的'区区'",就为此人的乘机想做官而发,刺他一针,聊且快意,不提防竟又被陈教授"刻骨镂心"的记住了,也许又疑心我向他在"放冷箭"了罢。

我并非因为自己是官僚,定要上侪于清高的教授之列,官僚的高下也因人而异,如所谓"孤桐先生",做官时办《甲寅》,佩服的人就很多,下台之后,听说更有生气了。而我"下台"时所做的文章,岂不是不但并不更有生气,还招了陈源教授的一顿"教训",而且罪孽深重,延祸"面孔"了么?这是以文才和面孔言;至于从别一方面看,则官僚与教授就有"一丘之貉"之叹,这就是说:钱的来源。国家行政机关的事务官所得的所谓俸钱,国立学校的教授所得的所谓薪水,还不是同一来源,出于国库的么?在曹锟政府下做国立学校的教员,和做官的没有大区别。难道教员的是捐给了学校,所以特别清高了?袁世凯称帝时代,陈源教授或者还在外国的研究室里,是到了曹锟贿选前后才做教授的,比我到北京迟得多,福气也比我好得多。曹锟贿选,他做教授,"代表无耻的彭允彝做总长",他做教授,"甚而至于'代表无耻的章士钊'做总长",他自然做教授,我可是被革掉了,甚而至于待到那"甚而至于'代表无耻的章士钊'"不做总长了,他自然还做教授,归国以来,一帆风顺,一个小钉子也没有碰。这当然是因为有适宜的面孔,不"叫人有些恶心"之故喽。看他脸上既无我一样的可厌的"八字胡子",也可以说没有"官僚的神情",所以对于他的面孔,却连我也并没有什么大"恶心",而且仿佛还觉得有趣。这一类的面孔，只要再白胖一点，也许在中国就不可多得了。

不免招我说几句费话的不过是他对镜装成的姿势和"爆发"出来的蕴蓄，但又即刻掩了起来，关上大门，据说"大约不再打这样的笔墨官司"了。前面的香车既经杳然，我且不做叫门的事，因为这些时候所遇到的大概不过几个家丁；而且已是往"国立北京女子师范大学复校纪念会"的时候了，就这样的算收束。

二月一日

因为剽窃和抄袭的话题，以及相互之间的攻击和辩解，这让鲁迅与陈西滢结下死仇，同时也和陈西滢所属的现代派结下了仇恨。后来，现代评论派的大部分又加入了新月社，这也是鲁迅对待新月派不友好的原因之一。

这件事情过去十年之后，鲁迅依然还没有释怀，他在一九三五年十二月出版的《且介亭杂文二集》后记里再次旧事重提，写下了这样一段话——

在《中国小说史略》日译本的序文里，我声明了我的高兴，但还有一种原因我未曾说出，是经十年之久，我竟报复了我个人的私仇。当一九二六年时，陈源即西滢教授，曾在北京公开对于我的人身攻击，说我的这一部著作，是窃取盐谷温教授的《支那文学概论讲话》里面的"小说"一部分的；《闲话》里的所谓"整大本的剽窃"，指的也是我。现在盐谷教授的书早有中译，我的也有了日译，两国的读者，有目共见，有谁指出我的"剽窃"来呢？呜呼，"男盗女娼"，是人间大可耻事，我负了十年"剽窃"的恶名，现在总算可以卸下，并且将"谎狗"的旗子，回敬自称"正人君子"的陈源教授，倘他无法洗刷，就只好插着生活，一直带进坟墓里去了。

这段文字再次表明了鲁迅对陈西滢的厌恶和仇视，由此可以看出鲁迅对已经过去十年的事情，依然是十分在意的。后来有很多人在研究这段历史的时候说，陈西滢在整个论战中，始终处于被动挨打的位置。但是，从鲁迅对陈西滢咬牙切齿的态度来看，陈西滢对于鲁迅的冲击并不小，使得鲁迅"终身不能忘记此仇恨"。所以说，对比鲁迅一生中的其他论敌来看，陈西滢不能不说是技高一筹，这样才能让鲁迅"终身不忘"。

第七篇

梁启超和胡适
——争议只为见解不同

梁启超（1873~1929年），字卓如，一字任甫，号任公，又号饮冰室主人、自由斋主人等。梁启超"八岁学为文，九岁能缀千言"，是中国近代维新派代表人物，参加"公车上书"、"戊戌变法"，是近代中国的思想启蒙者，他参与的变法和改革，为当时中国变革启蒙运动提供了基础，他是中国从旧社会向现代社会变革的伟大社会活动家。除此之外，梁启超还是民初清华大学国学院四大教授之一、著名新闻报刊活动家。他的文章富有独特的历史视角，令人深思，启蒙思想。他的著作对后世影响深远，其中《饮冰室合集》，包括《中国近三百年学术史》、《中国历史研究法》、《少年中国说》等著名篇章。

梁启超

梁启超被公认为是中国历史上一位百科全书式的人物，而且是一位能在退出政治舞台后仍能在学术研究上取得巨大成就的少有人物。辛亥革命前，他在与革命派的论战中发明了一种新文体，介乎于古文和白话文之间，使得士子们和普通百姓都乐于接受。同时，梁启超还是中国第一个在文章中用到"中华民族"一词的人，他还从日文汉字中吸收了很多新词，像现在我们常常挂在嘴边的"政治，经济，科技，组织，干部"等很多词汇，皆始于梁启超先生。

梁启超是我国近代著名的史学家、思想家、文学家、教育家。是清末推动改革的积极分子之一。他参加了著名的维新运动，和康有为一起"公车上书"，控诉科举制度的腐败。梁启超和胡适之间的论辩，并不是因为什么恩怨，可以说，他们是纯粹的学术论辩。两人之间结缘因为古代墨学，分歧也是在古代的历史上。虽然两人之间争论不可谓不激烈，但是并没有伤和气。胡适曾经在日记中评价梁启超："任公为人最和蔼可亲，全无城府，一团孩子气，人们说他是阴谋家，真是恰得其反。"

《墨经校释》序言引发关系波澜

梁启超和胡适，两人之间相差十多岁，却因为都喜欢研究墨学，变成了忘年交。1921年，梁启超的《墨经校释》成书后，送请胡适作序。胡适从少年时代就崇拜梁启超，此次，梁启超竟然能够找到自己作序，胡适感到荣幸同时，也努力做到认真仔细。

在拜读了《墨经校释》之后，胡适对自己认为有疑问的地方进行了考证。花费了大量的精力后，写了一篇近3000字的序言。在这篇文章中，胡适首先充分肯定了梁启超《墨经校释》的优点，用了"仅供参考"、"籍此商榷"等语，指出了《墨经校释》中的一些缺点。

是研究总会有分歧，梁启超接到胡适写的序言后，看到"籍此商榷"所指出的"微瑕"不对，并没有表示感谢。他挑出胡适在序言中的一些非议，写了一篇长长的针锋相对的答辩，将其放进了《墨经校释》的序言位置；而请胡适作的序言，却放到了尾页垫底！可以说，梁启超的这种做法，是绝无仅有的。后来胡适知道了这件事情，在笑着读完梁启超的答辩之后，他也没有做出什么反应。

1922年3月4日，北大邀请梁启超去演讲，演讲的题目是《评胡适的〈中国哲学史大纲〉》。梁启超双目炯炯，昂首阔步走上讲台，他通常有个习惯，只要用手一敲光亮的前额，就能大段大地背出典籍和诗词。背到或讲到动情之处，他会手舞足蹈，唾沫四溅，极富感染力。

梁启超在北大的演讲可以说是盛况空前，演讲的地点是北大第三院的大礼堂，听众人头攒动，台上的梁启超风采照人，声如洪钟。演讲的第一天，胡适因为有事，没能去参加。第二天，胡适来到礼堂，坐在下面的座位上，听梁启超的演讲。

直到这个时候，胡适才知道，梁启超一边肯定《中国哲学史大纲》，一边又在逐条否定大纲中的观点，而且措辞犀利，毫不留

梁启超和蒋百里等人合影（前排中间为梁启超）

情。梁启超说道："这部书（《中国哲学史大纲》）处处表现出著作人的个性，他那敏锐的观察力，缜密的组织力，大胆的创造力，都是不废江河万古流的。"

梁启超语言犀利，他的演讲，共分九节。前两节都是在简单介绍演讲的主旨、缘由和对著作的总估价。梁启超说："胡先生观察中国古代哲学，全从'知识论'方面下手……我所要商量的，是论中国古代哲学，是否应以此为唯一之观察点？"

从第三节开始，梁启超便展开了具体的批评，他说："这书第一个缺点，是把思想的来源抹杀得太过了。"对此，他还引用了胡适书中的句子"大凡一种学说，决不是凭空从天上掉下来的。"由此，他批评胡适道："可惜我们读了胡先生的原著，不免觉得老子、孔子是从天上掉下来了。"

梁启超所写对联

接着，梁启超又不客气地说道："胡先生的哲学勃兴原因，就只为当时长期战争，人民痛苦。这种论断法，可谓很浅薄而且无稽……""胡先生的偏处，在疑古太过；疑古原不失为治学的一种方法，但太过也很生出毛病……殊不知讲古代史，若连《尚书》、《左传》都一笔勾销，简直把祖宗遗产荡去一大半……"

在演讲的第四节，梁启超继续阐述胡适书中的缺点，他说："这书第二个缺点，是写时代太不对了。胡先生对于春秋以前的书，只相信一部《诗经》，他自己找一个枯窘题套上自己。胡先生拿《采薇》、《大东》、《伐檀》、《硕鼠》诸诗，指为忧时的孔墨、厌世的庄周、纵欲的杨朱、愤世的许行……思想渊源所从出，简直像是说辛幼安《摸鱼儿》、姜白石的《暗香》、《疏影》和胡适之的哲学大纲有什么连络关系，岂不可笑？"

台上的梁启超，并没有因为台下的胡适有所客气，他的批评直截了当，言辞犀利。他说："这部书讲墨子荀子最好，讲孔子庄子最不好。总说一句，凡关于知识论方面，到处发见石破天惊的伟论，凡关于宇宙观人生观方面，十有九很浅薄或谬误。"

梁启超天津故居

应该说，此时在台上演讲的梁启超，比起以前，思想发生了重大的变迁，此时的他，对于孔子是极力推崇的，他说："胡君所攻击的，纯是无的放矢。……我还记得《胡适文存》里头有一篇说什么'专打孔家店'的话，我以为这种闲言语以少讲为是。辩论问题，原该当仁不让，对于对面的人格总要表相当敬礼，若是嬉笑怒骂，便连自己言论的价值都减损了。"

当着胡适的面，说这样重的批评的话，梁启超着实是一点面子也没有留给胡适。做完演讲之后，梁启超还留了充分的时间，给胡适辩白。

胡适笑眯眯地走上台，首先表达了自己对梁启超批评的谢意。他觉得，中国哲学史正在草创时期，观点不嫌多。对梁启超所举中国古代哲学衰亡原因的两种补充：秦汉之际思想由奔湍变为大湖泊；平原民族性爱中庸厌走极端，评价为很大贡献。

对于梁启超认为他的"观点不同"，胡适做了这样的发挥："欧洲中古时代，教会中讨论一个神学问题时，于护法的主张之外，常设一个'魔鬼的辩护士（advocatus diaboli）'代表反对的论调……因此，我觉得孔子的学说受了二千年的尊崇，有了那么多的护法神了，这个时候，我来做一个小小的advocatus diaboli，大概也还可以罢？……梁先生常说我的时代观念太分明了。这一点我不但不讳，还常常自夸……我决不会把孔子、庄子说成有同样的主张，同主张'万物与我并生，而天地与我为一'……梁先生今天的教训，就使我们知道哲学史上学派的解释，是可以有种种不同的观点的。"

最后胡适说："中国哲学史正在草创时期，观点不嫌多。梁先生今天的教训，就使我们知道哲学史上学派的解释，是可以有种种不同的观点的。我希望许多不同的观点都来亮相，再希望将来的学者多加上考虑的功夫，使中国哲学史不致被一二人的偏见遮蔽了！"

这次的演讲，在当时引起了盛况空前的讨论，两人对于史实的认知，可谓是见仁见智，由此可见，两人之间的分歧，也呈现出来，梁启超挑战到门前，为学问不顾及"人情世故"，他的直接、率真，使人佩服。胡适作为后辈，虽然对梁启超批评自己的方式并不满意，对他的演讲内容也颇有腹诽，但是他不失风度的反驳，也足可以看出他的雅量海涵。

国学书目引起的争议

1923年，胡适响应清华留美学生的请求，为清华大学的学生拟一个"最低限度"的国学书目，发表在《读书杂志》第7期上。胡适的目的"并不为国学很有根柢的人设想，只为想得一点系统国学知识的人设想"。书目包括三个部分：一是工具部：有《书目举要》、《书目答问》等15种；二是思想部：有《老子》、《庄子》等91种；三是文学史部：有《诗经集传》、《诗经通论》等78种。总计184种。

一个最低限度的国学书目

文／胡适

序言

这个书目是我答应清华学校胡君敦元等四个人拟的。他们都是将要往外国留学的少年。很想在短时期中得着国故学的常识。所以我拟这个书目的时候，并不为国学有根柢的人设想，只为普通青年人想得一点系统的国学知识的人设想。这是我要声明的第一点。

这虽是一个节目，却也是一个法门。这个法门可以叫做"历史的国学研究法"，这四五年来，我不知收到多少青年朋友询问"治国学有何门径"的信。我起初也学着老前辈们的派头，劝人从"小学"入手，劝人先通音韵训诂。我近来忏悔了！那种话是为专家说的，不是为初学人说的;是学者装门面的话，不是教育家引人入胜的法子。音韵训诂之学自身还不曾整理出个头绪系统来，如何可作初学人的入手工夫?十几年的经验使我不能不承认音韵训诂之学只可以作"学者"的工具，而不是"初学"的门径。老实说来，国学在今日还没有门径可说;那些国学有成绩的人大都是下死工夫笨干出来的。死工夫固是重要，但究竟不是初学的门径。对初学人说法，须先引起他的真兴趣，他然后肯下死工夫。在这个没有门径的时候，我曾想出一个下手方法来：就是用历史的线索做我们的天然系统，用这个天然继续演进的顺序做我们治国学的历程。这个书目便是依着这个观念做的。这个书目的顺序便是下手的法门。这是我要声明的第二点。

这个书目不单是为私人用的，还可以供一切中小学校图书馆及地方公共图

梁启超主编的时务报

书馆之用。所以每部书之下，如有最易得的版本，皆为注出。

（一）工具之部

《书目举要》（周贞亮，李之鼎）南城宜秋馆本。这是书目的书目。

《书目答问》（张之洞）刻本甚多，近上海朝记书庄有石印"增辑本"，最易得。

《四库全书总目提要》附存目录广东图书馆刻本，又点石斋石印本最方便。

《汇刻书目》（顾修）顾氏原本已不适用，当用朱氏增订本，或上海北京书店翻印本，北京有益堂翻本最廉。

《续汇刻书目》（罗振玉）双鱼堂刻本。

《史姓韵编》（汪辉祖）刻本稍贵，石印本有两种。此为《二十四史》的人名索引，最不可少。

《中国人名大辞典》商务印书馆。

《历代名人年谱》（吴荣光）北京晋华书局新印本。

《世界大事年表》（傅运森）商务印书馆。

《历代地理韵编》，《清代舆地韵编》（李兆洛）广东图书馆本，又坊刻《李氏五种》本。

《历代纪元编》（六承如）《李氏五种》本。

《经籍纂诂》（阮元等）点石斋石印本可用。读古书者，于寻常典外，应备此书。

《经传释词》（王引之）通行本。

《佛学大辞典》（丁福保等译编）上海医学书局

（二）思想史之部

《中国哲学史大纲》上卷（胡适）商务印书馆。

二十二子：

《老子》《庄子》《管子》《列子》《墨子》《荀子》《尸子》《孙子》《孔子集语》《晏子春秋》《吕氏春秋》《贾谊新书》《春秋繁露》《扬子法

言》《文子缵义》《黄帝内经》《竹书纪年》《商君书》《韩非子》《淮南子》《文中子》《山海经》浙江公立图书馆（即浙江书局）刻本。上海有铅印本亦尚可用。汇刻子书，以此部为最佳。

《四书》（《论语》，《大学》，《中庸》，《孟子》）最好先看白文，或用朱熹集注本。

《墨子间诂》（孙诒让）原刻本，商务印书馆影印本。

《庄子集释》（郭庆藩）原刻本，石印本。

《荀子集注》（王先谦）原刻本，石印本。

《淮南鸿烈集解》（刘文典）商务印书馆出版。

《春秋繁露义证》（苏舆）原刻本。

《周礼》通行本。

《论衡》（王充）通津草堂本（商务印书馆影印）;湖北崇文书局本。

《抱朴子》（葛洪）《平津馆丛书》本最佳，亦有单行的;湖北崇文书局本。

《四十二章经》金陵刻经处本。以下略举佛教书。

《佛遗教经》同上。

《异部宗轮论述记》（窥基）江西刻经处本。

《大方广佛华严经》（东晋译本）金陵刻经处。

《妙法莲华经》（鸠摩罗什译）同上。

《船若纲要》（葛彗）《大般若经》太繁，看此书很够了。扬州藏经院本。

《般若波罗密多心经》（玄奘译）《金刚般若波罗密经》（鸠摩罗什译，菩提流支译，真谛译）以上两书，流通本最多。

《阿弥陀经》（鸠摩罗什译）此书译本与版本皆极多，金陵刻经处有《阿弥陀经要解》（智旭）最便。

《大方广圆觉了义经》（即《圆觉经》）（佛陀多罗译）金陵刻经处白文本最好。

《十二门论》（鸠摩罗什译）金陵刻经处本。

《中论》（同上）扬州藏经院本。

以上两种，为三论宗"三论"之二。

《三论玄义》（隋吉藏撰）金陵刻经处本。

《大乘起信论》（伪书）此虽是伪书，然影响甚大。版本甚多，金陵刻经处有沙门真界纂注本颇便用。

梁启超曾经发表过文章的新民丛报

《大乘起信论考证》（梁启超）此书介绍日本学者考订佛书真伪的方法，甚有益。商务印书馆将出版。

《小止观》（一名《童蒙止观》，智觊撰）天台宗之书不易读，此书最便初学。

金陵刻经处本。

《相宗八要直解》（智旭直解）金陵刻经处本。

《因明入正理论疏》（窥基直疏）金陵刻经处本。

《大慈恩寺三藏法师传》（慧立撰）玄奘为中国佛教史上第一伟大人物，此传为中国传记文学之大名著。常州天宁寺本。

《华严原人论》（宗密撰）有正书局有合解本，价最廉。

《坛经》（法海录）流通本甚多。

《古尊宿语录》此为禅宗极重要之书，坊间现尚无单行刻本。

《大藏经》缩刷本腾字四至六。

《宏明集》（梁僧祐集）此书可考见佛教在晋宋齐梁士大夫间的情形。金陵刻经处本。

《韩昌黎集》（韩愈）坊间流通本甚多。

《李文公集》（李翱）三唐人集本。

《柳河东集》（柳宗元）通行本。

《宋元学案》（黄宗羲，全祖望等）冯云濠刻本，何绍基刻本，光绪五年长沙重印本。坊间石印本不佳。

《明儒学案》（黄宗羲）莫晋刻本最佳。坊间通行有江西本，不佳。

以上两书，保存原料不少，为宋明哲学最重要又最方便之书。此下所列，乃是补充这两书之缺陷，或是提出几部不可不备的专家集子。

《直讲李先生集》（李觏）商务印书馆印本。

《王临川集》（王安石）通行本。商务印书馆影印本。

《二程全书》（程颢、程颐）六安涂氏刻本。

《朱子全书》（朱熹）六安涂氏刻本；商务印书馆影印本。

《朱子年谱》（王懋竑）广东图书馆本，湖北书局本。此书为研究朱子最不可少之书。

《陆象山全集》

《陈龙川全集》（陈亮）通行本。

《叶水心全集》（叶适）通行本。

《王文成公全书》（王守仁）浙江图书馆本。

《困知记》（罗钦顺）嘉庆四年翻明刻本。正谊堂本。

《王心斋先生全集》（王艮）近年东台袁氏编订排印本最好，上海国学保存会寄售。

《罗文恭公全集》（罗洪先）雍正间刻本，《四库全书》本与此不同。

《胡子衡齐》（胡直）此书为明代哲学中一部最有条理又最有精彩之书。《豫章丛书》本。

《高子遗书》（高攀龙）无锡刻本。

《学蔀通辨》（陈建）正谊堂本。

《正谊堂全书》（张伯行编）这部丛书搜集程朱一系的书最多，欲研究"正统派"的哲学的，应备一部，全书六百七十余卷，价约三十元。初刻本已不可得，现行者为同治间初刻本。

《清代学术概论》（梁启超）商务印书馆。

《日知录》（顾炎武）用黄汝成《集释》本。通行本。

《明夷待访录》（黄宗羲）单行本。扫叶山房《梨洲遗著汇刊》本。

《张子正蒙注》（王夫之）《船山遗书》本。

《思问录内外篇》（王夫之）同上。

《俟解》一卷，《噩梦》一卷（王夫之）同上。

《颜李遗书》（颜元，李塨恭）《畿辅丛书》本可用。北京四存学会增补全书本。

《费氏遗书》（费密）成都唐氏刻本。（北京大学出版部寄售）《孟子字义疏证》（戴震）《戴氏遗书》本。国学保存会有铅印本，但已卖缺了。

《章氏遗书》（章学诚）浙江图书馆排印本，上海刘翰怡新刻全书本。

《章实斋年谱》（胡适）商务印书馆出版。

《崔东壁遗书》（崔述）道光四年陈履和刻本;《畿辅丛书》本只有《考信录》，也可够用了。全书现由亚东图书馆重印，不久可出版。

《汉学商兑》（方东树）此书无甚价值，但可考见当日汉宋学之争。单行本，朱氏《槐庐丛书》本。

《汉学师承记》（江藩）通行本，附《宋学师承记》。

《新学伪经考》（康有为）光绪辛卯初印本;新刻本只增一序。

《史记探原》（崔适）初刻本;北京大学出版部排印本。

《章氏丛书》（章炳麟）康宝忠等排印本;浙江图书馆刻本。

（三）文学史之部

《诗经集传》（朱熹）通行本。

《诗经通论》（姚际恒）闻商务印书馆将重印。

《诗本谊》（龚橙）浙江图书馆《半广丛书》本。

《诗经原始》（方玉润）闻商务印书馆不久将有重印本。

《诗毛氏传疏》（陈奂）《清经解续编》卷七百七十八以下。

《檀弓》《礼记》第二篇。

《春秋左氏传》通行本。

《战国策》商务印书馆有铅印补注本。

《楚辞集注》，附《辨证后语》（朱熹）通行本;扫叶山房有石印本。

《全上古三代秦汉三国六朝文》（严可均编）广雅书局本。此书搜集最富，远胜于张溥的《汉魏六朝百三家集》。

《全汉三国晋南北朝诗》（丁福保编）上海医学书局出版。

《古文苑》（章樵注）江苏书局本。

《续古文苑》（孙星衍编）江苏书局本。

《文选》（萧统编）上海会文堂有石印胡刻李善注本最方便。

《文心雕龙》（刘勰）原刻本;通行本。

《乐府诗集》（郭茂倩编）湖北书局刻本。

《唐文粹》（姚铉编）江苏书局本。

《唐文粹补遗》（郭麟编）同上。

《全唐诗》（康熙朝编）扬州原刻本，广州本，石印本，五代词亦在此中。

《宋文鉴》（吕祖谦编）江苏书局本。

《南宋文范》（庄仲方编）同上。

《南宋文录》（董兆兆编）同上。

《宋诗抄》（吕留良、吴之振等编）商务印书馆本。

《宋诗抄补》（管庭芬等编）商务印书馆本。

《宋六十家词》（毛晋编）汲古阁本，广州刊本，上海博古斋石印本。

《四印斋王氏所刻宋元人词》（王鹏运编刻）原刻本，板存北京南阳山房。

《疆村所刻词》（朱祖谋编刻）原刻本。王朱两位刻的词集都很精，这是近人对于文学史料上的大贡献。

《太平乐府》（杨朝英编）（四部丛刊）本。

《阳春白雪》（杨朝英编）南陵徐氏《随庵丛书》本。

以上两种为金元人曲子的选本。

《董解元弦索西厢》（董解元）刘世衍《暖红室汇刻传奇》本。

《元曲选一百种》（臧晋叔编）商务印书馆有影印本。

《金文最》（张金吾编）江苏书局本。

《元文类》（苏天爵编）同上。

《宋元戏曲史》（王国维）商务印书馆本。

《京本通俗小说》这是七种南宋的话本小说，上海瞭罩隐庐《烟画东堂小品》本。

《宣和遗事》《士礼居丛书》本;商务印书馆有排印本。

《五代史平话》残本董康刻本。

《明文在》（薛熙编）江苏书局本。

《列朝诗集》（钱谦益编）国学保存会排印本。

《明诗综》（朱彝尊编）原刻本。

《六十种曲》（毛晋编刻）汲古阁本。此书善本已不易得。

《盛明杂剧》（沈泰编）董康刻本。

《暖红室汇刻传奇》（刘世珩编刻）原刻本。

《笠翁十二种曲》（李渔）原刻巾箱本。

《九种曲》（蒋士铨）原刻本。

《桃花扇》（孔尚任）通行本。

《长生殿》（洪升）通行本。

清代戏曲多不胜举;故举李蒋两集，孔洪两种历史戏，作几个例而已。

《曲苑》上海古书流通处（？）编印本。此书汇集关于戏曲的书十四种，中如焦循《剧说》，如梁辰鱼《江东白苎》，皆不易得。石印本价亦廉，故存之。

《缀白裘》这是一部传奇选本，虽多是零篇，但明末清初的戏曲名著都有代表的部分存在此中。在戏曲总集中，这也是一部重要书了。通行本。

《曲录》（王国维）《晨风阁丛书》本。

《湖海文传》（王昶编）所选都是清朝极盛时代的文章，最可代表清朝"学者的文人"的文学。原刻本。

《湖海诗传》（王昶编）原刻本。

《鲒埼亭集》（全祖望）借树山房本。

《惜抱轩文集》（姚鼐）通行本。

《大云山房文稿》（恽敬）四川刻本，南昌刻本。

《文史通义》（章学诚）贵阳刻本，浙江局本，铅印本。

《龚定庵全集》（龚自珍）万本书堂刻本。国学扶轮社本。

《曾文正公文集》（曾国藩）《曾文正全集》本。

清代古文专集，不易选择；我经过很久的考虑，选出全，姚，恽，章，龚，曾六家来作例。

《吴梅村诗》（吴伟业）《梅村家藏稿》（董康刻本，商务印书馆影印本）本，无注，此外有靳荣藩《吴诗集览》本，有吴翌凤《梅村诗集笺注》本。

《瓯北诗钞》（赵翼）《瓯北全集》本，单行本。

《两当轩诗钞》（黄景仁）光绪二年重刻本。

《巢经巢诗抄》（郑珍）贵州刻本；北京有翻刻本，颇有误字。

《秋蟪吟馆诗钞》（金和）铅印全本；家刻本略有删减。

《人境庐诗钞》（黄遵宪）日本铅印本。

清代诗也很难选择。我选梅村代表初期，瓯北与仲则代表乾隆一期；郑子尹与金亚匏代表道咸同三期；黄公度代表末年的过渡时期。

明清两朝小说：

《水浒传》亚东图书馆三版本。

《西游记》（吴承恩）亚东图书馆再版本。

《三国志》亚东图书馆本。

《儒林外史》（吴敬梓）亚东图书馆四版本。

《红楼梦》（曹雪芹）亚东图书馆三版本。

《水浒后传》（陈忱，自署古宋遗民）此书借宋徽钦二帝事来写明末遗民的感慨，是一部极有意义的小说。亚东图书馆《水浒续集》本。

《镜花缘》（李汝珍）此书虽有"掉书袋"的毛病，但全篇为女子争平等的待遇，确是一部很难得的书。亚东图书馆本。

以上各种，均有胡适的考证或序，搜集了文学史的材料不少。《今古奇观》，通行本。可代表明代的短篇。

《三侠五义》此书后经俞樾修改，改名《七侠五义》。此书可代表北方的义侠小说。旧刻本，《七侠五义》流通本较多。亚东图书馆不久将有重印本。

《儿女英雄传》（文康）蜚英馆石印本最佳；流通本甚多。

《九命奇冤》（吴沃尧）广智书局铅印本。

《恨海》（吴沃尧）通行本甚多。

《老残游记》（刘鹗）商务印书馆铅印本。

以上略举十三种，代表四五百年的小说。

（跋）文学史一部，注重总集；无总集的时代，或总集不能包括的文人，始举别集。因为文集太多，不易收买，尤不易遍览，故为初学人及小图书馆计，皆宜先从总集下手。

胡适的书目通俗而具有代表性，但是在梁启超看来，却不是那么一回事情，针对胡适的书目，他立刻写了一篇《评胡适之的"一个最低限度的国学书目"》进行反驳和批评。

评胡适之"一个最低限度的国学书目"

文/梁启超

胡君这书目，我是不赞成的，因为他文不对题。胡君说："并不为国学有根柢的人着想，只为普通青年人想得一点系统的国学知识的人设想。"依我看，这个书目，为"国学已略有根柢而知识绝无系统"的人说法，或者还有一部分适用。我想，《清华周刊》诸君，所想请教胡君的并不在此，乃是替那些"除欲读商务印书馆教科书之外没有读过一部中国书"的青年们打算。若我所猜不错，那么，胡君答案，相隔太远了。

胡君致误之由，第一在不顾客观的事实，专凭自己主观为立脚点。胡君正在做《中国哲学史》、《中国文学史》，这个书目正是表示他自己思想的路径，和所凭的资料（对不对又另是一问题，现在且不讨论）。殊不知一般青年，并不是人人都要做哲学史家、文学史家。不是做哲学史家、文学史家，这里头的书什有七八可以不读。真要做哲学史、文学史家，这些书却又不够了。

胡君第二点误处，在把应读书和应备书混为一谈，结果不是个人读书最低

梁启超和家人

限度，却是私人及公共机关小图书馆之最低限度（但也不对，只好说是哲学史、文学史家私人小图书馆之最低限度）。殊不知青年学生（尤其清华），正苦于跑进图书馆里头不知读什么书才好，不知如何读法，你给他一张图书馆书目，有何用处？何况私人购书，谈何容易？这张书目，如何能人人购置？结果还不是一句废话吗？

我最诧异的：胡君为什么把史部书一概屏绝？一张书目名字叫做"国学最低限度"，里头有什么《三侠五义》、《九命奇冤》，却没有《史记》、《汉书》、《资治通鉴》，岂非笑话？若说《史》、《汉》、《通鉴》是要"为国学有根柢的人设想"才列举，恐无此理。若说不读《三侠五义》、《九命奇冤》，便够不上国学最低限度，不瞒胡君说，区区小子便是没有读过这两部书的人。我虽自知学问浅陋，说我连国学最低限度都没有，我却不服。

平心而论，做文学史（尤其做白话文学史）的人，这些书自然应该读，但胡君如何能因为自己爱做文学史，便强一般青年跟着你走？譬如某人喜欢金石学，尽可将金石类书列出一张系统的研究书目；某人喜欢地理学，尽可以将地理类书列出一张系统的研究书目，虽然只是为本行人说法，不能应用于一般。依我看，胡君所列各书，大半和《金石萃编》、《恪斋集古录》、《殷墟书契考释》（金石类书），《水道提纲》、《朔方备乘》、《元史释文证补》（地理类书）等同一性质，虽不是不应读之书，却断不是人人必应读之书。胡君复《清华周刊》信说："我的意思是要一班留学生，知道《元曲选》等，是应该知道的书。"依着这句话，留学生最少也该知道《殷墟书契考释》、《朔方备乘》……是应该知道的书。那么将一部《四库全书总目》搬字过纸，更列举后出书千数百种便了，何必更开最低限度书目？须知"知道"是一件事，"必读"又别是一件事。

我的主张，很是平淡无奇。我认定史部书为国学最主要部分，除先秦几部经书几部子书之外，最要紧的便是读正史、通鉴、宋元明纪事本末和九通中一部分，以及关系史学之笔记文集等，算是国学常识，凡属中国读书人都要读的。有了这种常识之人不自满足，想进一步做专门学者时，你若想做哲学史家、文学史家，你就请教胡君这张书目；你若想做别一项专门家，还有许多门我也可以勉强照胡君样子，替你另开一张书目哩。

胡君对于自己所好的两门学问，研究甚深，别择力甚锐，以为一般青年也该如此，不必再为别择，所以把许多书目胪列出来了。试想一百多册的《正谊堂全集》千篇一律的"理气性命"，叫青年何从读起？何止《正谊堂》，即以浙刻《二十二子》论，告诉青年说这书该读，他又何从读起？至于其文学史之部，所列《全上古三代秦汉三国六朝文》、《全汉三国晋南北朝诗》、《古文苑》、《续古文苑》、《唐文粹》、《全唐诗》、《宋文鉴》、《南宋文范》、《南宋文录》、《宋诗钞》、《宋六十家词》、《四印斋宋元词》、《疆村所刻词》、《元曲选百种》、《金文最》、《元文类》、《明文类》、《列朝诗集》、《明诗综》、《六十种曲》等书，我大略估计，恐怕总数在一千册以上，叫人从何读起？青年学生因我们是为"老马识途"，虚心请教，最少也应告诉他一个先后次序，例如唐诗该先读某家，后读某家，不能说你去读全唐诗便了。宋词该先读某家，后读某家，不能说请你把王幼霞朱古微所刻的都读。若说你全部读过后自会别择，诚然不错，只怕他索性不读了。何况青年若有这许多精力日力来读胡君指定的一千多册文学书，何如用来读二十四史、九通呢？

还有一层，胡君忘却学生若没最普通的国学常识时，有许多书是不能读的。试问连《史记》没有读过的人，读崔适《史记探源》，懂他说的什么？连《尚书》、《史记》、《礼记》、《国语》没有读过的人，读崔述《考信录》，懂他说的什么？连《史记·儒林传》、《汉书·艺文志》没有读过的人，读康有为《新学伪经考》，懂他说的什么？这不过随手举几个例，其他可以类推。假如有一位学生（假定还是专门研究思想史的学生），敬谨遵依胡君之教，顺着他所列书目读去，他的书明明没有《尚书》、《史记》、《汉书》这几部书，你想这位学生，读到崔述、康有为、崔适的著述时，该怎么样狼狈呢？

胡君之意，或者以这位学生早已读过《尚书》、《史记》、《汉书》为前提，以为这样普通书，你当然读过，何必我说？那么，《四书》更普通，何以又列入呢？总而言之，《尚书》、《史记》、《汉书》、《资治通鉴》为国学最低限度不必要之书，《正谊堂全集》、《缀白裘》、《儿女英雄传》，反是必要之书，真不能不算石破天荒的怪论（思想史之部，连《易经》也没有，什么缘故，我也要求胡君答复）。

总而言之，胡君这篇书目，从一方面看，嫌他墨漏太多，从别方面看，嫌他博而寡要，我认为是不可用的。

针对胡适开出的书目，梁启超有很多的意见，除了给写了这篇文章阐述自己的观点之外，梁启超也列出了一个最低限度必读书目，并且仔细分了甲、乙、丙、丁、戊五类图书，共计两个书目，133种。这些书目分类详细，条理清楚，指向明确，对于今天的国学研究者或者是对于国学感兴趣的人，依然能够提供很多的帮助。

国学入门：书目及其读法

文 / 梁启超

序

两月前《清华周刊》记者以此题相属，蹉跎久未报命。顷独居翠微山中，行箧无一书，而记者督责甚急，乃竭三日之力，专凭忆想所及草斯篇。漏略所不免，且容有并书名亦忆错误者，他日当更补正也。

中华民国十二年四月二十六日，启超作于碧摩岩揽翠山房

甲修养应用及思想史关系书类

◎《论语》《孟子》

《论语》为二千年来国人思想之总源泉。《孟子》自宋以后势力亦与相埒。此二书可谓国人内的外的生活之支配者，故吾希望学者熟读成诵。即不能，亦须翻阅多次，务略举其辞，或摘记其身心践履之言以资修养。

《论语》、《孟子》之文，并不艰深，宜专读正文，有不解处，方看注释。注释之书，朱熹《四书集注》，为其生平极矜慎之作，可读。但其中有堕入宋儒理障处，宜分别观之。清儒注本，《论语》则有戴望《论语》注，《孟子》则有焦循《孟子正义》最善。戴氏服膺颜习斋之学，最重实践，所注似近孔门真际；其训诂亦多较朱注为优。其书简洁易读。焦氏服膺戴东原之学，其《孟子正义》在清儒诸经新疏中为最佳本，但文颇繁。宜备置案头，遇不解时或有所感时，则取供参考。

戴震《孟子字义疏证》，乃戴氏一家哲学，并非专为注释《孟子》而作。但其书极精辟，学者终须一读。最好是于读《孟子》时并读之，既知戴学纲领，亦可以助读《孟子》之兴味。

焦循《论语通释》，乃摹仿《孟子字义疏证》而作，将全部《论语》拆散，标举重要诸义，如言仁、言忠恕……等，列为若干目，通观而总诠之，可称治《论语》之一良法，且可应用其法以治他书。

万国公报后改名中外纪闻

上两书篇页皆甚少，易读。

陈沣《东塾读书记》中读《孟子》之卷，取《孟子》学说分项爬疏，最为精切。其书不过二三十页（？），宜一读以观前辈治学方法，且于修养亦有益。

◎《易经》

此书为孔子以前之哲学书，孔子为之注解，虽奥衍难究，然总须一读。吾希望学者将《系辞传》《文言传》熟读成诵；其《卦象传》六十四条，则用别纸抄出，随时省览。

后世说《易》者言人人殊。为修养有益起见，则程颐之《程氏易传》差可读。

说《易》最近真者，吾独推焦循。其所著《雕菰楼易学》三书（《易通释》、《易图略》、《易章句》）皆称精诣。学者如欲深通此经，可取读之，否则可以不必。

◎《礼记》

此书为战国及西汉之"儒家言"丛编，内中有极精纯者，亦有极破碎者。吾希望学者将《中庸》《大学》《礼运》《乐记》四篇熟读成诵，《曲礼》《王制》《檀弓》《礼器》《学记》《坊记》《表记》《缁衣》、《儒衣》《大传》《祭义》《祭法》《乡饮酒义》诸篇多浏览数次，且摘录其精要语。若欲看注解，可看《十三经注疏》内郑注孔疏。《孝经》之性质与《礼记》同，可当《礼记》之一篇读。

◎《老子》

道家最精要之书，希望学者将此区区五千言熟读成诵。注释书未有极当意者，专读白文自行寻索为妙。

◎《墨子》

孔墨在先秦时，两圣并称，故此书非读不可。除《备城门》以下各篇外，余篇皆宜精读。注释书以孙诒让《墨子间诂》为最善，读《墨子》宜即读此本。《经上下》《经说上下》四篇，有张惠言《墨子经说解》及梁启超《墨

梁启超和子女

经》两书可参观，但皆有未精惬处，《小取篇》有胡适新诂可参阅。梁启超《墨子学案》属通释体裁，可参阅助兴味，但其书为临时讲义，殊未精审。

◎《庄子》

《内篇》七篇及《杂篇》中之《天下篇》最为当精读。注释有郭庆藩之《庄子集释》差可。

◎《荀子》

《解蔽》《正名》《天论》《正论》《性恶》《礼论》《乐论》诸篇最当精读。余亦须全部浏览。注释书王先谦《荀子注》甚善。

◎《尹文子》《慎子》《公孙龙子》

今存者皆非完书。但三子皆为先秦大哲，虽断简亦宜一读；篇帙甚少，不费力也。《公孙龙子》之真伪，尚有问题。三书皆无善注。《尹文子》《慎子》易解。

◎《韩非子》

法家言之精华，须全部浏览。（其特别应精读之诸篇，因手边无原书，举恐遗漏，他日补列。）注释书王先谦《韩非子集释》差可。

◎《管子》

战国末年人所集著者，性质颇杂驳，然古代各家学说存其是者颇多，宜一浏览。注释书戴望《管子校正》甚好。

◎《吕氏春秋》

此为中国最古之类书，先秦学说存其中者颇多，宜浏览。

◎《淮南子》

此为秦汉间道家言荟萃之书，宜稍精读。注释书闻有刘文典《淮南鸿烈集解》颇好。

◎《春秋繁露》

此为西汉儒家代表的著作，宜稍精读。注释书有苏舆《春秋繁露义证》颇好。康有为之《春秋董氏学》，为通释体裁，宜参看。

◎《盐铁论》

此书为汉代儒家法家对于政治问题对垒抗辩之书，宜浏览。

◎《论衡》

此书为汉代怀疑派哲学，宜浏览。

◎《抱朴子》

此书为晋以后道家言代表作品，宜浏览。

◎《列子》

晋人伪书，可作魏晋间玄学书读。

上所列为汉晋以前思想界之重要著作，六朝隋唐间思想界著光采者为佛学，其书目当别述。以下举宋以后学术之代表书，但为一般学者节省精力计，不愿多举也。

◎《近思录》朱熹著江永注

读此书可见程朱一派之理学其内容何如。

◎《朱子年谱》，附朱子《论学要语》，王懋竑著

此书叙述朱学全面目最精要，最精要有条理。

若欲研究程朱学派，宜读二程《遗书》及朱子《语类》。非专门斯业者可置之。

南宋时与朱学对峙者尚有吕东莱之文献学一派，陈龙川、叶水心之功利主义一派，及陆象山之心学一派，欲知其详，宜读各人专集。若观大略，可求诸《宋元学案》中。

◎《传习录》王守仁语徐爱钱德洪等记

读此可知王学梗概。欲知其详，宜读《王文成公全书》。因阳明以知行合一为教，要合观学问事功，方能看出其全部人格，而其事功之经过，具见集中各文。故《阳明集》之重要，过于朱、陆诸集。

◎《明儒学案》黄宗羲著

◎《宋元学案》黄宗羲初稿全祖望王梓材两次续成

此二书为宋元明三朝理学之总记录，实为创作的学术史。《明儒学案》中姚江、江右、王门、泰州、东林、蕺山诸案最精善。《宋元学案》中象山案最精善，横渠、二程、东莱、龙川、水心诸案亦好，晦翁案不甚好。百源（邵雄）、涑水（司马光）诸案失之太繁，反不见其真相，末附王安石《荆公新学略》最坏。因有门户之见，故为排斥，欲知荆公学术，宜看《王临川集》。

此二书卷帙虽繁，吾总望学者择要浏览，因其为六百年间学术之总汇，影响于近代甚深。且汇诸家为一编，读之不甚费力也。

清代学术史，可惜尚无此等佳著。唐鉴之《国朝案小识》，以清代最不振之程朱学派为立脚点，偏狭固陋，万不可读。江藩之《国朝汉学师承记》《国朝宋学渊源记》，亦学案体裁，较好。但江氏常识亦凡庸，殊不能叙出各家独到之处，万不得已，姑以备参考而已。启超方有事于《清儒学案》，汗青尚无期也。

◎《日知录》《亭林文集》顾炎武著

顾亭林为清学开山第一人，其精力集注于《日知录》，宜一浏览。读文集中各信札，可见其立身治学大概。

◎《明夷待访录》黄宗羲著

黄梨洲为清初大师之一，其最大贡献在两《学案》。此小册可见其政治思想之大概。

◎《思问录》王夫之著

王船山为清初大师之一，非通观全书，不能见其精深博大。但卷帙太繁，非别为系统的整理，则学者不能读。聊举此书发凡，实不足以代表其学问之全部也。

◎《颜氏学记》戴望编

颜习斋为清初大师之一。戴氏所编学记，颇能传其真。徐世昌之《颜李学》亦可供参考，但其所集《习斋语要》《恕谷（李塨）语要》，将攻击宋儒语多不录，稍失其真。

顾、黄、王、颜四先生之学术，为学者所必须知，然其著述皆浩博，或散佚，不易寻绎。启超行将为系统的整理记述，以飨学者。

◎《东原集》戴震著

◎《雕菰楼集》焦循著

戴东原、焦理堂为清代经师中有精深之哲学思想者，读其集可知其学，并知其治学方法。启超所拟著之《清儒学案》《东原理学》两案，正在属稿中。

◎《文史通义》章学诚著

此书虽以文史标题，实多论学术流别，宜一读。胡适著《章实斋年谱》，可供参考。

◎《大同书》康有为著

南海先生独创之思想在此书，曾刊于《不忍杂志》中。

◎《国故论衡》章炳麟著

可见章太炎思想之一斑，其详当读《章氏遗书》。

◎《东西文化及其哲学》梁漱溟著

有偏宕处，亦有独到处。

◎《中国哲学史大纲》上卷胡适著

◎《先秦政治思想史》梁启超著

将读先秦经部、子部书，宜先读此两书，可引起兴味，并启发自己之判断力。

◎《清代学术概论》梁启超著

欲略知清代学风，宜读此书。

乙政治史及其他文献学书类

◎《尚书》

内中唯二十八篇是真书，宜精读。但其文佶屈赘牙，不能成诵亦无妨。余篇属晋人伪撰，一浏览便足。（真伪篇目，看启超所著《古书之真伪及其年代》，日内当出版。）此书非看注释不能解，注释书以孙星衍之《尚书今古文注疏》为最好。

◎《逸周书》

此书真伪参半，宜一浏览。注释书有朱右曾《逸周书集训校释》颇好。

◎《竹书纪年》

此书现通行者为元、明人伪撰。其古本，清儒辑出者数家，王国维所辑最善。

◎《国语》《春秋左氏传》

此两书或本为一书，由西汉人析出（？），宜合读之。《左传》宜选出若干篇熟读成诵，于学文甚有益。读《左传》宜参考顾栋高《春秋大事表》，可以得治学方法。

◎《战国策》

宜选出若干篇熟读，于学文有益。

◎《周礼》

此书西汉末晚出。何时代人所撰，尚难断定。唯书中制度，当有一部分为周代之旧，其余亦战国秦汉间学者理想的产物，故总宜一读。注释书有孙诒让《周礼正义》最善。

◎《考信录》崔述著

此书考证三代史事实最谨严，宜一浏览，以为治古史之标准。

◎《资治通鉴》

此为编年政治史最有价值之作品。虽卷帙稍繁，总希望学者能全部精读一过。若苦干燥无味，不妨仿《春秋大事表》之例，自立若干门类，标治摘记作将来著述资料。（吾少时曾用此法，虽无成书，然增长兴味不少）。

王船山《读通鉴论》，批评眼光，颇异俗流，读《通鉴》时取以并读，亦助兴之一法。

◎《续资治通鉴》毕沅著

此书价值远在司马光原著之下，自无待言。无视彼更优者，姑以备数耳。或不读《正续资治通鉴》，而读《九种纪事本末》亦可。要之非此则彼，必须有一书经目者。

◎《文献通考》《续文献通考》《皇朝文献通考》

三书卷帙浩繁，今为学者摘其要目：《田赋考》、《户口考》、《职役考》、《市籴考》、《征榷考》、《国用考》、《钱币考》、《兵考》、《刑考》、《经籍考》、《四裔考》，必须读。《王礼考》、《封建考》、《象纬考》，……绝对不必读。其余或读或不读随人。（手边无原书，不能具记其目，有漏略当校补。）各人宜因其所嗜，择类读之。例如，欲研究经济史、财政史者，则读前七才考。余仿此。马氏《文献通考》，本依仿杜氏《通典》而作，若尊创作，应举《通典》。今舍彼取此者，取其资料较丰富耳。吾辈读旧史，所贵者唯在原料，炉锤组织，当求之在我也。

《两汉会要》《唐会要》《五代会要》，可与《通考》合读。

◎《通志二十略》

郑渔仲史识、史才，皆迈寻常。《通志》全书卷帙繁，不必读。二十略则其精神所聚，必须浏览，其中与《通考》门类同者或可省。最要者，《氏族略》《六书略》《七音略》《校雠略》等篇。

◎《二十四史》

《通鉴》《通考》，已浩无涯矣，更语及庞大之《二十四史》，学者几何不望而却步！然而，《二十四史》终不可不读。其故有二：（一）现在既无满意之通史，不读《二十四史》，无以知先民活动之遗迹；（二）假令虽有佳的通史出现，然其书自有别裁，《二十四史》之原料，终不能全行收入，以故《二十四史》终久仍为国民应读之书。

书既应读，而又浩瀚难读，则如之何？吾今试为学者拟摘读之法数条：

一曰就书而摘。《史记》、《汉书》、《后汉书》、《三国志》，俗称四史。其书皆大史学家一手著连，体例精严，且时代近古，向来学人诵习者众，在学界之势力与六经诸子坍，吾辈为常识计，非一读不可。吾希望学者将此《四史》之列传，全体浏览一过，仍摘出若干篇稍为熟读，以资学文之助，因《四史》中佳文最多也。（若欲吾举其目亦可，但手边无原书，当以异日。）《四史》之外，则《明史》共认为官修书中之最佳者，且时代最近，亦宜稍为详读。

梁启超书法

二曰就事分类而摘读志。例如，欲研究经济史、财政史，则读《平准书》、《食货志》；欲研究音乐，则读《乐书》、《乐志》；欲研究兵制，则读《兵志》；欲研究学术史，则读《艺文志》、《经籍志》，附以《儒林传》；欲研究宗教史，则读《北魏书·释老志》（可惜他史无之）。……每研究一门，则通各史此门之志而读之，且与《文献通考》之此门合读。当其读时，必往往发现许多资料散见于各传者，随即跟踪调查其传以读之。如此引申触类，渐渐便能成为经济史、宗教史……等之长编，将来荟萃而整理之，便成著述矣。

三曰就人分类而摘读传。读名人传记，最能激发人志气，且于应事接物之智慧增长不少，古人所以贵读史者以此。全史各传既不能遍读（且亦不必），则宜择伟大人物之传读之，每史亦不过二三十篇耳。此外，又可就其所欲研究者而择读：如欲研究学术史，则读《儒林传》及其他学者之专传；欲研究文学史，则读《文苑传》及其他文学家之专传。……用此法读去，恐之患其少，不患其多矣。

又各史之《外国传》、《蛮夷传》、《土司传》等，包含种族史及社会学之原料最多，极有趣，吾深望学者一读之。

◎《廿二史札记》赵翼著

学者读正史之前，吾劝其一浏览此书。记称"属辞比事，《春秋》之教"，此书深进"比事"之诀，每一个题目之下其资料皆从几十篇传中零零碎碎觅出，如采花成蜜。学者能用其法以读史，便可养成著术能力（内中校勘文学异同之部约占三分一，不读亦可）。

◎《圣武记》魏源著

◎《国朝先正事略》李元度著

清朝一代史迹，至今尚无一完书可读，最为遗憾，姑举此二书充数。魏默深有良史之才，《圣武记》为纪事本末体裁，叙述绥服蒙古、勘定金州、抚循西藏……诸役，于一事之原因结果及其中间进行之次序，若指诸掌，实罕见之名著也。李次青之《先正事略》，道光以前人物略具，文亦有法度，宜一浏览，以知最近二三百年史迹大概。

日本人稻叶君山所著《清朝全史》尚可读（有译本）。

◎《读史方舆纪要》顾祖禹著

此为最有组织的地理书。其特长在专论形势，以地域为经，以史迹为纬，读之不感干燥。此书卷帙虽多，专读其叙论（至各府止），亦不甚费力，且可引起地理学兴味。

◎《史通》刘知几著

此书论作史方法，颇多特识，宜浏览。章氏《文史通义》，性质略同，范围较广，已见前。

◎《中国历史研究法》梁启超著

读之可增史不兴味，且知治史方法。

丙韵文书类

◎《诗经》

希望学者能全部熟读成诵。即不尔，亦须一大部分能举其词。注释书，陈奂《诗毛氏传疏》最善。

◎《楚辞》

屈、宋作，宜熟读，能成诵最佳。其余可不读。注释书，朱熹《楚辞集注》较可。

◎《文选》

择读。

◎《乐府诗集》郭茂倩编

专读其中不知作者姓名之汉古辞，以见魏六朝乐府风格，其他不必读。

魏晋六朝人诗宜读以下各家：曹子建、阮嗣宗、陶渊明、谢康乐、鲍明远、谢玄晖。无单行集者，可用张溥《汉魏百三家集》本或王闿运《五代诗选本》。

◎《李太白集》

◎《杜工部集》

◎《王右丞集》

◎《孟襄阳集》

◎《韦苏州集》

◎《高常侍集》

◎《韩昌黎集》

◎《柳河东集》

◎《白香山集》

◎《李义山集》

◎《王临川集》（诗宜用李璧注本）

◎《苏东坡集》

◎《元遗山集》

◎《陆放翁集》

以上唐宋人诗文集。

◎《唐百家诗选》王安石选

◎《宋诗钞》吕留良抄

以上唐宋诗选本。

◎《清真词》周美成

◎《醉翁琴趣》欧阳修

◎《东坡乐府》苏轼

◎《屯田集》柳永

◎《淮海词》秦观

◎《樵歌》朱敦儒

◎《稼轩词》辛弃疾

◎《后村词》刘克庄

◎《白石道人歌曲》姜夔

◎《碧山词》王沂孙

◎《梦窗词》吴文英

以上宋人词集。

◎《西厢记》

◎《琵琶记》

◎《牡丹亭》

◎《桃花扇》

◎《长生殿》

以上元明清人曲本。

本门所列书，专资学者课余讽诵，陶写情趣之用，既非为文学专家说法，尤非为治文学史者说法，故不曰文学类，而曰韵文类。文学范围，最少应包含古文（骈、散文）及小说。吾以为苟非欲作文学专家，则无专读小说之必要。至于古文，本不必别学。吾辈总须读周秦诸子《左传》《国策》《四史》《通鉴》及其关于思想、关于记载之著作，苟能多读，自能属文。何必格外标举一种，名曰古文耶？故专以文鸣之文集不复录（其与学问有关系之文集散见各门），《文选》及韩、柳、王集聊附见耳。学者如必欲就文求文，无已，则姚鼐之《古文辞类纂》、李兆洛之《骈体文钞》、曾国藩之《经史百家杂抄》可用也。

清人不以韵文见长，故除曲本数部外，其余诗词皆不复列举。无已，则于最初期与最末期各举诗词家一人：吴伟业之《梅村诗集》与黄遵宪之《人境庐诗集》，成德之《饮水词》与文焯之《樵风乐府》也。

丁小学书及文法书类

◎《说文解字》段玉裁著

◎《说文通训定声》朱骏声著

◎《说文释例》王筠著

段著为《说文》正注，朱注明音与义之关系，王著为《说文》通释。读此三书，略可通《说文》矣。

◎《经传释词》王引之著

◎《古书疑义举例》俞樾著

◎《文通》马建忠著

读此三书，可知古人语法文法。

◎《经籍纂诂》阮元编

此书汇集各字之义训，宜置备检查。

文字音韵，为清儒最擅之学，佳书林立。此仅举入门最要之数种，若非有志研究斯学者，并此诸书不读亦无妨耳。

戊随意涉览书类

学问固贵专精，又须博览以辅之。况学者读书尚少时，不甚自知其性所近者为何。随意涉览，初时并无目的，不期而引起问题，发生兴趣，从此向某方面深造研究，遂成绝业者，往往而有也。吾固杂举有用或有趣之各书，供学者自由翻阅之娱乐。读此者不必顺页次，亦不必求终卷者。（各书亦随忆想所及杂举，无复诠次）。

◎《四库全书总目摘要》

清乾隆间四库馆，董其事者皆一时大学者，故所作提要，最称精审，读之可略见各书内容（中多偏至语，自亦不能免）。宜先读各部类之叙录，其各书条下则随意抽阅。有所谓存目者，其书被屏，不收入四库者也。内中颇有怪书，宜稍注意读之。

◎《世说新语》

将晋人谈玄语分类纂录，语多隽妙，课余暑假之良伴侣。

◎《水经注》郦道元撰戴震校

六朝人地理专书，但多描风景，记古迹，文辞华妙，学作小品文最适用。

◎《文心雕龙》刘勰撰

六朝人论文书。论多精到，文亦雅丽。

◎《大唐三藏慈恩法师传》慧立撰

此为玄奘法师详传。玄奘为第一位留学生，为大思想家，读之可以增长志气。

◎《徐霞客游记》

霞客晚明人，实一大探险家，其书极有趣。

◎《梦溪笔谈》沈括

宋人笔记中含有科学思想者。

◎《困学纪闻》王应麟撰阎若璩注

宋人始为考证学者，顾亭林《日知录》颇仿其体。

◎《通艺录》程瑶田撰

清代考证家之博物书。

◎《癸巳类稿》俞正燮撰

多为经学以外之考证，如考棉花来历，考妇人缠足历史，辑李易安事迹等；又多新颖之论，如论妒非妇人恶德等。

◎《东塾读书记》陈沣撰

此书仅五册，十余年乃成。盖合数十条笔记之长编，乃成一条笔记之定稿，用力最为精苦，读之可识搜集资料及驾驭资料之方法。书中论郑学、论朱学、论诸子、论三国诸卷最善。

◎《庸盦笔记》薛福成

多记清咸丰、同治间掌故。

◎《张太岳集》张居正

江陵为明名相，其信札益人神智，文章亦美。

◎《王心斋先生全书》王艮

吾常名心斋为平民的理学家，其人有生气。

◎《朱舜水遗集》朱之瑜

舜水为日本文化之开辟人，唯一之国学输出者，读之可见其人格。

◎《李恕谷文集》李塨

恕谷为习斋门下健将，其文劲达。

◎《鲒琦亭集》全祖望

集中记晚明掌故甚多。

◎《潜研堂集》钱大昕

竹汀在清儒中最博洽者，其对伦理问题，亦颇有新论。

◎《述学》汪中

容甫为治诸子学之先登者，其文格在汉晋间，极遒美。

◎《洪北江集》洪亮吉

北江之学长于地理，其小品骈体文描写景物，美不可言。

◎《定盦文集》龚自珍

吾少时心醉此集，今颇厌之。

◎《曾文正公全集》曾国藩

◎《胡文忠公集》胡林翼

上二集信札最可读，读之见其治事条理及朋友风义。曾涤生文章尤美，集桐城派之大成。

◎《苕溪渔隐丛话》胡仔

丛话中资料颇丰富。

◎《词苑丛谈》徐釚

唯一之词话，颇有趣。

◎《语石》叶昌炽

以科学方法治金石学，极有价值。

◎《书林清话》叶德辉

论刻书源流及藏书掌故，甚好。

◎《广艺舟双楫》康有为

论写定字，极精博，文章极美。

◎《剧说》焦循

◎《宋元戏曲史》王国维

二书论戏剧，极好。

既谓之涉览，自然无书不可涉，无书不可览。本不能胪举书目，若举之非累数十纸不可。以上所列不伦不类之寥寥十余种，随杂忆所及当坐谭耳，若绳以义例，则笑绝冠缨矣。

有人说胡适的书目，适合文科研究生阅读、使用，如果推荐给文科的大学生阅读，看起来不大合适。而梁启超的书目，最大好处是离各科大学生的实际水平和需要较近，他们都能读。

然而胡适本人在见了梁启超的文章及其开出的书目后，只是一笑。后来，胡适将《一个最低限度的国学书目》收入《胡适文存》第二集，把梁启超的《国学入门书要目及其读法》也选进了"附录"之中。

学术的争论并没有导致关系破裂

虽然胡适和梁启超在对于墨学以及其他国学的认识、见解和立场上有所不同，但是对于胡适来说，他并没有因为年轻气盛，而做出更多的反击和辩驳，有人说，这与胡适的宽阔的胸襟不无关系。其实，在那个大时代背景下看来，这样的争论也属寻常。

胡适和梁启超都列出了属于自己的一份"国学书目"。从表面上看，这两份国学书目只是数量的差别，但是只要仔细研究就可以发现，两份书目，可以看出两个人看问题的眼光有根本区别，尤其是在国学这一块。

胡适认为国学研究要"用新的眼光，新的方法，去整理老东西，把历来圣人和经典的偶像打破，拿他当作平常人和平常着作一样看"，而胡适整理国学的目的，是为了破坏孔子这个"偶像"和打孔子这个"恶鬼"。

相反，梁启超没有把国学看作过去死的材料。1923年，也就在列出国学书目不久前，梁启超就在《治国学的杂话》这篇文章里，说出了自己对待国学的意见，即科学方法和德性学是治国学应走的两条大路。

治国学杂话

文／梁启超

学生做课外学问是最必要的，若只求讲堂上功课及格，便算完事，那么，你进学校，只是求文凭，并不是求学问，你的人格，先已不可问了。再者，此类人一定没有"自发"的能力，不特不能成为一个学者，亦断不能成为社会上治事领袖人才。

课外学问，自然不专指读书，如试验，如观察自然界……都是极好的，但读课外书，至少要算课外学问的主要部分。

一个人总要养成读书兴味。打算做专门学者，固然要如此，打算做事业家，也要如此。因为我们在工厂里、在公司里、在议院里……做完一天的工作出来之后，随时立刻可以得着愉快的伴侣，莫过于书籍，莫便于书籍。

但是将来这种愉快得着得不着，大概是在学校时代已经决定，因为必须养成读书习惯，才能尝着读书趣味。人生一世的习惯，出了学校门限，已经铁铸成了，所以在学校中，不读课外书，以养成自己自动的读书习惯，这个人，简直是自己剥夺自己终身的幸福。

读书自然不限于读中国书，但中国人对于中国书，至少也刻和外国书作平等待遇。你这样待遇他，给回你的愉快报酬，最少也和读外国书所得的有同等分量。

中国书没有整理过，十分难读，这是人人公认的，但会做学问的人，觉得趣味就在这一点。吃现成饭，是最没有意思的事，是最没有出息的人才喜欢的。一个问题，被别人做完了四平八正的编成教科书样子给我读，读去自然是毫不费力，但是从这不费力上头结果，便令我的心思不细致不刻入。专门喜欢读这类书的人，久而久之，会把自己创作的才能埋没哩。在纽约、芝加哥笔直的马路崭新的洋房里舒舒服服混一世，这个人一定是过的毫无意味的平庸生活。若要过有意味的生活，须是哥伦布初到美洲时。

中国学问界，是千年未开的矿穴，矿苗异常丰富，但非我们亲自绞脑筋绞汗水，却开不出来。翻过来看，只要你绞一分脑筋一分汗水，当然还你一分成绩，所以有趣。

所谓中国学问界的矿苗，当然不专指书籍，自

梁启超书法

然界和社论实况，都是极重要的，但书籍为保存过去原料之一种宝库，且可为现在各实测方面之引线，就这点看来，我们对于书籍之浩瀚，应刻欢喜谢他，不应刻厌恶他。因为我们的事业比方要开工厂，原料的供给，自然是越丰富越好。

读中国书，自然像披沙拣金，沙多金少，但我们若把他作原料看待，有时寻常人认为极无用的书籍和语句，也许有大功用。须知工厂种类多着呢，一个厂里头得有许多副产物哩，何止金有用，沙也有用。

若问读书方法，我想向诸君上一个条陈。这方法是极陈旧的，极笨极麻烦的，然而实在是极必要的。什么方法呢？是抄录或笔记。

我们读一部名著，看见他征引那么繁博，分析那么细密，动辄伸着舌头说道："这个人不知有多大记忆力，记得许多东西，这是他的特别天才，我们不能学步了。"其实那里有这回事。好记性的人不见得便有智慧，有智慧的人比较的倒是记性不甚好。你所看见者是他发表出来的成果，不知他这成果原是从铢积寸累困知勉行得来。大抵凡一个大学者平日用功总是有无数小册子或单纸片，读书看见一段资料觉其有用者即刻钞下（短的钞全文，长的摘要记书名卷数页数）。资料渐渐积得丰富，再用眼光来整理分析他，便成为一篇名著。想看这种痕迹，读赵瓯北的《二十二史札记》、陈兰甫的《东塾读书记》最容易看出来。

这种工作笨是笨极了，苦是苦极了，但真正做学问的人总离不了这条路。做动植物的人懒得采集标本，说他会有新发明，天下怕没有这种便宜事。

发明的最初动机在注意，抄书便是促醒注意及继续保存注意的最好方法。当读一书时，忽然感觉这一段资料可注意，把他抄下，这件资料自然有一微微的印象印入脑中，和滑眼看过不同。经过这一番后，过些时碰着第二个资料和这个有关系的，又把他抄下。那注意便加浓一度。经过几次之后，每翻一书，遇有这项资料，便活跳在纸上，不必劳神费力去找了。这是我多年经验得来的实况。诸君试拿一年工夫去试试，当知我不说谎。

先辈每教人不可轻言著述，因为未成熟的见解公布出来，会自误误人，这原是不错的，但青年学生"斐然当述作之誉"，也是实际上鞭策学问的一种妙用。譬如同是读《文献通考》的《钱币考》，各史《食货志》中钱币项下各文，泛泛读去，没有什么所得，倘若你一面读一面便打主意做一篇中国货币沿革考，这篇考做的好不好另一问题，你所读的自然加几倍受用。

譬如同读一部《荀子》，某甲泛泛读去，某乙一面读一面打主意做部《荀子学案》，读过之后，两个人的印象深汪浅，自然不同。所以我很奖励青年好著书的习惯，至于所著的书，拿不拿给人看，什么时候才认成功，这还不是你的自由吗？

每日所读之书，最好分两类，一类是精熟的，一类是涉览的。因为我们一面要养成读书心细的习惯，一面要养成读书眼快的习惯。心不细则毫无所得，等于白读；眼不快则时候不够用，不能博搜资料。诸经、诸子、四史、通鉴等书，宜入精读之部，每日指定某时刻读他，读时一字不放过，读完一部才读别部，想钞录的随读随钞；另外指出一时刻，随意涉览，觉得有趣，注意细看，觉得无趣，便翻次页，遇有想钞录的，也俟读完再钞，当时勿窒其机。

诸君勿因初读中国书，勤劳大而结果少，便生退悔。因为我们读书，并不是想专向现时所读这一本书里讨现钱现货的，得多少报酬，最要紧的是涵养成好读书的习惯和磨炼出好记忆的脑力。青年期所读各书，不外借来做达这两个目的的梯子。我所说的前提倘若不错，则读外国书和读中国书当然都各有益处。外国名著，组织得好，易引起兴味，他的研究方法，整整齐齐摆出来，可以做我们模范，这是好处；我们滑眼读去，容易变成享现成福的少爷们，不知甘苦来历，这是坏处。中国书未经整理，一读便是一个闷头棍，每每打断兴味，这是坏处；逼着你披荆斩棘，寻路来走，或者走许多冤枉路（只要走路断无冤枉，走错了回头，便是绝好教训），从甘苦阅历中磨炼出智慧，得苦尽甘来的趣味，那智慧和趣味都最真切，这是好处。

还有一件，我在前项书目表中有好几处写"希望熟读成诵"字样，我想诸君或者以为甚难，也许反对说我顽旧，但我有我的意思。我并不是奖劝人勉强记忆，我所希望熟读成诵的有两种类：一种类是是最有价值的文学作品，一种类是有益身心的格言。好文学是涵养情趣的工具，做一个民族的分子，总须对于本民族的好文学十分领略，能熟读成诵，才在我们的"下意识"里头，得着根柢，不知不觉会"发酵"。有益身心的圣哲格言，一部分久已在我们全社会上形成共同意识，我既做这社会的分子，总要彻底了解他，才不至和共同意识生隔阂，一方面我们应事接物时候，常常仗他给我们的光明，要平日摩得熟，临时才得着用，我所以有些书希望熟读成诵者在此，但亦不过一种格外希望而已，并不谓非如此不可。

梁启超书法

最后我还专向清华同学诸君说几句话，我希望诸君对于国学的修养，比旁的学校学生格外加功。诸君受社会恩惠，是比别人独优的，诸群君将来在全社会上一定占势力，是眼看得见的。诸君回国之后，对于中国文化有无贡献，便是诸君功罪的标准。

任你学成一位天字第一号形神毕肖的美国学者，只怕于中国文化没有多少影响。若这样便有影响，我们把美国蓝眼睛的大博士抬一百几十位来便够了，又何必诸君呢？诸君须要牢牢记着你不是美国学生，是中国留学生。如何才配叫做中国留学生，请你自己打主意罢。

梁启超强调国学最突出的是"人生哲学"，所以他的国学研究，是把以孔门学问为核心的国学当作活的"人生哲学"来体验和实践，而不是把国学当作死的科学材料来研究。

虽然梁启超和胡适因为国学的问题一再争论，但是总的来说，胡适还是以谦让的姿态来进行这场论辩的，胡适在自己的著作《四十自述》中说："我个人受了梁先生无穷的恩惠。"可见他对梁启超还是充满了感激,尽管梁启超有时不给他"面子",但是1924年胡适向清华校长曹云祥推荐院长时,梁启超仍然是他力挺的第一人选。

1929年1月19日,梁启超病逝,胡适参加追悼仪式,他事后在日记中写道:"任公为人最和蔼可亲,全无城府,一团孩子气,人们说他是阴谋家,真是恰得其反。"而后来有人提到他和梁启超的骂战时,他则这样说:"这都表示他(梁启超)的天真烂漫,全无掩饰,不是他的短处,正是可爱之处。"

第八篇

郁达夫和胡适
——艺术和人生之争

郁达夫（1896~1945年），现代小说家、散文家。原名郁文，字达夫。郁达夫三岁丧父，家道衰贫。1913年随长兄郁华赴日本学习，1922年毕业于东京帝国大学经济学部。郁达夫少年时代就爱读小说、戏曲，对中国古典诗文和小说戏曲有浓厚兴趣，在日本留学期间又深受近代欧洲、日本各种社会思潮和文艺作品的熏陶，从而促使他走上文学创作的道路。1921年，他和郭沫若、成仿吾等发起成立创造社，同时创作了新文学最早的白话短篇小说集《沉沦》，1923年又完成第2本小说集

郁达夫

《茑萝集》。两部小说的出版，震惊了国内文坛。在此期间，他参加了《创造》季刊、《创造周刊》、《创造日》的编辑工作。1926年3月，在中山大学任教,同年12月回上海编辑《洪水》半月刊和《创造月刊》，并主持创造社出版部事务。1927年8月，郁达夫于脱离创造社。1928年6月，郁达夫与鲁迅合编《奔流》月刊，又主编《大众文艺》。1930年3月,郁达夫参加中国左翼作家联盟;1933年初又加入宋庆龄、蔡元培主持的民权保障同盟。在白色恐怖的威慑下，同年4月郁达夫举家由上海移居杭州，过着流连山水的隐居生活，政治上一度表现消沉。1937年抗日战争爆发后，郁达夫奔赴武汉参加抗日宣传工作。1938年末，由于政治形势及家庭发生变故，郁达夫客居南洋，在新加坡任《星州日报》副刊编辑，并任《华侨周报》主编。1941年12月太平洋战争爆发后，他参加了华侨文化界的抗日工作。后来又辗转到苏门答腊岛，化名赵廉隐居下来。在此期间，他暗中帮助和营救了不少印尼人民和华侨。1945年8月29日，日本宣布无条件投降后的两周，郁达夫神秘失踪，生死至今像迷一般没有揭开。

20世纪20年代初的中国文坛可谓是波澜壮阔，无论是文人之间互相论战，还是文化界的各种改革，都可以说是轰轰烈烈。这期间，胡适和创造社的论战风波，在当时也是文化界的一件大事。当时创造社的代表人物是郁达夫和郭沫若。而首先站出来表示对胡适代表的新月派不满的就是郁达夫。郁达夫的文风一向以率真、直接出名，所以他的讽刺和挖苦也可以说是不留情面。既然对方已经敲响了战鼓，胡适也不能不应战。有人说胡适是为人生，郁达夫是为艺术，既然观念不和，又在那样一个年代，那么一场你来我往的激辩自然是不能避免的。

交恶的导火线
——夕阳楼日记

20世纪20年代，郁达夫从国外留学归来，在8月出版的《创造季刊》发表了《夕阳楼日记》。这篇文章主要是批评一本翻译的著作，并从这本著作延伸开来，批评了当时整个翻译界的粗制滥造。年轻的郁达夫在这篇文章中火力十足地骂道——

我们中国的新闻杂志界的人物，都同清水粪坑里的蛆虫一样，身体虽然肥胖得很，胸中却一点儿学问也没有。有几个人将外国书坊的书目来誊写几张，译来对去的瞎说一场，便算博学了。有几个人，跟了外国的新人物，跑来跑去的跑几次，把他们几个外国的粗浅的演说，糊糊涂涂的翻译翻译，便算新思想家了。

虽然郁达夫没有指明骂的是谁，但是他在《夕阳楼日记》明确地写了时间"1921年5月4日"。人们也都知道，在此之前的两年之间，五四文化运动的先驱胡适曾请北京、南京等各地高校筹集资金请他的老师杜威来中国讲课。并且，胡适本人亲自陪着老师，做其翻译。在北京、天津等几个地方跑了好几次。所以，郁达夫在文章中说到"跟着外国的新人物跑来跑去几次，把他们几个外国的粗浅演说，糊糊涂涂的翻译翻译，便算新思想家了。"这些话，无疑是在含沙射影地骂胡适。而这位新的思想家，无疑是指胡适的老师——美国教育家杜威。

此外，余存英翻译的一篇《人生之意义与价值》刊登在胡适主编的《努力周报》上，据说这篇文章错误甚多，郁达夫这一骂，由文学批评上升到了人身攻击，胡适看到"粪坑里的蛆虫"自然气愤，于是，他不客气地发动了攻击。

胡适在《努力周刊》上发表了《骂人》，直接指责郁达夫"浅薄无聊而不自觉"。胡适的指责引起了郁达夫创造社的同仁成仿吾的不满，他紧接着就在《创造季刊》上写了一篇《学者的态度》对胡适的回击——

创造社成员（左三为郁达夫）

郁达夫骂人是骂昏了头的，他的'蛆虫'、'肥胖得很'的确是不对，谁也不能说他对，可是胡先生的'浅薄无聊'，不也是跟着感情这条恶狗，走到邪路上去了吗？

成仿吾的攻击引起了此时身在日本的郭沫若的响应，他也发表了一篇《回响之回响》发表在《创造季刊》上，声援郁达夫和成仿吾。

事实上，有考证表明，在郁达夫发表的三年前，正在日本留学的郁达夫曾经回国参加外交官考试，那时，他曾经给"暴得大名"的胡适写过一封信，表达自己的敬慕之意，并提出要和胡适见面的要求。但是没有资料表明胡适曾经给郁达夫回过信。也许在那个时候的胡适看来，他没有必要理会这样一个无名青年。

也许，胡适这样的态度，打击了年轻的郁达夫，让他把敬慕之意转化成了对权威姿态的反感，而这种反感又化成了直截了当的挑战。

曾经在《创造季刊》开始准备出版的时候，郁达夫就写了一篇言辞激烈的出版预告——

自文化运动发生后，我国新文艺为一二偶像所垄断，以致艺术之新兴气运，澌灭将尽。创造社同人奋然兴起打破社会因袭，主张艺术独立，愿与天

创造社出版说明

创造社主办创造月刊

下之无名作家共兴起而造成中国未来之国民文学。

　　这份虽然简短但是情绪激烈的出版预告，仿佛在一开始就说明了创造社的风格和形象。郁达夫在文中所说的一二偶像，指的正是当时风头正劲的胡适等人，而无名作家，说的无疑是自己，他要打破社会因袭的号召，也是因为隐藏着因为"无名"而受压制遭冷遇的痛苦。当然，这其中大概包括了曾经遭受胡适冷落的情绪。

　　胡适虽然对郁达夫骂自己感觉不满，但是在《骂人》这篇文章中，他还是表明了自己应有的态度——

　　我受了十余年的骂，从来不怨恨骂我的人。有时他们骂得不中肯，我反替他们着急。有时他们骂得太过火了，反损自己的人格，我更替他们不安。如果骂我而使骂者有益，便是我间接于他有恩了，我自然很情愿挨骂。

　　胡适这篇文章发表之后，郁达夫写了一封公开信《答胡适之先生》，表明自己要"打开天窗说亮话"，他觉得胡适不满，是因为《夕阳楼日记》里"粪蛆"那一段话引起了胡适的"愤激"——

　　看了这几句话，胡先生要疑我在骂他，其实像我这样一个无名小卒，何尝敢骂胡先生……我怕胡先生谈起政治忙碌，没有工夫细想，要把这些'无聊浅薄'的文字的意义误会了，所以特地在此声明一下。

　　此公开信句句讽刺，言辞又颇微妙。一时之间，得到了创造社成员的各种热烈响应。这样，郁达夫带领的创造社和胡适的对峙局面，也成了一时之间难破的僵局。

小说影射，笔斗酣战

　　随着胡适和郁达夫之间的辩论越来越深入的时候，战场也在逐渐扩大。到了后一阶段，胡适面对的并不再是郁达夫一个人，而是郁达夫代表的整个创造社。彼时，创造社的成员多为年轻热血，他们对创造有自己的追求，对艺术有自己的看法，反对权威也是正常之举。

和郁达夫同为创造社成员的郭沫若，曾经很热血地声援郁达夫声讨胡适。他在郁达夫和胡适你来我往的辩论期间，在《创造季刊》上发表《讨论注译运动及其他》一文，措辞也很激烈——

你北京大学的胡大教授哟！你的英文诚然高明，可惜你自己做就了一面照出原形的镜子！……我劝你不要把你的名气来压人，不要把你北大教授的牌子来压人，你须知这种如烟如云没有多大斤两的东西是把人压不倒的！

在此期间，郁达夫创造了小说《采石矶》，在小说中，郁达夫以乾嘉时期的学阀戴震影射胡适，表达自己的不满和愤慨。

采石矶（节选）
文／郁达夫

……黄仲则回环念了两遍之后，背后的园门里忽而走了一个人出来，轻轻的叫着说："好诗好诗，仲则！你到这时候还没有睡么？"

仲则倒骇了一跳，回转头来就问他说："稚存！你也还没有睡么？一直到现在在那里干什么？"

"竹君要我为他起两封信稿，我现在刚搁下笔哩！"

"我还有两句好诗，也念给你听罢，'似此星辰非昨夜，为谁风露立中宵？'"

"诗是好诗，可惜太衰飒了。"

"我想把它们凑成两首律诗来，但是怎么也做不成功。"

"还是不做成的好。"

"何以呢？"

"做成之后，岂不是就没有兴致了么？"

"这话倒也不错，我就不做了吧。"

"仲则，明天有一位大考据家来了，你知道么？"

郁达夫小说《沉沦》早期出版封面

"谁呀？"

"戴东原。"

"我只闻诸葛的大名，却没有见过这一位小孔子，你听谁说他要来呀？"

"是北京纪老太史给竹君的信里说出的，竹君正预备着迎接他呢！"

"周秦以上并没有考据学，学术反而昌明，近来大名鼎鼎的考据学家很多，伪书却日见风行，我看那些考据学家都是盗名欺世的。他们今日讲诗学，明日弄训诂，再过几天，又要来谈治国平天下，九九归原，他们的目的，总不外乎一个翰林学士的衔头，我劝他们还是去参注酷吏传的好，将来束带立于朝，由礼部而吏部，或领理藩院，或拜内阁大学士的时候，倒好照样去做。"

"你又要发痴了，你不怕旁人说你在妒忌人家的大名的么？"

"即使我在妒忌人家的大名，我的心地，却比他们的大言欺世，排斥异己，光明得多哩！我究竟不在陷害人家，不在卑污苟贱的迎合世人。"

"仲则，你在哭么？"

"我在发气。"

"气什么？"

"气那些挂羊头卖狗肉的未来的酷吏！"

"戴东原与你有什么仇？"

"戴东原与我虽然没有什么仇，但我是疾恶如仇的。"

"你病刚好，又愤激得这个样子，今晚上可是我害了你了，仲则，我们为了这些无聊的人呕气也犯不着，我房里还有一瓶绍兴酒在，去喝酒去吧。"

他与洪稚存两人，昨晚喝酒喝到鸡叫才睡，所以今朝早晨太阳射照在他窗外的花坛上的时候，他还未曾起来。

…………

"哦，原来是戴东原到了。"

"仲则，我真佩服你昨晚上的议论。戴大家这一回出京来，拿了许多名人的荐状，本来是想到各处来弄几个钱的。今晚上竹君办酒替他接风，他在席上听了竹君夸奖你我的话，就冷笑了一脸说'华而不实'。仲则，叫我如何忍受下去呢！这样卑鄙的文人，这样的只知排斥异己的文人，我真想和他拼一条命。"

"竹君对他这话，也不说什么么？"

"竹君自家也在著《十三经文字同异》，当然是与他志同道合的了。并且在盛名的前头，那一个能不为所屈。啊啊，我恨不能变一个秦始皇，把这些卑鄙的伪儒，杀个干净。"

"伪儒另外还讲些什么？"

"他说你的诗他也见过，太少忠厚之气，并且典故用错的也着实不少。"

"混蛋，这样的胡说乱道，天下难道还有真是非么？他住在什么地方？去去，我也去问他个明白。"

"仲则，且忍耐着吧，现在我们是闹他不赢的。如今世上盲人多，明眼人少，他们只有耳朵，没有眼睛，看不出究竟谁清谁浊，只信名气大的人，是好的，不错的。我们且待百年后的人来判断罢！"

"但我总觉得忍耐不住，稚存，稚存。"

"…………"

"稚存，我我……想……想回家去了。"

"…………"

"稚存，稚存，你……你……你怎么样？"

"仲则，你有钱在身边么？"

"没有了。"

"我也没有了。没有川资，怎么回去呢？"

仲则的性格，本来是非常激烈的，对于戴东原的这辱骂自然是忍受不过去的，昨晚上和稚存两人默默的在房间里走来走去走了半夜，打算回常州去，又因为没有路费，不能回去。当半夜过了，学使衙门里的人都睡着之后，仲则和稚存还是默默的背着了手在房里走来走去的走。……

（郁达夫《采石矶》节选）

在小说中，郁达夫用戴东原来影射胡适，把自己比作不得志的文人黄仲则，通过好友和黄仲则之间的对话，可见郁达夫当时对于胡适是多么的不满。

不久之后，郁达夫又在《创造周报》上，发表了一篇著名的论文《文学上的阶级斗争》。不过据郭沫若后来的回忆，表明郁达夫的这篇论文当时只说了斗争，并没有说阶级。尽管如此，在当时的很多人看来，由郁达夫代表的创造社从开始成立之初，已经有了鲜明的阶级存在感。其中的成员成仿吾曾经说过"我们愤怒地诉说自己的生活是很不好，但是我们不曾拜倒在资本家和权贵门首。"

这些话已经充分表明了，当时的郁达夫以及创造社的各个成员都将自己定位在"无产者"的角色上，而实际上，在当时他们的确也是无资金、无后台、无背景的无产青年。

胡适主动和解使事态稍缓

论战和骂人还在继续着。1923年4月，胡适在《努力周报》上发表了一篇《编辑余谈》，继续以不屑的口吻奚落郁达夫和他代表的创造社成员——

《努力》第二十期里我的一条《骂人》，竟引起一班不通英文的人来和我讨论译书。我没有闲功夫答辩这种强不知以为知的评论。

胡适的文章首先引起了郭沫若的回击，他立刻写了一篇针锋相对的文章驳斥胡适——

假使你真没闲功夫，那便少说些护短话！我劝你不要把你的名气来压人，不要把你北大教授的牌子又来压人，不要把你留学学生的资格来压人，你须知这种如烟如云没多大斤两的东西是把人压不倒的。要想把人压倒，只好请"真理"先生出来，只好请"正义"先生出来。

郭沫若的这篇文章，表达的正是他和郁达夫积蓄了多时的不平、不满和不服之气。

整个四月，双方论战的情绪都很高涨，5月，胡适到上海参加"新学制课程起草委员会"会议，此时的胡适因为身体突发疾病，对这场论战忽然感到厌倦。他写了一封信给郁达夫和郭沫若，在心中表达了自己想要结束论战的心意——

我是最爱惜少年天才的人；对于新兴的少年同志……绝无丝毫"忌刻"之念……

我对你们两位的文学上的成绩，虽然也常有不能完全表同情之点，却只有敬意，而毫无恶感。……我盼望那一点小小的笔墨官司不至于完全损害我们旧有的或新得的友谊。

胡适在信中说明尽量不要将此信发表，隔了两天，郁达夫和郭沫若分别给胡适写了回信，郁达夫的回信言辞颇为矜持——

至于"节外生枝"，你我恐怕都有此毛病，我们既都是初出学堂门的学生，自然大家更要努力，自然大家更要多读一点英文。

从回信中的人称代词中可以看出，此时的郁达夫并没有把胡适的权威身份放在眼里，也没有放过胡适应当承担的责任。但是在信中他也诚恳地表明了自己的歉意——

我的骂人作"粪蛆"，亦是我一时的义气，说话说得太过火了。你若肯用诚意来规劝我，我尽可对世人谢罪的。

后来郭沫若回忆起这段往事时，曾经说过，郁达夫那时告诉他，在小说《采石矶》中，他把戴东原比喻成胡适，一定引起了胡适的得意之情，故此，胡适选择了罢战。

胡适给郁达夫、郭沫若的信

沫若达夫两位先生：

我这回南来，本想早日来看你们两位，不幸在南方二十天，无一日不病，已有十天不曾出门一步了。病中读到《创造》二卷一号，使我不能不写这封信同你们谈谈我久想面谈的话。

…………

至于我对你们两位的文学上的成绩，虽然也常有不能完全表同情之点，却只有敬意，而毫无恶感。我是提倡大胆尝试的人，但我自知"提倡有心，而实行无力"的毛病，所以对于你们尝试，只有乐观的欣喜，而无丝毫的恶意与忌刻。

至于我的《骂人》一条短评，如果读者平心读之，应该可以看出我在那一条里只有诤言，而无恶意。我的意思只是要说译书有错算不得大罪，而达夫骂人为粪蛆，则未免罚浮于罪。至于末段所谓"我们初出学堂门的人"，稍平心的读者应明白"我们"是包括我自己在内的，并不单指"你们"，尤其不是摆什么架子。

…………

后来你们和几位别人，做了许多文章，很有许多意气的话，但我始终不曾计较。因为有许多是"节外生枝"的话，徒伤感情与日力，没有什么益处，我还是退避为妙。

至于就译书一事的本题而论，我还要劝你们多存研究态度而少用意气。在英文的方面，我费了几十年的苦功，至今只觉其难，不见其易。我很诚恳地希望你们宽恕我那句"不通英文"的话，只当是一个好意的诤友无意中说的太过火了。如果你们不爱听这种笨拙的话，我很愿意借这封信向你们道歉。——但我终希望你们万一能因这两句无礼的信的刺激而多读一点英文；我尤其希望你们要明白我当初批评达夫的话里，丝毫没有忌刻或仇视的恶意。

…………

最后，我盼望那一点小小的笔墨官司不至于完全损害我们旧有的或新得的友谊。

（此信为节选，全文内容请看《胡适书信全集》）

胡适与郁达夫以及郭沫若通信之后，胡适去了郁达夫和郭沫若当时的住所看望。胡适当时是怎样的一种情绪，没有记录。后来郁达夫北上之后，到了10月份，徐志摩陪同胡适再去看郭沫若，徐志摩在日记中这样记录——

郁达夫笔迹

与适之、经农步行去民厚里一二一号访沫若，久觅始得其居。沫若自应门，手抱襁褓儿，跣足、敝服（旧学生服），状殊憔悴，然广额宽颐、怡和可识。入门时有客在，中有田汉，亦抱小儿，转顾间已出门引去，仅记其面狭长。沫若居至隘，陈设亦杂，小孩羼杂期间，倾跌须父抚慰，涕泗亦须父揩拭，皆不能说华语；厨下木屐声卓卓可闻，大约即其日妇。坐定寒暄已，仿吾亦下楼，殊不话谈，适之虽勉寻话端以济枯窘，而主客间似有冰结，移时不涣。沫若时含笑视，不识何意。经农竟嗫不吐一字，实亦无从端启。五时半辞出，适之亦甚讶此会之窘，云上次有达夫时，其居亦稍整洁，谈话亦较融洽。

徐志摩感慨，郁达夫在时，他们的居所虽然窄小，但是还算"稍整洁"谈话也"较融洽"，可见10月的这次拜访，比同年5月那次情形更加糟糕。后来，胡适也向徐志摩表达了自己的感慨："其情况必不甚愉适，且其生计亦不裕，或竟窘，无怪其以狂叛自居。"

从这些细节中，可以看出郁达夫他们的创造社当时生活的困窘，工作负担之重足以令人唏嘘。因此，胡适因此理解了他们"狂叛"的因由，并且还生出了同情。

根据1923年胡适在日记中的记载——

10月18日，到振铎家中吃饭。同席的有梦旦、志摩、沫若等。这大概是文学研究会与创造社"埋斧"的筵席了。

此时，可见胡适已经准备和郁达夫以及创造社和解了。

认知体会不同，终究做不了朋友

虽然郁达夫代表的创造社最终和胡适之间的论战停止了，但是郁达夫始终无法改变自己对于遭遇着、受压迫者身份的体会和认知。在《给一个青年的公开状》这篇文章中，可以充分体现他这种心理。

❀致一个文学青年的公开状❀
文／郁达夫

今天的风沙实在太大了，中午吃饭之后，我因为还要去教书，所以没有许多工夫，和你谈天。我坐在车上，一路的向北走去，沙石飞进了我的眼睛。一直到午后四点钟止，我的眼睛四周的红圈，还没有褪尽。恐怕同学们见了要笑

郁达夫与鲁迅合办杂志封面

我，所以于上课堂之先，我从高窗口在日光大风里把一双眼睛暴晒了许多时。我今天上你那公寓里来看了你那一副样子，觉得什么话也说不出来。现在我想趁着这大家已经睡寂了的几点钟工夫，把我要说的话，写一点在纸上。

平素不认识的可怜的朋友，或是写信来，或是亲自上我这里来的，很多很多。我因为想报答两位也是我素不认识而对于我却有十二分的同情过的朋友的厚恩起见，总尽我的力量帮助他们。可是我的力量太薄弱了，可怜的朋友太多了，所以结果近来弄得我自家连一条棉裤也没有。这几天来天气变得很冷，我老想买一件外套，但终于没有买成。尤其是使我羞恼的，因为恰逢此刻，我和同学们所读的书里，正有一篇俄国郭哥儿（果戈里）著的嘲弄像我们一类人的小说《外套》。现在我的经济状态比从前并没有什么宽裕，从数目上讲起来，反而比从前要少——因为现在我不能向家里去要钱花，每月的教书钱，额面上虽则有五十三加六十四合一百十七块，但实际上拿得到的只有三十三四块——而我的嗜好日深，每月光是烟酒的账，也要开销二十多块。我曾经立过几次对天的深誓，想把这一笔糜费戒省下来，但愈是没有钱的时候，愈想喝酒吸烟。向你讲这一番苦话，并不是因为怕你要问我借钱，而先事预防，我不过欲以我的身体来做一个证据，证明目下的中国社会的不合理，以大学校毕业的资格来糊口的你那种见解的错误罢了。

引诱你到北京来的，是一个国立大学毕业的头衔，你告诉我说你的心里，总想在国立大学弄到毕业，毕业以后至少生计问题总可以解决。现在学校都已考完，你一个国立大学也进不去，接济你的资金的人，又因他自家的地位摇动，无钱寄你，你去投奔你同县而且带有亲属的大慈善家H，H又不纳。穷极无路，只好写封信给一个和你素不相识而你也明明知道是和你一样穷的我，在这时候这样的状态之下，你还要口口声声地说什么"大学教育"、"念书"，我真佩服你的坚忍不拔的雄心。不过佩服虽可佩服，但是你的思想的简单愚直，也却是一样的可惊可异。现在你已经是变成了中性——半去势的文人了，有许多事情，譬如说高尚一点的，去当土匪，卑微一点的，去拉洋车等事情，你已经是干不了的了，难道你还嫌不足，还要想穿几年长袍，做几篇白话诗、短篇小说，达到你的全去势的目的么？大学毕业，以后就可以有饭吃，你这一种定理，是哪一本书上翻来的？

像你这样一个白脸长身、一无依靠的文学青年，即使将面包和泪吃，勤勤恳恳地在大学窗下住它五六年，难道你拿毕业文凭的那一天，天上就忽而会下起珍珠白米的雨来的么？

现在不要说中国全国，就是在北京的一区里头，你且去站在十字街头，看见穿长袍黑马褂或哔叽旧洋服的人，你且试对他们行一个礼，问他们一个人要一个名片来看看；我恐怕你不上大半天，就可以积起一大堆的什么学士、什么博士来，你若再行一个礼，问一问他们的职业，我恐怕他们都要红红脸说："兄弟是在这里找事情的。"他们是什么？他们都是大学毕业生呀。你能和他们一样的有钱读书么？你能和他们一样的有钱买长袍黑马褂哔叽洋服么？即使你也和他们一样的有了读书买衣服的钱，你能保得住你毕业的时候，事情会来找你么？

大学毕业生坐汽车，吸大烟，一攫千金的人原是有的。然而他们都是为新上台的大老经手减价卖职的人，都是大刀枪杆在后面援助的人，都是有几个什么长在他们父兄身上的人；再粗一点说，他们至少也都是爬乌龟钻狗洞的人；你要有他们那么的后援，或他们那么的乌龟本领，狗本领，那么你就是大学不毕业，何尝不可以吃饭？

我说了这半天，不过想把你的求学读书，大学毕业的迷梦打破而已。现在为你计，最上的上策，是去找一点事情干干。然而土匪你是当不了的，洋车你也拉不了的，报馆的校对，图书馆的拿书者，家庭教师，看护男，门房，旅馆火车菜馆的伙计，因为没有人可以介绍，你也是当不了的——我当然是没有能力替你介绍——所以最上的上策，于你是不成功的了。其次你就去革命去罢，去制造炸弹去罢！但是革命是不是同割枯草一样，用了你那裁纸的小刀，就可以革得成的呢？炸弹是不是可以用了你头发上的灰垢和半年不换的袜底里的腐泥来调合的呢？这些事情，你去问上帝去罢！我也不知道。

比较上可以做得到，并且也不失为中策的，我看还是弄几个旅费，回到湖南你的故土，去找出四五年你不曾见过的老母和你的小妹妹来，第一天相持对哭一天；第二天因为哭了伤心，可以在床上你的草窠里睡去一天；既可以休养，又可以省几粒米下来熬稀粥；第三天以后，你和你的母亲妹妹，若没有衣服穿，不妨三人紧紧地挤在一处，以体热互助的结果，同冬天雪夜的群羊一样，倒可以使你的老母，不至冻伤；若没有米吃，你在日中天暖一点的时候，不妨把年老的母亲交付给你妹妹的身体烘着，你自己可以上村前村后去掘一点草根树根来煮汤吃，草根树根也有淀粉，我的祖母未死的时候，常把洪杨乱日，她老人家尝过的这滋味说给我听，我所以知道。现在我既没有余钱，可以赠你，就把这秘方相传，作个我们两位穷汉，在京华尘土里相遇的纪念罢！若说草根树根，也被你们的督军省长师长议员知事掘完，你无论走往何处再也找不出一块一截来的时候，那么你且咽着自家的口水，同唱戏似的把北京的豪富人家的蔬菜，有色有香地说给你的老母亲小妹妹听听；至少在未死前的一刻半刻钟中间，你们三个昏乱的脑子里，总可以大事铺张地享乐一回。

但是我听你说，你的故乡连年兵燹，房屋田产都已毁尽，老母弱妹，也不知是生是死，五年来音信不通；并且现在回湖南的火车不开，就是有路费也回去不得，何况没有路费呢！

上策不行，次之中策也不行，现在我为你实在是没有什么法子好想了。不得已我就把两个下策来对你讲罢！

第一，现在听说天桥又在招兵，并且听说取得极宽，上自五十岁的老人起，下至十六七岁的少年止，一律都收；你若应募之后，马上开赴前敌，打死在租界以外的中国地界，虽然不能说是为国效忠，也可以算得是为招你的那个同胞效了命，岂不是比饿死冻死在你那公寓的斗室里，好得多么？况且万一不开往前敌，或虽开往前敌而不打死的时候，只教你能保持你现在的这种纯洁的精神，只教你能有如现在想进大学读书一样的精神来宣传你的理想，难保你所属的一师一旅，不为你所感化。这是下策的第一个。

第二，这才是真真的下策了！你现在不是只愁没有地方住没有地方吃饭而又苦于没有勇气自杀么？你的没有能力做土匪，没有能力拉洋车，是我今天早晨在你公寓里第一眼看见你的时候，已经晓得的。但是有一件事情，我想你还能胜任，要干的时候一定是干得到的。这是什么事情呢？啊啊，我真不愿意说出来——我并不是怕人家对我提起诉讼，说我在嗾使你做贼，啊呀，不愿意说倒说出来了，做贼，做贼，不错，我所说的这件事情就是叫你去偷窃呀！

无论什么人的无论什么东西，只教你偷得着，尽管偷罢！偷到了，不被发觉，那么就可以把这你偷自他，他抢自第三人的，在现在的社会里称为赃物，在将来进步了的社会里，当然是要分归你有的东西，拿到当铺——我虽然不能为你介绍职业，但是像这样的当铺却可以为你介绍几家——里去换钱用。万一发觉了呢？也没有什么。第一你坐坐监牢，房钱总可以不付了。第二监狱里的饭，虽然没有今天中午我请你的那家馆子里的那么好，但是饭钱是可以不付的。第三或者什么什么司令，以军法从事，把你枭首示众的时候，那么你的无勇气的自杀，总算是他来代你执行了，也是你的一件快心的事情，因为这样地活在世上，实在是没有什么意思。

我写到这里，觉得没有话再可以和你说了，最后我且来告诉你一种实习的方法罢！

你若要实行上举的第二下策，最好是从新近的熟人方面做起，譬如你那位同乡的亲戚老Ｈ家里，你可以先去试一试看。因为他的那些堆积在那里的富财，不过是方法手段不同罢了，实际上也是和你一样地偷来抢来的。再若你慑于他的慈和的笑里的尖刀，不敢去向他先试，那么不妨上我这里来作个破题儿试试，我晚上卧房的门常是不关，进出很便。不过有一件缺点，就是我这里没有什么值钱的物事。但是我有几本旧书，却很可以卖几个钱。你若来时，最好是预先通知我一下，我好多服一剂催眠药，早些睡下，因为近来身体不好，晚上老要失眠，怕与你的行动不便；还有一句话——你若来时，心肠应该要练得硬一点，不要因为是我的书的原因，致使你没有偷成，就放声大哭起来——

一九二四年十一月十三日午前二时

因为有着这样的认知和体验，所以即使胡适主动想与郁达夫交朋友，他们也从根本上无法成为思想上相知的好友。可以说，郁达夫这种与历代底层落魄文人身世之感的共鸣，以及对威权、学霸的不从与反抗，贯穿了他的一生。

后来，郭沫若曾经在他的《论郁达夫》文中，这样写道——

在创造社的初期达夫是起了很大的作用的。他的清新的笔调，在中国的枯槁的社会里面好像吹来了一股春风，立刻吹醒了当时的无数青年的心。他那大胆的自我暴露，对于深藏在千年万年的背甲里面的士大夫的虚伪，完全是一种暴风雨式的闪击，把一些假道学、假才子们震惊得至于狂怒了。为什么？就因为有这样露骨的直率，使他们感受着作假的困难。于是徐志摩"诗哲"们便开

郁达夫与妻子王映霞

始痛骂了。他说：创造社的人就和街头的乞丐一样，故意在自己身上造些血脓糜烂的创伤来吸引过路人的同情。这主要就是在攻击达夫。

达夫在暴露自我这一方面虽然非常勇敢，但他在迎接外来的攻击上却非常脆弱。他的神经是太纤细了。在初期创造社他是受攻击的一个主要对象。他很感觉着孤独，有时甚至伤心。记得是1921年的夏天，我们在上海同住。有一天晚上我们同到四马路的泰东书局去，顺便问了一下在五月一日出版的《创造季刊》创刊号的销路怎样。书局经理很冷淡地答应我们："二千本书只销掉一千五。"我们那时共同生出了无限的伤感，立即由书局退出，在四马路上接连饮了三家酒店，在最后一家，酒瓶摆满了一个方桌。但也并没有醉到泥烂的程度。在月光下边，两人手牵着手走回哈同路的民厚南里。在那平滑如砥的静安寺路上，时有兜风汽车飞驰而过。达夫曾突然跑向街心，向着一辆飞来的汽车，以手指比成手枪的形式，大呼着：'我要枪毙你们这些资本家！'

…………

胡适在启蒙时期有过些作用，我们并不否认。但因出名过早，而膺誉过隆，使得他生出了一种过分的自负心，这也是无可否认的实情。他在文献的考证上下过一些工夫，但要说到文学创作上来，他始终是门外汉。然而他的门户之见却是很森严的，他对创造社从来不曾有过好感。对于达夫，他们后来虽然也成为了"朋友"，但在我们第三者看来，也不像有过什么深切的友谊。……

郭沫若是郁达夫与胡适论战的见证者，也是参与者。可以说，他这句"没有什么深切的友谊。"算是比较中肯的评价。时至今日，再来看这段论战时，很多人可能更偏向于认为年轻的郁达夫带领的创造社崇尚自我，张扬个性，反对文学垄断的精神更值得佩服，但是，也不要忘了，郁达夫也是通过了和胡适的论战，也显示了自己的力量。他和胡适之间的论争，不论是为人生，还是为艺术，只是见仁见智的看法。当然，可以说，这场论战掀起的影响和话题，在文学史上还会继续下去。

第九篇

鲁迅和胡适

——恩怨皆因立场不同

鲁迅和胡适之间的往来，从鲁迅日记中看，最早是在1918年。那时，两人的关系还是友好的。因为，那个时候，他们都崇尚学术救国，都致力于中国文化的革命。有人说1924年，是鲁迅和胡适关系分水岭。也就是说，1924年之前，两人的关系都算和睦，这个时间点之后，两人的关系日渐疏远，并且开始交恶。也有人说，鲁迅和胡适的交恶，发轫于政治。其实，从过往的历史看来，虽然在早期两人互相肯定，但是因为两人接受的教育背景不同，因此，可以说，两人关系的破裂，并不出乎意料。

早期的交往中的互相肯定

　　胡适自从美国留学归来，被蔡元培邀请到北大担任教授。五四时期，胡适在新青年上发表《文学改良刍议》之后，暴得大名。此时的鲁迅，和胡适拥有一样的观点：反对文言文，提倡白话文；反对旧的道德和礼教，提倡科学和明主。同时，他们在文学和学术实践上，也有很多的共同点。也就是说，在那个时候，鲁迅和胡适两人的步调是一致的。

　　尤其是在反对旧文化，提倡新文化的过程中，鲁迅和胡适密切配合，胡适站出来，鲁迅迅速跟上，并且举起了大旗。胡适的《文学改良刍议》可以是一个信号，从那之后，他又发表了《历史的文学观念论》、《易卜生主义》、《什么是文学》等文章，从而形成了系统的文学革命论。

　　在文学革命这方面，鲁迅提出自己的看法虽然没有胡适早，但是在新文学的创作和实践方面，他却有着自己独特的贡献。鲁迅曾经在《自选集》序言中这样写道——

　　我做小说，是开手于1918年，《新青年》上提倡"文学革命"的时候的。

由此可以看出，在鲁迅看来，提出文学革命的战士虽然在寂寞中，但是呐喊助威还是可以做到的。他在自己的文章中也同时表明了自己的意愿——

这些也可以说，是"遵命文学"。不过我所遵奉的，是那时革命的前驱者的命令，也是我自己所愿意遵奉的命令，决不是皇上的圣旨，也不是金元和真的指挥刀。

鲁迅所说的遵命文学，遵的就是以胡适为首的文学革命先驱的梦，可以说鲁迅的行动，也是弥补了胡适"提倡有心，创作无力"的遗憾。即使在后来，两人的关系破裂，鲁迅对于胡适的功劳依然是予以肯定的——

要恢复这多年无声的中国，是不容易的，正如命令一个死掉的人道：你活过来！

我虽然并不懂得宗教，但我以为正如想出现一个宗教上所谓"奇迹"一样。

首先来尝试这工作的是"五四运动"前一年，胡适之先生所提倡的"文学革命"。"革命"这两个字，在这里不知道可害怕，有些地方是一听到就害怕的。但这和文学两字连起来的"革命"，却没有法国革命的"革命"那么可怕，不过是革新，改换一个字，就很平和了，我们就称为"文学革新"罢，中国文学上，这样的花样是很多的……然而，单是文学革新是不够的，因为腐败思想，能用古文作，也能用白话作。所以后来就有人提倡思想革新。

这是鲁迅写在著作《三闲集》之中的原话。可以看出，在鲁迅看来，文学的革命无疑是宗教中的奇迹，它可以让死掉的人活过来。由此也可以看出鲁迅对于胡适是持肯定意见的。

在新文化运动的早期，胡适的确投入了大量的精力，尝试很多

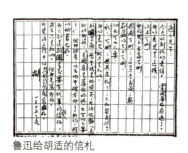

鲁迅给胡适的信札　　　　鲁迅手稿

方法。比如在白话诗歌方面，他最早做出了卓越贡献。他将自己将近七十首诗歌结集，起名《尝试集》。这是我国现代文学史上第一步白话诗集。可以说，这是胡适做出的卓越贡献之一。

就在胡适努力奋斗的时候，鲁迅给予了他极大的支持和配合。鲁迅曾经说过："我其实是不喜欢做新诗的——但也不喜欢做古诗——只因为那时诗坛寂寞，所以打打边鼓，凑些热闹；待到称为诗人的一出现，就洗手不作了。"

按照鲁迅的说法，他作诗就是为了给胡适等人助威。不仅如此，当胡适遭到一些旧的学术派围攻的时候，鲁迅挺身而出，写了《估学衡》与《答KS君》等文章，声援胡适，给旧学派以有力回击。

❧ 答KS君① ❧

文 / 鲁迅

KS兄：

我很感谢你的殷勤的慰问，但对于你所愤慨的两点和几句结论，我却并不谓然，现在略说我的意见——

第一，章士钊将我免职，② 我倒并没有你似的觉得诧异，他那对于学校的手段，我也并没有你似的觉得诧异，因为我本就没有预期章士钊能做出比现在更好的事情来。我们看历史，能够据过去以推知未来，看一个人的已往的经历，也有一样的效用。你先有了一种无端的迷信，将章士钊当作学者或智识阶级的领袖看，于是从他的行为上感到失望，发生不平，其实是作茧自缚；他这人本来就只能这样，有着更好的期望倒是你自己的误谬。使我较为感到有趣的倒是几个向来称为学者或教授的人们，居然也渐次吞吞吐吐地来说微温话了，什么"政潮"咧，"党"咧，仿佛他们都是上帝一样，超然象外，十分公平似的。谁知道人世上并没有这样一道矮墙，骑着而又两脚踏地，左右稳妥，所以即使吞吞吐吐，也还是将自己的魂灵枭首通衢，挂出了原想竭力隐瞒的丑态。

---

① 本篇最初发表于 1925 年 8 月 28 日《莽原》周刊第十九期。
② 章士钊（1881~1973 年），字行严，笔名孤桐，湖南长沙人。辛亥革命前曾参加反清活动，五四运动后，他是一个复古主义者。1924 年至 1926 年间，他参加北洋军阀段祺瑞政治集团，曾任段祺瑞执政府司法总长兼教育总长，参与镇压学生爱国运动和人民群众的爱国斗争；同时创办《甲寅》周刊，提倡尊孔读经，反对新文化运动。1925 年女师大风潮发生后，由于鲁迅反对章士钊压迫学生的行动和解散女师大的措施，章便于 8 月 12 日呈请段祺瑞罢免鲁迅的教育部佥事职务，次日公布。8 月 22 日鲁迅在平政院控诉章士钊，结果胜诉，1926 年 1 月 17 日复职。后来章士钊在政治、思想上有所变化，转而同情革命。

丑态，我说，倒还没有什么丢人，丑态而蒙着公正的皮，这才催人呕吐。但终于使我觉得有趣的是蒙着公正的皮的丑态，又自己开出帐来发表了。仿佛世界上还有光明，所以即便费尽心机，结果仍然是一个瞒不住。

第二，你这样注意于《甲寅周刊》①，也使我莫明其妙。《甲寅》第一次出版时，我想，大约章士钊还不过熟读了几十篇唐宋八大家②文，所以模仿吞剥，看去还近于清通。至于这一回，却大大地退步了，关于内容的事且不说，即以文章论，就比先前不通得多，连成语也用不清楚，如"每下愈况"③之类。尤其害事的是他似乎后来又念了几篇骈文，没有融化，而急于持持④，所以弄得文字庞杂，有如泥浆混着沙砾一样。即如他那《停办北京女子师范大学呈文》⑤中有云，"钊念儿女乃家家所有良用痛心为政而人人悦之亦无是理"，旁加密圈，想是得意之笔了。但比起何杕《齐姜醉遣晋公子赋》⑥的"公子固翩翩绝世未免有情少年而碌碌因人安能成事"来，就显得字句和声调都怎样陋弱可哂。

何杕比他高明得多，尚且不能入作者之林，章士钊的文章更于何处讨生活呢？况且，前载公文，接着就是通信，精神虽然是自己广告性的半官报，形式却成了公报尺牍合璧了，我中国自有文字以来，实在没有过这样滑稽体式的著作。这种东西，用处只有一种，就是可以借此看看社会的暗角落里，有着怎样灰色的人们，以为现在是攀附显现的时候了，也都吞吞吐吐的来开口。至于别的用处，我委实至今还想不出来。倘说这是复古运动的代表，那可是只见得复古派的可怜，不过以此当作讣闻，公布文言文的气绝罢了。

所以，即使真如你所说，将有文言白话之争，我以为也该是争的终结，而非争的开头，因为《甲寅》不足称为敌手，也无所谓战斗。倘要开头，他们还

---

① 《甲寅周刊》章士钊主编的杂志。章士钊曾于1914年5月在日本东京发行《甲寅》月刊，两年后出至第十期停刊。《甲寅》周刊是他任教育总长之后，1925年7月在北京出版的，至1927年2月停刊，共出四十五期。其内容杂载公文、通讯，正如鲁迅所说，是"自己广告性的半官报"。他办这个刊物的主旨，一方面为了提倡古文，宣扬封建思想，一方面则为了压制学生和他的反对者，以巩固自己的地位。刊物中除一般地宣传复古外，还有不少诬蔑青年学生、为当时的所谓执政（段祺瑞）捧场和吹嘘他自己的文章。

② 唐宋八大家，指唐代的韩愈、柳宗元和宋代的欧阳修、苏洵、苏轼、苏辙、王安石、曾巩八个散文名家。明代茅坤曾选辑他们的作品为《唐宋八大家文钞》，因有此称。

③ "每下愈况"语见《庄子·知北游》。章太炎《新方言·释词》："愈况，犹愈甚也。"章士钊在《甲寅》周刊第一卷第三号（1925年8月1日）的《孤桐杂记》中，将这个成语错用成"每况愈下"："尝论明清相嬗。士气骤衰。……民国承清，每况愈下。"

④ 持撦，意思是摘取和撕扯。一般指窃别人的词句。撦，扯的异体字。

⑤ 《停办北京女子师范大学呈文》这篇呈文曾刊载《甲寅》周刊第一卷第四号（1925年8月8日），其中有一部分字句，旁加密圈。

⑥ 何杕（1816~1872年），字廉昉，号梅庵，江苏江阴人。清道光时进士，曾任吉安府知府。著有《梅余庵诗稿》、《梅余庵文稿》等。

得有一个更通古学，更长古文的人，才能胜对垒之任，单是现在似的每周印一回公牍和游谈的堆积，纸张虽白，圈点虽多，是毫无用处的。

鲁迅
八月二十日

可以说，胡适和鲁迅两人曾经过从甚密，在学术和文学革命问题上相互切磋。鲁迅在日记里曾经提到过，在他出版《中国小说史略》前后，胡适给予了大力的支持，并且给他提供了很多有价值的意见。而且，胡适在写作《中国章回小说考证》时，也曾经和鲁迅讨论过很多问题。胡适对鲁迅也有很多的赞美和肯定。

比如，鲁迅发表了小说《狂人日记》之后，胡适称鲁迅为"白话文学运动的健将"。他还在《五十年来中国之文学》一文中这样写道——

这一年多（1921年以后）的小说月报已成了一个提倡"创作"的小说的重要机关，内中也曾有几篇很好的创作。但成绩最大的却是托名"鲁迅"的。他的短篇小说从四年前的《狂人日记》到最近的《阿Q正传》，虽然不多，差不多没有不好的。

可以说胡适是最早认识鲁迅小说的价值的人之一。他对鲁迅小说的推崇，不仅肯定了鲁迅在文学史上的崇高地位，对推动当时的文学创作，也起到了不可忽视的重要作用。

五四落潮后，裂痕出现

五四落潮后，鲁迅和胡适的裂痕第一次出现。那时，著名的杂志《新青年》刊登了"双簧信"，目的是为了激怒固守旧文化旧道德的封建卫道士，那时，作为《新青年》刊物的编辑之一的胡适，自然知道这封信的意图。但是，胡适对此信所持的态度却是不以为意，甚至将他们视为"轻薄"之举。而鲁迅的态度却刚好相反，鲁迅说："矫枉不忌过正；只要能打倒敌人，嬉笑怒骂，皆成文章"。

由此可以看出，鲁迅是支持的态度。当然，这个时候，两人之间虽然有分歧，但是并没有公开，也没有发生什么文字冲突。两人只是各持己见，各说各的而已。

在不久后的《新青年》改革方案上，两人之间又出现了分歧。那时，陈独秀征求胡适的意见，胡适写信给陈独秀——

《新青年》"色彩过于鲜明"，兄言"近亦不以为然"，但此是已成事实，今虽有意抹淡，似亦非易事。北京同人抹淡的工夫决赶不上上海同人染浓的手段之神速。现在想来，只有三个办法"，即：1.听《新青年》流为一种有特别色彩之杂志，而另创一个文学的杂志，篇幅不求多，而材料必求精。我秋间久有此意……

2.若要《新青年》"改变内容"，非恢复我们"不谈政治"的戒约，不能做到。但此时上海同人似不便做此一着，兄似更不便，因为不愿示人以弱。但北京同人正不妨如此宣言。故我主张趁兄离沪的机会，将《新青年》编辑的事，自九卷一号移到北京来。由北京同人于九卷一号内发表一个新宣言，略根据七卷一号的宣言，而注重学术思想艺文的改造，声明不谈政治。

孟和说：《新青年》既被邮局停寄，何不暂时停办，此是第三办法。但此法与《新青年》社的营业似有妨碍，故不如前两法。

总之，此问题现在确有解决之必要……

但是陈独秀对胡适提出的这些意见存在着一些误解，所以胡适后来又写信给鲁迅和李大钊，解释自己的意见，他说自己原先对《新青年》的基本意见是，主张它移回北京，不谈政治，或者另外办一个专门关于学术和文艺的杂志来替代它。

对于胡适的意见，李大钊表示赞同，但是当时鲁迅和他的弟弟周作人却认为，《新青年》的编辑部不必要移动来移动去，只需要在北京和上海两个地方，办两个杂志即可。鲁迅他们甚至认为，大家可以不必争夺《新青年》这块"金字招牌"。并且，鲁迅给胡适写了一封信，说明了自己的意见——

至于发表新宣言，说明不谈政治，我却以为不必。这固然小半在"不愿示人以弱"，其实则凡《新青年》同仁所作的作品，无论如何宣言，官场总是头痛，不会优容的。此后只要学术思想艺文的气息浓厚起来——我所知道的几个读者极希望《新青年》如此——就好了。

此时，鲁迅和胡适之间虽然有了分歧，但是双方还都是停留在商议和解之间，并没有互相攻击。当然，也有人说《新青年》时期，鲁迅对胡适的认识还不够清楚，所以才没有爆发，这一点，可以从鲁迅《忆刘半农君》的一段文字中看出来——

《新青年》每出一期，就开一次编辑会，商定下一期的稿件。其时最惹我注意的是陈独秀和胡适之。假如将韬略比作一间仓库罢，独秀先生的是外面竖一面大旗，大书道："内皆武器，来者小心！"但那门却开着的，里面有几枝枪，几把刀，一目了然，用不着提防。适之先生的是紧紧的关着门，门上粘一条小纸条道："内无武器，请勿疑虑。"这自然可以是真的，但有些人——至少是我这样的人——有时总不免要侧着头想一想。半农却是令人不觉
其有"武库"的一个人，所以我佩服陈胡，却亲近半农。

从这段文字可以看出，鲁迅虽然佩服胡适，但是却和他亲近不起来。
1922年5月，胡适受到溥仪的召见。之后，胡适在《努力周报》上发表了《宣统与胡适》一文，他在文章中这样写道——

阳历5月17日清室宣统皇帝打电话来邀我进宫去谈谈。当时约定了5月30日（阴历端午前一日）去看他。30日上午，他派了一个太监来我家中接我。我们从神武门进宫，在养心殿见着清帝，我对他行了鞠躬礼，他请我坐，我就坐了……他称我"先生"，我称他"皇上"。我们谈的大概都是文学的事……他说他很赞成白话，他做旧诗，近来也试试作新诗。

当时，对于这件事情，鲁迅并没有说话。时隔九年，蒋介石召见胡适的事情见诸报端的时候，鲁迅把两件事情联系起来，写了《知难行难》一文，对胡适进行了挖苦和嘲讽——

中国向来的老例，做皇帝做牢靠和做倒霉的时候，总要和文人学士扳一

下子相好。做牢靠的时候是"偃武修文"，粉饰粉饰；做倒霉的时候是又以为他们真有"治国平天下"的大道……当"宣统皇帝"逊位逊到坐得无聊的时候，我们的胡适之博士曾经尽过这样的任务。见过以后，也奇怪，人们不知怎的先向；他们怎样的称呼，博士曰：

他叫我先生，我叫他皇上。

那时似乎并不谈什么国家大计，因为这"皇上"后来不过做了几首打油白话诗，终于无聊，而且还落得一个赶出金銮殿。现在可要阔了，听说想到东三省再去做皇帝呢。

虽然两件事情隔着一些年月，但是可见当时，鲁迅对于胡适称溥仪为"皇上"是感到肉麻的。这也已经说明，早在那时，两人之间就出现了分歧裂痕。

反目为文艺亦为政治

有人说，1924年以后是鲁迅和胡适关系的分水岭。1924年4月，印度诗人泰戈尔应邀来华访问时，当时文化界为之震动，那个时候的鲁迅，并不觉得这件事情有什么值得庆贺。所以，他理所应当地成为了"驱泰大军"之一，并写了杂文《骂杀与捧杀》讽刺林长民、徐志摩，同时也对胡适进行了讥讽。徐志摩为此十分生气。后来，鲁迅又和以徐志摩为首的现代评论派进行了激烈的论辩，胡适没有介入这场战争，他写了一封信，试图调节对峙双方的关系——

你们三位（鲁迅、徐志摩、陈西滢）都是我很敬爱的朋友，所以我感觉你们三位这八九个月的深仇也似的笔战是朋友中最可惋惜的事。我深知道你们三位都自信这回打的是一场正义之战；所以我不愿意追溯这战争的原因与历史，更不愿评论此事的是非曲直，我最惋惜的是，当日各本良心的争论之中，不免都夹杂着一点对于对方动机上的猜疑；由这一点动机上的猜疑，发生了不少笔锋上的情感；由这些笔锋上的情感，更引起了层层猜疑，层层误解；猜疑愈深，误解更甚。结果便是友谊上的破裂，而当日各本良心之主张就渐渐变成了对骂的笔战。……亲爱的朋友们，让我们从今以后，都向上走，都朝前走，不要回头睬那伤不了人的小石子，更不要回头来自相践踏。我们的公敌是在我们的前面；我们进步的方向是朝上走。

从这封信中可以看出，胡适对鲁迅还是很尊重的，他希望双方缓和矛盾，息事宁人。但是，现代评论派是把胡适当做精神领袖的，他们当时宣传的口号就是"精神独立，不主附和"。

在"五卅惨案"和"三一八惨案"发生之后，胡适和现代评论派的人论调一致，站在了爱国学生的对立面。胡适当时发表了一篇名为《爱国运动与求学》的文章，对学生运动进行抨击。

爱国运动与求学

文／胡适

当五月七日北京学生包围章士钊宅，警察拘捕学生的事件发生以后，北京各学校的学生团体即有罢课的提议。有些学校的学生因为北大学生会不曾参加五七的事，竟在北大第一院前辱骂北大学生不爱国。北大学生也有很愤激的，有些人竟贴出布告攻击北大代理校长蒋梦麟媚章媚外。然而几日之内，北大学生会举行总投票表决罢课问题，共投一千一百多票。反对罢课者八百余票，这件事真使一班留心教育问题的人心里欢喜。可喜的不在罢课案的被否决，而在一、投票之多，二、手续的有秩序，三、学生态度的镇静。我的朋友高梦旦在上海读了这段新闻，写了一封长信给我，讨论此事，说，这样做去，便是在求学的范围以内做救国的事业，可算是在近年学生运动史上开一个新纪元。——只可惜我还没有回高先生的信，上海五卅的事件已发生了，前二十天的秩序与镇静都无法维持了。于是六月三日以后，全国学校遂都罢课了。

这也是很自然的。在这个时候，国事糟到这步田地，外间的刺激这么强：上海的事件未了，汉口的事件又来了，接着广州，南京的事件又来了：在这个时候，许多中年以上的人尚且忍耐不住，许多六十老翁尚且要出来慷慨激昂地主张宣战，何况这无数的少年男女学生呢？

我们观察这七年来的"学潮"，不能不算民国八年的五四事件与今年的五卅事件为最有价值。这两次都不是有什么作用，事前预备好了然后发动的；这两次都只是一般青年学生的爱国血诚，遇着国家的大耻辱，自然爆发，纯然是烂漫的天真，不顾利害地干将

胡适博士毕业照

去，这种"无所为而为"的表示是真实的，可敬爱的。许多学生都是不愿意牺牲求学的时间的；只因为临时发生的问题太大了，刺激太强烈了，爱国的感情一时迸发，所以什么都顾不得了：功课也不顾了，秩序也不顾了，辛苦也不顾了。所以北大学生总投票表决不罢课之后，不到二十天，也就不能不罢课了。二十日前不罢课的表决可以表示学生不愿意牺牲功课的诚意；二十日后毫无勉强地罢课参加救国运动，可以证明此次学生运动的牺牲的精神。这并非前后矛盾：有了前回的不愿牺牲，方才更显出后来的牺牲之难能而可贵。岂但北大一校如此？国中无数学校都有这样的情形。

但群众的运动总是不能持久的。这并非中国人的"虎头蛇尾""五分钟的热度"。这是世界人类的通病。所谓"民气"，所谓"群众运动"，都只是一时的大问题刺激起来的一种感情上的反应。感情的冲动是没有持久性的；无组织又无领袖的群众行动是最容易松散的。我们不看见北京大街的墙上大书着"打倒英日"不要五分钟的热度吗？其实写那些大字的人，写成之后，自己看着很满意，他的"热度"早已消除大半了；他回到家里，坐也坐得下了，睡也睡得着了。所谓"民气"，无论在中国在欧美，都是这样：突然而来，倏然而去。几天一次的公民大会，几天一次的示威游行，虽然可以勉强多维持一会儿，然而那回天安门打架之后，国民大会也就不容易召集了。

我们要知道，凡关于外交的问题，民气可以督促政府，政府可以利用民气：民气与政府相为声援方才可以收效。没有一个像样的政府，虽有民气，终不能单独成功。因为外国政府决不能直接和我们的群众办交涉；民众运动的影响（无论是一时的示威或是较有组织的经济抵制）终是间接的。一个健全的政府可以利用民气作后盾，在外交上可以多得胜利，至少也可以少吃点亏。若没有一个能运用民气的政府，我们可以断定民众运动的牺牲的大部分是白白地糟蹋了的。

倘使外交部于六月二十四日同时送出沪案及修改条约两照会之后即行负责交涉，那时民气最盛，海员罢工的声势正大，沪案的交涉至少可以得一个比较满人意的结果。但这个政府太不象样了：外交部不敢自当交涉之冲，却要三个委员来

胡适著作

胡适墨记

代肩末梢；三个委员都是很聪明的人，也就乐得三揖三让，延搁下去。他们不但不能用民气，反惧怕民气了！况且某方面的官僚想借这风潮延长现政府的寿命；某方面的政客也想借这问题延缓东北势力的侵逼。他们不运用民气来对付外人，只会利用民气来便利他们自己的志气！于是一误，再误，至于今日，沪案及其他关连之各案丝毫不曾解决，而民气却早已成了强弩之末了！

上海的罢工本是对英日的，现在却是对邮政当局，商务印书馆，中华书局了。北京的学生运动一变而为对付杨荫榆，又变而为对付章士钊了。广州对英的事件全未了结，而广州城却早已成为共产与反共产的血战场了。三个月的"爱国运动"的变相竟致如此！

这时候有一件差强人意的事，就是全国学生总会议决秋季开学后各地学生应一律到校上课，上课后应努力于巩固学生会的组织，为民众运动的中心。北京学联会也决议北京各校同学于开学前务必到校，一面上课，一面仍继续进行。

这是很可喜的消息。全国学生总会的通告里并且有"五卅运动并非短时间所可解决"的话。我们要为全国学生下一转语：救国事业更非短时间所能解决：帝国主义不是赤手空拳打得倒的："英日强盗"也不是几千万人的喊声咒得死的。救国是一件顶大的事业：排队游街，高喊着"打倒英日强盗"，算不得救国事业；甚至于砍下手指写血书，甚至于蹈海投江，杀身殉国，都算不得救国的事业。救国的事业须要有各色各样的人才；真正的救国的预备在于把自己造成一个有用的人才。

易卜生说的好：真正的个人主义在于把你自己这块材料铸造成个东西。他又说：有时候我觉得这个世界就好像大海上翻了船，最要紧的是救出我自己。在这个高唱国家主义的时期，我们要很诚恳的指出：易卜生说的"真正的个人主义"正是到国家主义的推一大路。救国须从救出你自己下手！

学校固然不是造人才的唯一地方，但在学生时代的青年却应该充分地利用学校的环境与设备来把自己铸造成个东西。我们须要明白了解：

救国千万事，何一不当为？

而吾性所适，仅有一二宜。

认清了你"性之所近，而力之所能勉"的方向，努力求发展，这便是你对国家应尽的责任，这便是你的救国事业的预备工夫。国家的纷扰，外间的刺激，只应该增加你求学的热心与兴趣，而不应该引诱你跟着大家去呐喊，呐喊救不了国家。即使呐喊也算是救国运动的一部分，你也不可忘记你的事业有比呐喊重要十倍百倍的。你的事业是要把你自己造成一个有眼光有能力的人才。

你忍不住吗？你受不住外面的刺激吗？你的同学都出去呐喊了，你受不了他们的引诱与讥笑吗？你独坐在图书馆里觉得难为情吗？你心里不安吗？——这也是人情之常，我们不怪你；我们都有忍不住的时候。但我们可以告诉你一两个故事，也许可以给你一点鼓舞：——德国大文豪哥德在他的年谱里《英译本页一八九》曾说，他每遇着国家政治上有大纷扰的时候，他便用心去研究一种绝不关系时局的学问，使他的心思不致受外界的扰乱。所以拿破仑的兵威逼迫德国最厉害的时期里，哥德天天用功研究中国的文物。又当利俾瑟之战的那一天哥德正关着门，做他的名著Ese×的"尾声"。

德国大哲学家费希特（Fichte）是近代国家主义的一个创始者。然而他当普鲁士被拿破仑践破之后的第二年（1807年）回到柏林，便着手计划一个新的大学——即今日之柏林大学。那时候，柏林还在敌国驻兵的掌握里。费希特在柏林继续讲学，在很危险的环境里发表他的"告德意志民族"（Rdnan die deutSChnatdri）。往往在他讲学的堂上听得见敌人驻兵操演回来的声。他这一套讲演——"告德意志民族"——忠告德国人不要灰心丧志，不要惊慌失措；他说，德意志民族是不会亡国的；这个民族有一种天赋的使命，就是要在世间建立一个精神的文明，——德意志的文"明，他说：这个民族的国家是不会亡的。

后来费希特计划的柏林大学变成了世界的二个最有名的学府；他那部"告德意志民族"不但变成了德意志帝国建国的一个动力，并且成了十九世纪全世界的国家主义的一种经典。

上边的两段故事是我愿意介绍给全国的青年男女学生的。我们不期望人人都做哥德与费希特。我们只希望大家知道：在一个扰攘纷乱的时期里跟着人家乱跑乱喊，不能就算是尽了爱国的责任，此外还有更难更可贵的任务：在纷乱的喊声里，能立定脚跟，打定主意，救出你自己，努力把你这块材料铸造成个有用的东西！

对于胡适的这篇文章，作为当时革命派代表的鲁迅，自然是十分反感的。于是，鲁迅在其主编的《语丝》上，对现代评论派进行了攻击，双方笔战了相当长的一段时间。

这件事情之后，鲁迅和胡适的关系裂痕越来越大，到了无法弥补的地步。1933年3月18日，胡适在北平对新闻记者的谈话中说：日本"只有一个方法可以征服中国，即悬崖勒马，彻底停止侵略中国，反过来征服中国民族的心"。

后来，鲁迅以此为根据，写了多篇文章，表示他对胡适的不满。其中一篇在申报发表的《出卖灵魂的秘诀》（一种说法，此文为瞿秋白所做，署名何家干）一文，就指责胡适为日本人的军师。

出卖灵魂的秘诀

文／鲁迅

鲁迅和友人合影（左一为鲁迅）

几年前，胡适博士曾经玩过一套"五鬼闹中华"[1]的把戏，那是说：这世界上并无所谓帝国主义之类在侵略中国，倒是中国自己该着"贫穷"，"愚昧"……等五个鬼，闹得大家不安宁。现在，胡适博士又发见了第六个鬼，叫做仇恨。这个鬼不但闹中华，而且祸延友邦，闹到东京去了。因此，胡适博士对症发药，预备向"日本朋友"上条陈。

据博士说："日本军阀在中国暴行所造成之仇恨，到今日已颇难消除"，"而日本决不能用暴力征服中国"（见报载胡适之的最近谈话，下同）。这是值得忧虑的：难道真的没有方法征服中国么？不，法子是有的。"九世之仇，百年之友，均在觉悟不觉悟之关系头上，"——"日本只有一个方法可以征服中国，即悬崖勒马，彻底停止侵略中国，反过来征服中国民族的心。"

这据说是"征服中国的唯一方法"。不错，古代的儒教军师，总说"以德服人者王，其心诚服也"[2]。胡适博士不愧为日本帝国主义的军师。但是，从中国小百姓方面说来，这却是出卖灵魂的唯一秘诀。中国小百姓实在"愚昧"，原不懂得自己的"民族性"，所以他们一向会仇恨，如果日本陛下大发慈悲，居然采用胡博士的条陈，那么，所谓"忠孝仁爱信义和平"的中国固有文化，就可以恢复：——因为日本不用暴力而用软功的王道，中国民族就不至于再生仇恨，因为没有仇恨，自然更不抵抗，因为更不抵抗，自然就更和平，

---

[1] "五鬼闹中华"，胡适在《新月》月刊第二卷第十期（1930 年 4 月）发表《我们走那条路》一文，为帝国主义侵略中国和国民党反动统治作辩护，认为危害中国的是"五个大仇敌：第一大敌是贫穷。第二大敌是疾病。第三大敌是愚昧。第四大敌是贪污。第五大敌是扰乱。这五大仇敌之中，资本主义不在内，……封建势力也不在内，因为封建制度早已在二千年前崩坏了。帝国主义也不在内，因为帝国主义不能侵害那五鬼不入之国"。
[2] "以德服人者王，其心诚服也"，语出《孟子·公孙丑》："以德行仁者王。……以力服人者，非心服也，力不赡也。以德服人者，中心悦而诚服也。"

更忠孝……中国的肉体固然买到了，中国的灵魂也被征服了。

可惜的是这"唯一方法"的实行，完全要靠日本陛下的觉悟。如果不觉悟，那又怎么办？胡博士回答道："到无可奈何之时，真的接受一种耻辱的城下之盟"好了。那真是无可奈何的呵——因为那时候"仇恨鬼"是不肯走的，这始终是中国民族性的污点，即为日本计，也非万全之道。

因此，胡博士准备出席太平洋会议①，再去"忠告"一次他的日本朋友：征服中国并不是没有法子的，请接受我们出卖的灵魂罢，何况这并不难，所谓"彻底停止侵略"，原只要执行"公平的"李顿报告——仇恨自然就消除了！

三月二十二日

（本篇最初发表于1933年3月26日《申报·自由谈》，署名何家干）

而事实上，政治上的事情，并不是简单的一句两句就可以说清楚的。在当时那个年代，鲁迅之所以如此指责胡适，其根本原因，也是因为两人所持的政治见解不同。而且，对于革命的态度，两人也有本质的区别。

后来，胡适出任驻美大使。他说"现在国家是战时。战时政府对我的征调，我不能推辞。"在他出任大使期间，为国事奔走呼号，赢得国内外一片赞扬声。所以在爱国方面，应该胡适和鲁迅不相上下，只是在对于政治事件上，两人各持己见罢了。

胡适凡事注重证据，他常说"拿出证据"来，对此，鲁迅也很不以为然，他在后来收入《伪自由书》的一篇文章《光明所到》中，就很鲜明地表达了自己的态度。

光明所到

文／鲁迅

中国监狱里的拷打，是公然的秘密。上月里，民权保障同盟曾经提起了这问题。

但外国人办的《字林西报》就揭载了二月十五日的《北京通信》，详述

---

① 太平洋会议，指太平洋学术会议，又称泛太平洋学术会议，自1920年在美国檀香山首次召开后，每隔数年举行一次。这里所指胡适准备出席的是1933年8月在加拿大温哥华举行的第五次会议。上面文中所引胡适关于"日本决不能用暴力征服中国"等语，都是他就这次会议的任务等问题，于3月18日在北平对新闻记者发表谈话时所说，见1933年3月22日《申报》。

胡适博士曾经亲自看过几个监狱，"很亲爱的"告诉这位记者，说"据他的慎重调查，实在不能得最轻微的证据，……他们很容易和犯人谈话，有一次胡适博士还能够用英国话和他们会谈。监狱的情形，他（指胡适）说，是不能满意的，但是，虽然他们很自由的诉说待遇的恶劣侮辱，然而关于严刑拷打，他们却连一点儿暗示也没有……"。

鲁迅与妻子许广平及儿子周海婴合影

我虽然没有随从这回的"慎重调查"的光荣，但在十年以前，是参观过北京的模范监狱的。虽是模范监狱，而访问犯人，谈话却很不"自由"，中隔一窗，彼此相距约三尺，旁边站一狱卒，时间既有限制，谈话也不准用暗号，更何况外国话。

而这回胡适博士却"能够用英国话和他们会谈"，真是特别之极了。莫非中国的监狱竟已经改良到这地步，"自由"到这地步；还是狱卒给"英国话"吓倒了，以为胡适博士是李顿爵士的同乡，很有来历的缘故呢？

幸而我这回看见了《招商局三大案》上的胡适博士的题辞：

"公开检举，是打倒黑暗政治的唯一武器，光明所到，黑暗自消。"

我于是大彻大悟。监狱里是不准用外国话和犯人会谈的，但胡适博士一到，就开了特例，因为他能够"公开检举"，他能够和外国人"很亲爱的"谈话，他就是"光明"，所以"光明"所到，"黑暗"就"自消"了。他于是向外国人"公开检举"了民权保障同盟，"黑暗"倒在这一面。

但不知这位"光明"回府以后，监狱里可从此也永远允许别人用"英国话"和犯人会谈否？

如果不准，那就是"光明一去，黑暗又来"了也。

而这位"光明"又因为大学和庚款委员会的事务忙，不能常跑到"黑暗"里面去，在第二次"慎重调查"监狱之前，犯人们恐怕未必有"很自由的"再说"英国话"的幸福了罢。呜呼，光明只跟着"光明"走，监狱里的光明世界真是暂时得很！

但是，这是怨不了谁的，他们千不该万不该是自己犯了"法"。"好人"就决不至于犯"法"。倘有不信，看这"光明"！

第九篇 鲁迅和胡适

三月十五日

213

鲁迅觉得当时的政府为自己的行为掩盖罪行，胡适就不应该跟着"涂脂抹粉，掩饰太平"了，但是在胡适看来，"一个政府为了保卫它自己，应该允许它有权去对付那些威胁它本身生存的行为"。由此，可以看出胡适所持的是无区别的政府论，而鲁迅正是此言论的最大反对者。

1936年，鲁迅逝世之后，上海《大公报》发了一篇评论，评价鲁迅——

他那尖酸刻薄的笔调，给中国文坛划了一个时代，同时也给不少青年不良的影响。无疑的，他是中国文坛最有希望的领袖之一，可惜在他晚年，把许多力量浪费了，而没有用到中国文艺的建设上……

这篇评论有人说好，自然也有人抗议。后来，女作家苏雪林发表一篇《与蔡孑民先生论鲁迅书》。文中对鲁迅的性格进行了攻击，著作予以了否定。而且，她还给胡适写了一封信，批评鲁迅的同时，也说明希望胡适能出面领导文学"大业"。

胡适看到信之后，回信批评了苏雪林，他说："他（鲁迅）已死了，我们尽可以撇开一切小节不谈；鲁迅的作品不容抹煞，凡论一人，总须持平；爱而知其恶，恶而知其美，方是持平；鲁迅自有他的长处，如他早年的文学作品，如他的小说史研究，皆是上等工作。"

由此看来，虽然在鲁迅生前，两人因为各种原因闹了不和，但是在鲁迅死后，胡适还是维护了他的尊严和威信。

之后，在台北中国文艺协会上，胡适作了一次题为《中国文艺复兴运动》的演讲。在此，他仍然肯定鲁迅，赞扬他在新文化运动时期做出的贡献，说他是个"大将"，并且赞扬鲁迅和周作人《域外小说集》翻译得好。胡适说："翻得实在比林琴南的小说集翻得好，是古文翻小说中最了不得的好。"

由此看来，虽然两人在生前都对彼此有着很多的不赞同，但是在文学造诣方面，两人之间对于彼此的态度还都是肯定。至于后来产生的异议，也可以看做是那个时代赋予他们一些彩色而已。